Impressum:

Copyright 2016
©Karin Pehrs-Schmidt
Herstellung und Verlag:
BoD – Books on Demand, Norderstedt
ISBN 9783743188488

Cover/Buchgestaltung/Ebook:
Christian Schmidt
email: schmidt.grafikdesign@gmail.com

Der Eiskelller

von K. P. Schmidt

Inhaltsverzeichnis

DAS NEUE HAUS

Interessiert begutachtete Cornelia das alte Haus. Es stand zum Verkauf und sie hatte die Anzeige zufällig im Wochenblatt entdeckt. Preisgünstig, aber renovierungsbedürftig, in einer ruhigen Wohnlage, trotzdem nicht weit vom nächsten Einkaufszentrum entfernt. Das klang vielversprechend.

Im Moment wohnte sie in einem Mietshaus in der Nähe, zusammen mit ihrer pflegebedürftigen Mutter, aber es gab ständig Ärger. Über ihnen wohnte eine Familie mit drei Kindern, die laut waren, rücksichtslos auf dem Holzfußboden trampelten und laut lachten. Das ging den ganzen Tag ununterbrochen. Vor einiger Zeit hatte der Sohn, den Tankdeckel ihres Autos abgeschraubt und rote Beeren vom Feuerdorn hinein gestopft. Ein Motorschaden war die die Folge. Anfänglich weigerte sich die Familie die entstandenen Unkosten zu übernehmen. Erst als sie mit einem Anwalt drohte, schalteten sie ihre Versicherung ein. Die hatte den Schaden schließlich beglichen. Einfach unerträglich diese Nachbarn. Seitdem grüßte die Frau sie nicht mehr, und die Kinder behandelten sie wie Luft. Aber laut blieben sie trotzdem.

Als Lehrerin musste sie sich schon während des Unterrichts mit lärmenden Kindern reichlich auseinander setzten. Jetzt hatte sie endgültig genug von dieser Familie. Letzte Woche, als sie zufällig in der Zeitung eine Anzeige entdeckte, in der das kleine Haus in ruhiger Lage angeboten wurde, ließ sie sich eine Offerte schicken. Nun wartete sie auf den Makler, mit dem sie einen Besichtigungstermin vereinbart hatte.

Sie stand vor dem roten Backsteinhaus und starrte auf die blaue Eingangstür, von der die Farbe abblätterte. Plötzlich kam es ihr in den Sinn, das sie eventuell ihren Haustürschlüssel vergessen hätte, weil sie sich nicht mehr erinnern konnte ihn eingesteckt zu haben. Diese Angst etwas vergessen zu haben, überkam sie in letzter Zeit immer öfter.

Unsicher griff sie in ihre Jackentasche und kontrollierte, ob sie Ihren Haustürschlüssel dabei hatte. Nein, ihre Hand umklammerte erleichtert das harte Metall. Gott sei Dank.

Aber wo blieb der Makler. Sie blickte auf ihre Armbanduhr, er hätte schon vor zehn Minuten da sein müssen. Unpünktliche Leute mochte sie überhaupt nicht, meistens war auf die auch sonst kein Verlass. Sie holte ein Taschentuch hervor und putzte ihre Nase. Als sie hoch blickte stand der Makler plötzlich wie aus dem Nichts vor ihr, reichte ihr die Hand und begrüßte sie freundlich. Blitzschnell steckte sie das Taschentuch weg und lächelte ebenfalls.

„Entschuldigung, dass ich mich etwas verspätet habe," sagte er „aber ich habe nicht gleich einen Parkplatz gefunden" und öffnete galant die Haustür.

Im Flur roch es muffig und feucht. „Es muss natürlich noch einiges gemacht werden", betonte er, „aber das sagte ich bereits. Ansonsten ist es für den Preis ein kleines Schnäppchen." Cornelia nickte mit dem Kopf: „Das will ich hoffen", antwortete sie und betrat die Küche, die mit kleinen schachbrettartigen Fliesen, einer Essecke vor dem Fenster und weißen klobigen Schränken ausgestattet war. Ansonsten wirkte der Raum groß und hell. Ihr gefiel das. In Gedanken richtete sie die Räume ein. In die Fenster würde sie ihre geliebten Blumen stellen.

„Eigentlich war das früher mal eine Metzgerei gewesen, ein angesehener Familienbetrieb mit mit einer Reihe älterer Stammkunden", erklärte der Makler „Als der Schlachter völlig unerwartet, plötzlich an einem Schlaganfall starb, wollte der Sohn den Familienbetrieb nicht übernehmen. Die Ehefrau machte Konkurs. Sie musste schließlich das Haus zum Verkauf anbieten. Es fand sich aber keiner der die Schlachterei übernehmen wollte, deshalb wurde es jetzt als Einfamilienhaus hergerichtet." Der Makler zeigte Cornelia einen weiteren Raum, der mit Parkett ausgelegt war und zu einem kleinen Garten führte.

Leider schien dort die Sonne am Nachmittag nicht hinein und die kleine Terrasse lag im Schatten.

Das obere Stockwerk war über eine steile schmale Treppe erreichbar. Die Treppe knarrte bei jedem Schritt, es klang wie hohles Gelächter, irgendwie unheimlich. Im oberen Stockwerk angekommen, sah sich Cornelia den Makler erstmals genauer an. Er war ein wenig untersetzt, mit einer leicht gedrungenen Figur, kein Adonis, aber wortgewandt und hatte eine selbstsichere Ausstrahlung. Nach dem Gesicht zu urteilen, schien er noch sehr jung zu sein, aber etwas Strenges lag in seinem Wesen. Seine Lippen waren schmal und die Augen stahlblau. Er gefiel ihr. „Nun, was sagen Sie, entspricht das Haus ihren Vorstellungen?" wollte er von ihr wissen.

Sie verschluckte sich leicht, fühlte sich ertappt, hatte das Gefühl er könne ihre Gedanken lesen, stotterte: „Ich bin mir nicht sicher, ich glaube ich möchte noch eine Nacht darüber schlafen."

„Das sollten sie aber nicht zu lange tun, es sind noch andere Interessenten vorhanden. Ich kann ihnen nur raten, sich schnell zu entscheiden, dies ist eine

begehrte Wohnlage so ein günstiges Angebot bekommen sie nicht alle Tage. Aber wir können uns ja noch den Keller ansehen, bevor sie mir eine endgültige Antwort geben. Sie werden überrascht sein."

Während sie die Treppen nach unten gingen, meinte er scherzhaft zu ihr: „Wissen Sie warum meine Visitenkarte für Sie wichtiger ist als die Telefonnummer ihres Arztes?" „Nein, keine Ahnung," antwor-

tete Cornelia und hielt sich krampfhaft am Treppengeländer fest.
Als sie unten ankamen wollte sie das Licht für den Flur anknipsen,
fand aber keinen Schalter. „Wo ist denn der Lichtschalter?“ rief sie
zu ihm hoch. „Der ist hier oben, wollen sie ihn sich ansehen,“ wobei
er sich ein breites Grinsen nicht verkneifen konnte, hatte sie etwa
Angst? Er knipste das Licht an und während er die Treppe nach unten stieg, wiederholte seine Frage: „ warum ist meine Telefonnummer nun wichtiger?“ „Keine Ahnung, aber sie werden es mir sicher
gleich sagen“, meinte Cornelia, die mit der Frage nicht das geringste
anfangen konnte. Bei ihr angekommen blickte er ihr tiefgründig in
die Augen und sagte: „ Weil Frauen in ihrem Alter noch keinen Arzt
nötig haben.“

„ Oho,“ Cornelia errötete leicht, woher wollen Sie das so genau wissen?“

Während er die Tür zum Heizungsraum öffnete und sie galant vorgehen ließ, ergänzte er: „ Bei einer attraktiven Frau kommt es doch
sowieso nicht auf das Alter an.“

Verlegen gab Cornelia offen zu: „ Na ja, ganz so jung bin ich auch
nicht mehr,“ und betrachtete scheinbar sachkundig die Gasheizung.

Für einen kurzen Moment blieb er hinter ihr stehen, und diese Nähe
verursachte bei ihr einen Schweißausbruch der Gefühle, den sie sich
nicht erklären konnte. Schnell verließ sie den Heizungsraum und
wollte wieder nach oben gehen, aber er rief sie zurück: „Das Beste
kommt erst noch, das müssen sie sich unbedingt ansehen.“

Sie blieb stehen. Er nestelte an einem Schlüsselbund und schloss
eine schwere eiserne Tür auf: „Voilà,“ schob er einen Arm nach vorn
und verbeugte sich, machte einen Diener: „Das ist die Kühlkammer,
quasi ein begehbarer Kühlschrank.“

„Eigentlich kann ich so eine Kühlkammer nicht gebrauchen, da waren doch all die geschlachteten toten Tiere aufbewahrt worden, das

ist mir irgendwie unheimlich. Mir ist kalt, gehen wir wieder nach oben," schlug Cornelia vor und wollte eigentlich ohne sich den Kühlraum anzusehen wieder gehen.

Doch weil er schon den Raum betreten hatte folgte sie ihm. Aber da war nichts unheimliches, die Regale waren leer geräumt, das Licht hell, der Boden sauber und nirgends ein Tropfen Blut zu sehen. Cornelia lächelte zufrieden und sagte: "Wie ich sehe ist alles in einem ordentlichen Zustand hinterlassen worden, dann können wir ja wieder nach oben gehen."

Er schloss die Eisentür hinter ihnen wieder zu und wollte wissen: "Was sagen sie jetzt, käme das Objekt nicht doch noch heute für Sie in Frage?" Er wusste, dass sie ihm schlecht nein sagen konnte, er hatte schon reichlich Erfahrung mit Frauen ihres Alters machen können. Die Einsamen, die Verlassenen, die Unverstandenen, sie waren alle gleich und leicht zu durchschauen. Ein freundliches Wort hier, eine aufmerksame Geste dort, und schon hatte man sie an der Angel.

Ohne eine Antwort zu geben, ging sie die steile Treppe hinauf, während er ihr hinterher blickte und sich überlegte wie viel Geld sie im Lauf der Jahre gespart haben könnte.

Cornelia bekam ein mulmiges Gefühl, wenn sie an den Kauf des Hauses dachte. Es war als ob sich hier etwas verbarg, etwas, das im Verborgenen im Schatten lag. Doch schnell wischte sie die trüben Gedanken beiseite. Da es ein günstiges Angebot war und in der Nähe ihrer jetzigen Wohnung lag, willigte sie in den Kauf ein.

Sie setzten sich an den Küchentisch auf dem der Vorvertrag bereits lag. Es fehlte nur noch ihre Unterschrift. Vor Aufregung bekam sie Pusteln im Gesicht, aber sie glaubte bei ihm in den besten Händen zu sein. "Wir könnten zur Feier des Tages noch zum Essen ins Atlantik Hotel gehen," schlug er vor. Cornelia schwamm auf Wolke sieben, konnte ihr Glück kaum fassen, dass er sich scheinbar auch für sie interessierte.

Im Grunde ganz tief verborgen fühlte sie sich immer noch wie ein junges Mädchen, dass er sie attraktiv fand schmeichelte ihr und verursachte einen kalten Schauer, der ihr über den Rücken lief und ihre Sinne berauschte.

Sie sah ihn schmachtend an und erwiderte:

„Das ist wirklich nett von Ihnen. Aber lange kann ich nicht bleiben, da ich mich um meine kranke Mutter kümmern muss."

„Das bewundere ich wirklich, wie viel Geduld sie mit ihrer Mutter haben und wie liebevoll Sie mit ihr umgehen. Selbstverständlich geht die Pflege Ihrer kranken Mutter vor," dabei dachte er - ein Glücksfall, besser könnte es nicht laufen - und schob ihr die Vertragsunterlagen zum Kauf des Hauses hin, wobei er feststellte: „Bei Ihrem Eigenkapital ist die Belastung letzten Endes nicht höher als Ihre jetzige Miete." Cornelia nahm den Kugelschreiber und unterschrieb sämtliche Papiere, die er ihr vorlegte. Wie zufällig hatte er eine Flasche Sekt in der Küche aufbewahrt, die er nun holte, um mit auf den Kauf Cornelia anzustoßen. Plötzlich fiel ihm ein: „Ich habe ja noch einen anderen Termin," blickte auf seine Armbanduhr: Entschuldigung, das habe ich total vergessen, das mit dem Abendessen müssen wir leider verschieben, ich muss mich jetzt wirklich beeilen." Er packte die Papiere ein, überreichte Cornelia schon mal einen Schlüssel und verschwand.

Sie blieb allein sitzen und drehte das Glas versonnen herum, wobei sie ab und zu einen kleinen Schluck zu sich nahm. Zweifel machten sich breit, ob sie auch das Richtige getan hatte. Sie gab sich einen Ruck und räumte die schmutzigen Gläser weg. Schade, bedauerte sie, dass er nicht mehr mit ihr ins Atlantik Essen gehen konnte.

Um auf andere Gedanken zu kommen, fuhr zum Elbstrand, um dort spazieren zu gehen. Sie ging immer denselben Weg, aber es war nie langweilig. Wind, Wolken, Regen und Sonne veränderten jedes Mal die Landschaft. Eine junge Mutter mit Kinderwagen und Hund ging schnellen Schrittes an ihr vorbei, Gott sei Dank war ihr das erspart geblieben. Plötzlich lief der Hund zwischen ihre Beine. Entsetzt schrie Cornelia auf: „Nehmen sie den Hund da weg," schrie sie und die junge Mutter meinte: „Der tut doch nichts, der will nur spielen." „Aber ich nicht," meinte Cornelia abweisend. Sie hasste Hunde, überall lagen ihre Scheißhaufen auf den Wegen.

Ein riesengroßer rostiger Frachter fuhr auf der Elbe aus dem Hafengebiet hinaus. Majestätisch glitt er über das Wasser und hinterließ eine Wellenspur; eine Gischt schäumte auf, die vor ihren Füßen verebbte. An der Reling standen ein paar Menschen und winkten. Sie winkte zurück, als ob das ihre Bekannten wären.

Dabei sah sie zufällig, dass in einiger Entfernung der Kollege Köhler mit seiner Frau ebenfalls unterwegs war. Manchmal kam sie sogar nur zu dieser Stelle, in der Hoffnung ihn anzutreffen. Sie hielt inne, blieb stehen und schabte mit den Schuhen im Sand, als ob sie etwas suchen würde, wobei sie hoffte, er würde weiter ihre Richtung einschlagen. Dann könnte sie erzählen, dass sie ein Haus gekauft hatte. Unauffällig beobachtete sie wie die Beiden sich langsam näherten. Die Ehefrau des Kollegen störte sie ein wenig, sie hätte ihn lieber allein getroffen.

Der Kollege Köhler war mitten im Gespräch über die Zensuren vertieft. Die Zwischenzeugnisse standen an, und er war sich unsicher, ob er einem Schüler, der zwei Fünfen geschrieben hatte noch eine vier Minus geben könnte.

Als er die wartende Kollegin Cornelia sah, erkannte er sie sofort, weil sie wieder diesen unmöglichen ausladenden schwarzen Hut mit breiter Krempe trug und aussah, als käme sie direkt aus einer alten Stummfilm-Klamotte aus früheren Zeiten. Das letzte was er wollte war eine Unterhaltung mit Cornelia, es reichte ihm völlig, wenn er sich auf dem Schulgelände mit ihr unterhalten musste.

Er schreckte zusammen und meinte zu seiner Frau: „Ich glaube Cornelia steht dahinten und will uns abpassen," deshalb schlug er vor, „was hältst du davon, wenn wir einen kleinen Umweg machen, um auszuweichen, hier weht der Wind zu kalt." Die Ehefrau war einverstanden, und sie wichen zur Seite aus, wo sie hinter Hecken und kleinen Gärten ungesehen den Weg fortsetzten.

Plötzlich war der Kollege aus Cornelias Blickfeld verschwunden. Verwundert fragte sich Cornelia, ob er sie nicht gesehen hatte, dann wäre er doch nicht verschwunden. Sicher war seine Frau daran schuld. Enttäuscht machte sie ich auf den Heimweg. Der kalte Ostwind blies ihr jetzt direkt ins Gesicht, und sie fühlte sich doppelt allein gelassen.

DIE MUTTER

Nachdem der Kauf des Hauses offiziell bei einem Notar vollzogen worden war, konnte Cornelia endlich umziehen. Das war alles mit mehr Kosten verbunden als sie dachte, allein der Makler erhielt eine Provision von sechs Prozent des Hauspreises, das hatte er ihr beim Kauf nicht mitgeteilt und sie fiel aus allen Wolken, als sie von der stattlichen Summe hörte. Darauf wollte er wohl anstoßen, als er mit ihr die Flasche Sekt in der Küche getrunken hatte.

Der erste Schnee fiel in diesem Winter. Doch die weiße Pracht hielt nicht lange an, schnell verwandelte sie sich in Schneematsch, und auf den angefrorenen Eisflächen bildeten sich Wasserlaken, es war kalt neblig und grau. Kein schöner Tag um umzuziehen.
Aber das Umzugsunternehmen, das von ihr beauftragt worden war, stand am frühen Morgen pünktlich vor der Tür. Die Männer kannten kein schlechtes Wetter und packten den gesamten Haushalt ein. Am späten Nachmittag saß Cornelia erschöpft zwischen unzähligen Kartons und den neu aufgebauten Schränken und wollte eigentlich nur noch ins Bett.
Inzwischen hatte sich die Mutter mit dem Umzug abgefunden, obwohl sie eigentlich in der alten Wohnung bleiben wollte, und sie bekam das große Zimmer im ersten Stock. Allerdings hatte Cornelia nicht bedacht, dass sie die etwas steile Treppe schwer allein hinunter gehen konnte. Die Mutter litt an Parkinson und saß die meiste Zeit auf ihrem Sessel.
Das Telefon klingelte und der Makler meldete sich: „Ich wollte wissen, ob sie sich gut eingelebt haben?" „Danke der Nachfrage," Cornelia stockte der Atem. Ihr wurde ganz heiß, was sollte sie sagen, damit er nicht gleich wieder auflegte und er erinnerte: „Ich versprach

Ihnen doch ein Abendessen. Haben sie am Wochenende Zeit?" Jetzt bloß nicht sofort zusagen, dachte sie, denn er sollte nicht denken, dass sie leicht zu haben wäre und antwortete: „Ich weiß nicht genau, eventuell findet ein Kollegiumstreffen statt." „Tja; da kann man wohl nichts machen," zog er sich beleidigt zurück. Woraufhin Cornelia schnell vorschlug: „Aber eine Woche später hätte ich Zeit."

„Gut, dann hole ich Sie in einer Woche ab," versprach er und legte, auf bevor sie etwas antworten konnte. Eigentlich war es ihr nicht recht, dass er vorbei kam, denn überall standen noch Umzugskartons, und es herrschte das reinste Chaos. Sie schaffte es einfach nicht, neben der Arbeit noch das Haus einzurichten.

„Cornelia," schallte die fordernde Stimme der Mutter durch das Haus, „Cornelia," und dann klopfte sie auf den Boden unnachgiebig fordernd. Eigentlich wollte sie gerade anfangen den Stapel Klassenarbeiten vom Biologieunterricht aus der fünften Klasse zu korrigieren, aber das war unmöglich, wenn die Mutter dauernd um Hilfe klopfte, dafür brauchte sie absolute Ruhe.

Cornelia atmete tief durch, ging die Treppe ins obere Stockwerk und öffnete genervt die Zimmertür. Die Mutter saß zurück gelehnt auf ihrem Ohrensessel, die Beine auf einem Hocker mit einer Decke umwickelt und sah wie jeden Nachmittag ihre Talkshow.

„Was ist nun schon wieder," wollte Cornelia gereizt wissen und fügte hinzu: „Ich muss arbeiten Mutter, da wartet noch ein ganzer Stapel Klassenarbeiten auf mich die ich noch fertig korrigieren muss."

 „Ach Kind," jammerte die Mutter, ich habe Schmerzen, die Beine krampfen, ich bekomme kaum Luft."

„Du musst auch mal aufstehen, kein Wunder wenn du den ganzen Tag vor dem Fernseher hockst."

„Das tue ich doch nur, weil ich starke Schmerzen habe, es zieht im Nacken nach unten. Der ganze Körper zieht mich nach unten, was soll ich tun, wenn ich mich nicht bewegen kann?"

„Lass gut sein, ich helfe dir ein wenig hoch, und wir gehen eine kleine Runde im Zimmer." Cornelia zog die Mutter hoch und hakte sie unter, und ihre Mutter humpelte neben ihr mit Schmerz verzerrtem Gesicht.

„In einer viertel Stunde kannst du deine Tablette nehmen, dann geht es dir wieder besser," beruhigte sie die Mutter und ging solange mit ihr im Kreis. Dabei beschwerte sich die Mutter: „Du kümmerst dich fiel zu wenig um mich, ich hätte gern eine Tasse Tee getrunken, aber du lässt mich stundenlang nach dir rufen. Mein ganzes Leben habe ich für dich gesorgt, da ist es doch nicht zu viel verlangt, wenn du mir mal was zu trinken bringen sollst."

 Wieder erntete sie nur Vorwürfe. Obwohl sie jetzt sechsundvierzig Jahre alt war und einen angesehenen Beruf ausübte, behandelte sie die Mutter noch wie ein kleines Kind.

Aufgebracht füllte sie in der Küche den Wasserkocher. Nahm die Lieblingstasse der Mutter aus dem Schrank, hängte einen Pfefferminz Teebeutel hinein und goss kochendes Wasser darüber. Versunken schwenkte sie den Teebeutel in der Tasse. Als sie noch klein war, hatte der Vater die Mutter verlassen. Er war zu einer anderen Frau gezogen und hatte sich nie mehr blicken lassen. Das hatte die Mutter nie verwunden und ihr die Schuld daran gegeben. Wie oft musste sie sich anhören: „Wenn du nicht gewesen wärst, hätte dein Vater mich nie verlassen." Damals hatte sie sich oft gefragt, was sie verkehrt gemacht hatte, sich schuldig gefühlt.

Familien mit Vätern beneidete sie heimlich, die hatten sie magisch angezogen, ihre Neugier geweckt. Deshalb suchte sie sich Freundinnen, die einen starken Vater hatten, nur um zu beobachten wie es war, einen starken Mann in der Familie zu haben, aber sie fand nie eine Antwort.

Jetzt lag die Mutter mit Migräne im abgedunkelten Zimmer." In Erinnerung versunken nahm sie den Teebeutel aus der Tasse und schmiss ihn in den Müll.

„Nein – dachte sie – der Mann, den ich lieben werde, wird mich niemals verlassen, so wie Mutter will ich nicht sein.

Als sie der Mutter die Tasse und eine Tablette reichte, kritisierte die ein weiteres Mal ihr Aussehen: „Kind, wie läufst du wieder herum, du solltest wirklich mehr auf dein Äußeres achten. Deine Haare fallen dir ja immer noch aus. Kein Wunder, das du keinen Mann abgekriegt hast."

„ Du weißt ganz genau," antwortete Cornelia wütend, „dass das bei einem Unfall während eines Versuchs einer Schülerin im Chemie- unterricht passiert ist, bei dem ich mit Wasserstoffperoxid experi- mentiert habe. Der Versuch misslang und dabei habe ich Spritzer ins Haar abbekommen. Was kann ich dafür?"

„ Und du hattest so schöne Haare," seufzte die Mutter. Damals hat- test du ja auch einen Verehrer."

Cornelia rechtfertigte sich; „ hast du vergessen, der war dir ja nicht gut genug. Der war ja stets in deinen Augen nur ein arbeitsloser He- rumtreiber, obwohl er später Arbeit gefunden hat."

„Ach ja der Herrmann, das Herrmannchen, was ist eigentlich aus dem geworden?" erkundigte sich die Mutter.

„Der lebt momentan in Thüringen, hat dort eine eigene Tischlerei eröffnet, geheiratet und ist jetzt stolzer Vater von zwei süßen kleinen Mädchen," antwortete Cornelia ein wenig neidisch.

„So, so," nickte die Mutter, „dann ist ja doch noch etwas Anständi- ges aus dem geworden."

„Aber damals waren all meine Bekannten ja für dich entweder Hippies oder Studenten, die dem Staat auf der Tasche lagen und nichts leisteten."

Die Mutter trank langsam ihren Tee, setzte die Tasse wieder ab und meinte: „Ich habe es immer nur gut mit dir gemeint und meistens hatte ich doch recht, oder?"

Cornelia streichelte die Hand der Mutter. Es hatte keinen Sinn, ihr zu widersprechen. „Mach dir keinen Kopf darüber das ist Vergangenheit. Ich gehe jetzt und stecke mir die Haare hoch, und danach muss ich wirklich die Klassenarbeiten korrigieren."

„Kannst du mir noch kurz mein Rückenkissen ausschütteln, mein Nacken ist immer noch steif."

Cornelia nahm es hinter dem Rücken weg und schüttelte es kräftig, dabei stieß das Kissen aus versehen gegen die Tasse, die kippte zur Seite und ergoss sich über den Schoß der Mutter. Die schrie auf, denn der Tee war noch heiß und rief: „Aua, kannst du nicht besser aufpassen, du bist wirklich das ungeschickteste Mädchen das ich kenne, so etwas Tolpatschiges aber auch!"

„Tut mir leid, das wollte ich nicht," Sie holte schnell einen Lappen und versuchte, alles wieder trocken zu wischen, hob die Tasse hoch und stellte zufrieden fest: „die Tasse ist heil geblieben. Ich werde dir neuen Tee bringen."

Um die Mutter versöhnlich zu stimmen, ging sie vorher noch ins Bad und steckte ihre Haare hoch zu einem Dutt. Als sie der Mutter die Tasse mit dem frisch aufgebrühten Tee, brachte war die auf ihrem Sessel eingeschlafen und schnarchte.

ERSTE VERABREDUNG

Endlich war es soweit; Cornelia tanzte aufgeregt wie ein Teenager über den Flur, als ob es ihre erste Verabredung in ihrem Leben wäre. Den ganzen Tag war sie voller Vorfreude gewesen. Etwas später als verabredet, klingelte er an der Haustür. Die Mutter rief von oben: „Es hat geklingelt, gehst du etwa noch weg?" Und Cornelia rief zurück: „Das dauert nicht lange, es sind nur noch ein paar Kleinigkeiten wegen des Hauses zu regeln, ich bin bald wieder da!"

Er machte ihr gleich ein Kompliment, als er sie sah, schmeichelte ihr: „Sie haben sich aber schick zurecht gemacht, das kleine Schwarze steht Ihnen besonders gut."

Er trug dem Anlass entsprechend einen Anzug und wirkte etwas klein neben ihr. Aber er hatte schöne feingliedrige Hände, die sehr gepflegt aussahen. Allerdings der protzige Siegelring an der linken Hand sah billig aus. Mit dem Auto fuhren sie in die Innenstadt. Er führte sie nicht ins Atlantikhotel, sondern in eine gut bürgerliche Gaststube im Souterrain. Ein paar große Spiegel ließen den Eingangsbereich optisch größer erscheinen, und grüne Zierpflanzen vermittelten einen Hauch italienisches Flair. Die Wände waren grün und braun gestrichen. Galant half er ihr aus Mutters Pelzmantel.

Trotzdem etwas enttäuscht, setzte sich Cornelia an einen Tisch am Rand des Raumes. Eine Bedienung eilte herbei, und er bestellte fachkundig, ohne sie zu fragen: „Wir hätten gern, Reh mit Medaillons und Preiselbeeren im Pumpernickel - Mantel."

Der Kellner schenkte ihm zur Verkostung etwas Wein in sein Glas. Er nahm einen kleinen Schluck, stellte sachkundig den Jahrgang fest und nickte zufrieden. In diesem Moment bemerkte Cornelia zum ersten Mal, wie stechend blau seine Augen blickten und das eine kalte Ausstrahlung von ihm ausging. Doch dazu lächelte er freundlich und zuvorkommend, gab die Speisekarte derart galant zurück, dass sie darüber nicht weiter nachdachte.

„Im Moment," klagte Cornelia, „habe ich derart viel zu erledigen, die Zensuren müssen für die Zeugnisse geschrieben werden, meine Mutter und der Kauf des Hauses, das wächst mir alles über den Kopf."

„Lehrer ist bestimmt ein schwieriger Job, also ich", machte er eine abwertende

Handbewegung, „ich möchte heutzutage kein Lehrer sein. Die Eltern mischen sich ständig ein, wollen mitreden und jeder weiß es besser. Die ganzen neumodischen Lernmethoden sind doch für die Katz. Wir haben früher richtige Zensuren bekommen und keinen Bericht, in dem die Leistungen versteckt beurteilt wurden. Wird über das Kind scheinbar etwas positives geschrieben, ist das oft eine nett verpackte verschleierte Kritik. Zum Beispiel wenn es heißt: Er oder Sie haben sich stets bemüht, einen Beitrag zu leisten, so bedeutet es: Er oder Sie haben im Unterricht nicht aufgepasst und stören häufig. Ich meine, ich bin kein Fachmann," wedelte er mit der weißen Serviette und wischte sich anschließend bedachtsam über die Lippen, aber das berichten jedenfalls viele Eltern, die zu meinen Kunden gehören."

„Ich verschleiere gar nichts, ich gebe stets die Zensur die, die Schüler verdient haben," betonte Cornelia. Er nickte anerkennend mit dem Kopf: „Anwesende natürlich ausgeschlossen" und lenkte vom Thema ab, „meine Passion sind Aktien, da kenne ich mich besser aus, wenn Sie ihr Geld sinnvoll anlegen wollen, berate ich Sie gern." und hielt ihr einen langen Vortrag über Gewinnmaximierung. „Wenn man sich auf dem Markt auskennt, kann man sein Geld in kürzester Zeit verdoppeln." Sie bewunderte seine Sachkenntnis, fand aber das Thema Aktien nicht so spannend und eine leichte Müdigkeit machte sich in ihr breit. Sie lächelte sanft und entschuldigte sich stand auf und ging zur Toilette um ihr Make up aufzufrischen und die Lippen nach zu ziehen.

Nachdenklich blickte er ihr hinterher.

Bei ihrem Anblick wurde ihm übel, eigentlich verachtete er aufgetakelte alte Weiber, wie er sie nannte. Kopfschüttelnd zündete er sich eine Zigarette an. Wenn er ihr Komplimente machte, dachte er nur an ihre Ersparnisse. Vorausschauend hatte er ihr geraten, einen Teil ihres Geldes für eine neue Heizungsanlage oder sonstige Reparaturen zurückzulegen. Er lächelte in sich hinein. Bei dem Gedanken daran, dass sie ihm ihre Ersparnisse anvertrauen würde, mit denen er seine Aktienverluste ausgleichen, und in neue Aktien investieren wollte, wurde ihm ganz warm ums Herz. Die Börse war böse, und er würde lediglich einen Scheinkauf vortäuschen. Ihre Aktien würden ins Bodenlose fallen, und dann würde er den entstandenen Gewinn in die eigene Tasche stecken.

Cornelia zupfte währenddessen vor dem Spiegel im Toilettenraum ihre Haare zurecht. Am Nachmittag war sie extra beim Friseur gewesen und hatte sich eine Dauerwelle legen lassen. Zufrieden zog sie sich ihre Lippen nach und presste sie hart zusammen in der Hoffnung, der Altersunterschied würde sich nicht allzu bemerkbar machen. Ihn schien es jedenfalls scheinbar nicht zu stören. Gott sei dank gab es auch Männer, die eine reife Frucht zu schätzen wussten. So ein junges Ding ist doch viel zu unerfahren, um die Zweisamkeit richtig genießen zu können. Umständlich packte sie ihre Schminke in die Tasche zurück.

Als sie erfrischt wieder zurückkam, machte er ein unwilliges Gesicht.

„Ich habe inzwischen bezahlt, wo waren Sie denn die ganze Zeit?"

„Ich war nur auf der Toilette," sagte sie ein wenig enttäuscht, weil er so ungeduldig war.

„Ist schon in Ordnung, ich konnte in der Zwischenzeit meine Aktien abrufen, die sind schon wieder gestiegen. Also wenn du willst, könnte ich dich auch diesbezüglich beraten," schlug er im geschäftigen Tonfall vor und wählte jetzt ganz bewusst das vertrauliche „du". Cornelia fühlte sich geschmeichelt, aber sein Angebot interessierte sie eigentlich nicht, deshalb antwortete sie eher skeptisch: „Ich weiß nicht," zögerte sie, „ich habe nur gehört, dass man Aktien nicht verkaufen soll, wenn sie fallen, weil sie auch wieder steigen können."

„Meine Aktien fallen nicht, darauf kannst du bauen," lachte er über seinen kleinen Scherz, schob den Stuhl beiseite und erhob sich. Der Kellner kam und wischte den Tisch ab, wobei er freundlich zuvorkommend feststellte: „Ich hoffe ihrer Mutter hat es auch gemundet."

Cornelia erstarrte, wurde rot bis unter die Haarwurzeln. Die Worte des Kellners waren wie ein Stich ins Herz für sie. Der Makler hingegen ließ sich nichts anmerken, sondern antwortete: „danke der Nachfrage, es hat uns ausgezeichnet geschmeckt." Cornelia wollte protestieren – ich bin nicht seine Mutter – aber dann schwieg sie verlegen.

Auf der Rückfahrt sprachen sie nicht viel miteinander, er schlug vor: „ Ich finde wir sollten das förmliche – Sie – weglassen. Mein Name ist übrigens Anton," und beim Abschiednehmen, gab er ihr vor dem Haus, einen zaghaften, gehauchten Kuss auf die Wange, wobei er ihr ins Ohr flüsterte: „Es war ein wundervoller Abend mit dir. Ich kenne niemanden, der so verständnisvoll ist wie du und so gut zuhören kann;" dabei strichen seine Hände über ihr Haar.

Als sie seine Nähe erwidern wollte, wich er zurück und antwortete: „Ich glaube, ich habe mir etwas auf den Magen gegessen, mir ist
schrecklich übel, ich muss jetzt wirklich gehen."
Cornelia hatte Verständnis, blickte ihm hinterher, warf ihm eine
Kusshand zu, als er winkend in sein Auto stieg, das kurz darauf im
Dunkel der Nacht verschwand, drehte sich um, schloss die Tür auf
und fühlte sich wie im siebten Himmel. - Er liebt mich - dachte sie.

GELD MUSS ARBEITEN

Die nächsten Tage wartete Cornelia vergeblich auf ein Zeichen oder einen Anruf von Anton. Das Telefon klingelte nicht. Schließlich überwand sie sich und rief bei ihm an, um sich zu erkundigen wie es ihm geht. Er freute sich und wollte wissen: „Hast du es dir inzwischen überlegt?" „Was soll ich mir überlegt haben? Meinst du ob wir uns noch einmal treffen wollen?" fragte Cornelia leicht verlegen.

„Hast du mir nicht zugehört, du wolltest doch darüber Nachdenken, ob wir ein gemeinsames Aktiendepot anlegen wollen, es würde mich sehr freuen, wenn du mir dein Vertrauen schenken würdest."

Einen Moment war Cornelia sprachlos, sie hatte das Gespräch über Aktien ganz vergessen, dann stotterte sie, weil sie sich unsicher fühlte: „Ach das, ja, nein, ich weiß nicht, wir sollten uns vielleicht noch einmal darüber Reden und du erklärst mir genau, wie du dir das vorgestellt hast."

Anton war damit zufrieden, er hatte extra nicht bei ihr angerufen, weil sie keinen Verdacht schöpfen und nicht denken sollte, dass er sie ausnutzen wollte. Stattdessen aber hatte er jeden Tag auf ein Zeichen von ihr gewartet. Jetzt, wo sich gemeldet hatte, war er sich sicher, dass sie auf seine Forderungen eingehen würde, er brauchte ihr nur ein wenig sentimentale Gefühle vorspielen, und sie würde sich um den Finger wickeln lassen.

Anton schlug vor, dass sie sich im Stadtpark treffen könnten. Cornelia war das eigentlich zu weit weg, aber sie stimmte zu, und sie verabredeten sich, am späten Nachmittag vor der Sternwarte. Bei dem Spaziergang wollte Anton sie überreden, endlich mit ihm zusammen eine Depotgemeinschaft zu gründen. Als sie sich trafen, hakte er sich gleich vertraulich bei ihr unter, so als wären sie ein Ehepaar und erkundigte sich mit freundlichen Worten:

„Wie geht es dir meine Liebe?"

Das gefiel ihr, ein Gefühl der Verbundenheit überwältigte sie. Kein Zweifel, er hatte sich bestimmt in sie verliebt, so wie sie sich auch in ihn verliebt hatte. Wenn er bloß nicht ständig über Aktien sprechen würde und schlug ihm vor: „Du solltest mehr im Augenblick leben, einfach abschalten und die Natur genießen," und sie machten sich auf den Weg um einen See.

„Wie recht du mal wieder hast, aber ich kann erst abschalten, wenn du bereit bist, mit mir zu zusammen in ein Depot zu investieren," drängte er.

„Eigentlich muss ich dazu meine Mutter mit einbeziehen," wich Cornelia aus, „ das Ersparte gehört uns gemeinsam."

Er nahm den Arm von ihrer Schulter und machte ein enttäuschtes Gesicht. „Dann hat das mit uns beiden wohl keine Zukunft," wich er von ihrer Seite.

„Nein, warte," seine plötzliche Kälte überraschte sie, und sie lenkte ein: „Wenn es dir so wichtig ist, könnte ich es allein entscheiden. Meine Mutter will nur dauernd umsorgt sein. Sie geht nicht mehr aus dem Haus, aus Angst, sie könnte fallen. Dauernd klopft sie mit ihrem Stock auf den Boden, weil ich ihr etwas bringen soll. Im Moment weiß ich wirklich nicht, wo mir der Kopf steht und dabei kommt noch die Schule dazu. Aber wenn es dich glücklich macht, mit mir etwas gemeinsames aufzubauen, will ich dem nicht im Wege stehen und es mit dir versuchen. Wie wäre es, wenn wir zur Probe erst eine Aktie

kaufen?"

Er lachte: „Machst du Witze? Eine Aktie kann man nicht kaufen," hakte sich wieder bei ihr unter und tröstete sie: „ Wenn du deiner Mutter erklärst, dass dich die Schule überlastet, hat sie bestimmt Verständnis für dich und lässt dich in Ruhe."

Cornelia antwortete sarkastisch: „da kennst du meine Mutter aber schlecht, die fühlt sich permanent vernachlässigt, egal was ich tue." Inzwischen hatten sie den Teich umrundet und standen nun auf einer kleinen japanischen Brücke, starrten auf die Wasseroberfläche, die in der Sonne glitzerte und sie schwärmte: „Dieser Ausblick ist doch wundervoll, einfach abschalten, die Natur auf sich wirken lassen, mehr braucht man nicht." Aber ihm war die Natur im Moment völlig egal. Ungeduldig schlug er vor, weil er endlich die Aktienkäufe erledigen wollte: „Wir könnten noch eine Tasse Kaffee trinken," und führte sie ohne eine Antwort abzuwarten, in das nahe gelegene Stadtparkcafe' das eher wie ein Gewächshaus aussah.

Zuvorkommend hängte er ihre Jacke sorgfältig an einen Haken, wobei er scherzend feststellte: „Keinen Pelzmantel heute?"

„Ach der," gestand sie verlegen, „der gehört eigentlich meiner Mutter."

Im Cafe' herrschte gähnende Leere. Außer einem älteren Ehepaar waren sie die einzigen Gäste. Galant schob er den Stuhl für sie beiseite, und sie setzten sich an einen Tisch mit Ausblick auf den Park. Er begann sofort über die Möglichkeiten zu reden, wie sie das Geld in einem Aktiendepot anlegen könnten: „Geld muss arbeiten," versicherte er, nahm ihre Hand in seine Hände und hielt sie fest umschlungen. „Was ich damit sagen will," er strich über ihren Handrücken, „es wäre mir ein Herzensanliegen, mit dir zusammen eine Aktiengemeinschaft zu gründen. Dein Geld würde sich praktisch von allein vermehren. Du kannst dich ehrlich auf mich verlassen."

„ Eigentlich reichen mir die Zinsen, die ich bei der Bank erhalte."

Er zog seine Hand zurück und reagierte beleidigt: „Wenn du kein Vertrauen zu mir hast, können wir auch alles andere vergessen, was uns verbindet."

Die Bedienung brachte den bestellten Käsekuchen, der noch leicht angefroren schmeckte. Cornelia wischte mit der Serviette über ihre Mundwinkel. Sie wollte auf keinen Fall, dass er sich zurückzog und sagte: „Du meinst wirklich, ich gehe dabei kein Risiko ein," wobei sie die kleine Blumenvase mit Kunstblumen hin und her drehte.

„Denkst du etwa ich würde dir etwas unseriöses anbieten" und schmeichelte ihr: „ Nur mit einer intelligenten Frau wie du es bist möchte ich zusammen eine Aktiengemeinschaft bilden, denn du bist etwas Besonderes für mich. Wir beide könnten großes schaffen. Allerdings musst du dich schnell entscheiden, bevor die Aktien wieder steigen und eine Rallye beginnt." Er griff erneut ihre Hand und drückte sie. Was er ihr verschwieg war, dass sein Verlust inzwischen stetig anwuchs und ihm den Schlaf raubte. Wenn er jetzt nicht bald nachkaufen konnte, war er restlos pleite. Er brauchte dringend ihr Bargeld, was sie erspart und zurückgelegt hatte. Einer, so ein Guru, der mit totgesagten Aktien reich geworden ist, hatte behauptet – wer nicht auch mal richtig abgestürzt ist, kann sich nicht Börsianer nennen - auch diese Erfahrung gehörte dazu. Er war abgestürzt. Cornelia konnte ihre guten Vorsätze nicht so schnell vergessen, zögerlich nahm sie ihre Hand weg. „Eigentlich würde ich das Geld lieber auf dem Sparbuch lassen."

„Wie du meinst, niemand zwingt dich zu deinem Glück," stellte er fest, rief die Kellnerin und zahlte. Seine gute Laune war verflogen. Das hatte er sich leichter vorgestellt. Er tat das schließlich für Marita, seine Verlobte. Marita war blond, jung und sexy, nicht so eine ältliche jungfräuliche Erscheinung wie Cornelia. Ihm reichte es für den Moment. Er hatte keine Lust mehr: „Ich rufe dir ein Taxi, ich muss etwas dringendes erledigen. Du kannst es dir inzwischen nochmal in Ruhe durch den Kopf gehen lassen, aber nicht zu lange, ich habe noch andere Interessenten," verabschiedete er sich und ließ sie einfach allein sitzen. Cornelia nahm die Plastikblume aus der Vase und schmiss in den Papierkorb.

Die Kellnerin kam herbei gerauscht, verzog keine Miene, nahm die Blume und steckte sie in die Vase zurück, während sie sagte: „Sie möchten zählen?" Erstaunt wollte Cornelia wissen: „Hat der Herr nicht eben bezahlt?"

„Nein er hat nur gesagt, sie würden das erledigen, er hätte keine Zeit mehr."

Cornelia gab fünfzig Cent Trinkgeld und nickte, als Abschiedsgruß majestätisch mit dem Kopf.

Zuhause zog Cornelia ihre Schuhe aus, massierte ihre müden Füße, setzte sich vor den Schreibtisch und begann die Klassenarbeiten der Oberstufe zu korrigieren. Es fiel ihr schwer, sich darauf zu konzentrieren. Sie grübelte darüber nach, warum er sich so kurz angebunden verabschiedet hatte. War es ein Fehler gewesen, dass sie gezögert hatte, vielleicht sollte sie doch ein paar Aktien erwerben, dann hätten sie etwas gemeinsam, dass sie verbinden würde. Bei diesem Gedanken fühlte sie sich wieder besser und gerade als sie sich eingearbeitet hatte, klopfte die Mutter gegen die Decke und rief: „Cornelia bist du da?"

Genervt legte sie den Stift beiseite, und ging ins obere Stockwerk, wo die Mutter sie ein weiteres Mal mit Vorwürfen empfing: „Du hast dir wieder viel zu viel Zeit gelassen. Bis du hier oben bist, könnte ich längst an einen Herzinfarkt gestorben sein." Geduldig ließ Cornelia diesen Vorwurf über sich ergehen.

Seitdem die Mutter diese Krankheit hatte, wollte sie dauernd etwas anderes haben, weinte oft und klagte: „Warum muss ausgerechnet ich diese tückische Krankheit bekommen?" Cornelia suchte nach Worten: „Du bist nicht die einzige Kranke, denk an Tante Liesi, die hatte Krebs und ist schon gestorben." „Was willst du mir damit sagen, möchtest du das ich sterbe?“

„Nein eben nicht, nur andere haben auch ihr Kreuz zu tragen.“

„Du warst mein ein und alles, nachdem dein Vater uns verlassen hatte, da kann ich doch jetzt wenigstens ein wenig Dankbarkeit erwarten.“

„Aber das habe ich nicht gemeint, du hast mich falsch verstanden,“ seufzte Cornelia.

„Aber gesagt hast du das,“ beharrte die Mutter, „ich bin dir doch bloß lästig.“

„Du bist keine Last, du kannst ja nichts dafür, dass du krank bist. Ich kümmere mich gern um dich.“

„...Und wo bleibt dann bitte meine Portion Eis, die hast du mal wieder vergessen.“

„Ich habe gearbeitet, da liegen jede Menge Klassenarbeiten auf einem Stapel, die ich korrigieren muss. Das Eis bringe ich dir aber gleich, das bringe ich dir schließlich jeden Tag.“

„Kind, du arbeitest zu viel, du siehst blass aus, entspann dich einfach mal.“

Obwohl Cornelia selber nicht mehr die Jüngste war, behandelte die Mutter sie wie ein unmündiges Kind. Das war nicht immer so, aber seit die Mutter diese schreckliche Krankheit bekommen hatte, wurde sie immer launenhafter. Früher war sie ein lebensbejahender Mensch, mit großem Interesse am Theater gewesen, hatte von einer Karriere auf einer Bühne geträumt.

 Aber das hatte sie angeblich alles für Cornelia geopfert, war nie in einem Theater aufgetreten. Damals ließ sie sich oft mit Tante Liesi, auf den hinteren Rängen verzaubern. Für diese Besuche stand sie lange Zeit im Bad und schminkte sich. In einer Wolke aus Parfüm eingehüllt, erschien die Mutter regelmäßig an ihrem Bett und forderte; „Bleib schön artig liegen, bis ich wieder zuhause bin.“

Dann lag sie wach und hatte Angst allein in der Wohnung. Sie glaubte, dass jemand hinter dem Fenster lauerte und jeden ihrer Schritte beobachtete. Manchmal sprach sogar der Mond zu ihr, mit einer tiefen Stimme forderte er: „Steh auf und komm zu mir oder soll ich dich holen?" Der Mond lachte und verschwand. Wie lange sie von diesen Wahnvorstellungen heimgesucht worden war, wusste sie nicht, es kam ihr stets vor wie eine Ewigkeit. Als Kind hatte sie der Mutter nie etwas davon erzählt, das blieb ihr Geheimnis.

Lange Zeit waren die Theaterbesuche der Mittelpunkt von Mutters Leben. Irgendwann gab es einen heftigen Streit zwischen den beiden Frauen. Tante Liesi lernte einen wesentlich jüngeren Mann kennen, und die Besuche hörten auf. Aus dieser Zeit stammte auch der Pelzmantel, den Cornelia jetzt trug und in Ehren aufbewahrte.Sie nahm sich den Mantel und schmiegte den Kopf in das weiche Fell.

Als sie wieder vor dem Schreibtisch saß, wurde sie plötzlich so müde, dass sie die unkorrigierten Arbeiten zusammen mit den korrigierten auf einen Stapel packte und ins Bett ging.

KURZFRISTIG

Am nächsten Morgen nahm sie sämtliche Arbeiten mit, die auf dem Schreibtisch lagen, in der Annahme das alles von ihr überarbeitet worden war. In Gedanken weilte sie noch bei Anton und seufzte. Er war ihr so vertraut gewesen und sie würde ihn gern wieder sehen. Na ja, sie träumte schon von einer gemeinsamen Zukunft. Aber erst mal musste sie jetzt die 5a in Biologie unterrichten. Sie brauchte der Klasse nicht mehr sagen was sie tun sollten, wenn sie den Raum betrat. Alle standen auf und sagten im Chor: „Guten Morgen Frau Satorius," setzten sich wieder und danach begann die Stunde. Die meisten anderen Lehrer hatten dieses Ritual allerdings abgeschafft. Später im Lehrerzimmer herrschte ein emsiges Treiben. Die große Pause war angebrochen. Ein paar Lehrer packten ihr Pausenbrot aus, während Andere sich eifrig auf die nächste Stunde vorbereiteten, oder ein Gespräch mit Kollegen anfingen. Wer ein stilles Plätzchen haben wollte, suchte das vergebens.

Sinnend blickte Kollege Köhler Cornelia hinterher, wie sie sich träge erhob, bedächtig Schulhefte in die Tasche steckte, ohne jemanden wahr zu nehmen und den Raum verließ. Er hatte das Gefühl, in letzter Zeit stimmte etwas nicht mit ihr, sie suchte kaum noch ein Gespräch wie früher, wirkte abwesend und niedergeschlagen.

Vielleicht lag es daran, dass hinter ihrem Rücken getuschelt wurde, weil sie die Arbeiten derart streng zensierte, dass über die Hälfte der Schüler schlechte Noten erhielten und sie deswegen dauernd zum Direktor gehen musste, um die Benotung bestätigen zu lassen. Kurz entschlossen folgte er ihr und sprach sie im Flur an: „Was ist los mit Dir Cornelia, du wirkst so abgespannt?"

„Nun, ich habe den ganzen Ärger, auch wenn die Schüler wirklich keine besseren Noten verdienen, findet der Direktor, ich solle die

Arbeit noch einmal schreiben lassen."

„ Bei mir ist es ähnlich, und ich bin ganz deiner Meinung, der Direktor sollte uns den Rücken stärken, und die ständig neuen Erlasse von der Behörde bringen einen nicht weiter," gab ihr der Kollege recht.

„ Der zusätzliche Verwaltungskram, der uns aufgeladen wird, ist einfach zu viel," bestätigte ihm Cornelia. Köhler ergänzte unzufrieden: „Zum Beispiel ein Polizeioberrat hat mindestens fünfzig Leute unter sich und wir müssen alles selbst erledigen, uns hilft keine Sekretärin. Dabei fällt mir ein, hast du schon von dem Computerkurs gehört, der für Lehrer angeboten wird, die sich weiter bilden möchten?"

„Nein, eigentlich reichen mir meine Computerkenntnisse."

„Der Chef", so nannte der Kollege den Direktor mit Vorliebe, „also der Chef hat erreicht, dass die Schule vernetzt wird, deswegen sollen sich am besten alle Lehrer mit den Möglichkeiten der neuen Medien auseinander setzten."

„Das hat mir gerade noch gefehlt und dann tippt man aus versehen die verkehrte Taste und der Computer stürzt ab."

„Ich sehe schon, du bist die ideale Besetzung für einen Kursus."

Cornelia lächelte gequält und gab nach. Der Kollege trug sie für den nächsten Kurs ein." Die Schulglocke läutete, und er kehrte zu seiner Klasse zurück. Cornelia hatte es ebenfalls eilig ging mit hastigen Schritten den kalten langen Flur entlang. Der Direktor Henning kam auf sie zu, rief etwas und fuchtelte mit den Händen erregt in der Luft herum.

Das hatte ihr gerade noch zu ihrem Glück gefehlt, er hielt nie zu ihr und hatte ständig etwas auszusetzen. Die Eltern wurden von ihm in Watte gepackt. Wie oft war sie schon zu ihm gekommen, in der Hoffnung, dass er ihr beistehen würde. Sein Mitgefühl hielt sich in Grenzen. Überhaupt, er nahm jeden Schüler, der in der Schule angemeldet wurde, auf, selbst wenn er kaum Deutsch sprach. Er konnte aus Timbuktu kommen, eine höhere Schülerzahl erhöhte den von der Schulbehörde zugewiesenen Etat. Da war es auch kein Wunder, wenn derart unwissende Schüler schlechte Zensuren schrieben. Im Moment unterrichtete sie auch einen Gastschüler aus Amerika, der kaum ein Wort deutsch sprach, dem hatte sie allerdings keine Note gegeben.

Völlig aus der Puste, kurzatmig nach Luft hechelnd, kam der Direktor auf sie zugeschossen. Was er wohl jetzt schon wieder von ihr wollte? Scheinbar hocherfreut sie zu sehen, stellte er fest: „Frau Satorius, ich wollte gerade zu Ihnen. Ich habe eine gute und eine schlechte Nachricht für Sie."

Cornelia blickte auf seine grüne Trachtenjacke, die er wie eine Uniform ständig trug. Mit seiner untersetzten Figur und der Halbglatze sah aus wie ein Bayer, es fehlte nur noch die Lederhose. Cornelia nickte ihm freundlich zu, während er lang und breit erklärte „Der Kollege Ackermann sollte eigentlich am Mittwoch hinsichtlich seiner Beförderung hospitiert werden. Aber er fällt leider wegen eines Bandscheibenvorfalls aus und muss kurzfristig ins Krankenhaus, um operiert zu werden. Aus diesem Grund habe ich gleich an Sie gedacht."

Cornelia verstand nicht gleich, was er meinte: „Das ist wirklich nett von Ihnen," sagte sie, um einen guten Eindruck zu machen und er ergänzte: „Sie müssten allerdings recht kurzfristig zur Verfügung stehen."

Cornelia verstand immer noch nichts und blickte ihn fragend an, während er fortfuhr: „Und da Sie wahrscheinlich die Nächste gewesen wären," räusperte er sich, „die für eine Beförderung hospitiert werden würde," räusperte er sich erneut, „habe ich gedacht, dass ich Sie vorziehe und Sie übermorgen für den Kollegen einspringen."

Cornelia schluckte, sie fühlte sich total überfordert, so kurzfristig stellvertretend einspringen zu müssen, das passte ihr überhaupt nicht. Innerhalb dieser kurzen Zeitspanne konnte sie sich unmöglich gründlich vorbereiten.

„Na, jetzt sind sie sprachlos," grinste der Direktor breit. „Das kommt wirklich überraschend," wich Cornelia aus.

„Ach, das schaffen Sie, gleich Mittwoch früh will der Schulrat kommen, um ihren Unterricht zu begutachten. Ich zähl auf Sie."

Obwohl sie schon seit langem auf diese Gelegenheit gewartet hatte, ging ihr diese Vertretung gegen den Strich. Wenn sie nur daran dachte, dass der Oberschulrat mit verschränkten Armen hinter der Klasse stehen würde und alles was sie von sich gab auf die Goldwaage legen würde, bekam sie Bauchschmerzen. Früher wurde man nach ein paar Jahren automatisch befördert. Heutzutage musste eine Leistungsbeurteilung erfolgen. Von der Wiege bis zur Bahre wurde man als Lehrer hospitiert.

In letzter Zeit hatte sie sich öfter bei dem Direktor über die schlechten Leistungen der Schüler beschwert, doch der stand jedes mal auf der Seite der Schüler. Es hieß stets, der arme Schüler wäre total überfordert. Es war ihrer Meinung nach eine Allerweltsschule und kein Gymnasium mehr, denn jeder Schüler erhöhte den Etat der Schule, und das allein zählte.

Jetzt hieß es Fassung bewahren und so tun, als ob man begeistert wäre.

„Das ist ja großartig," antwortete Cornelia ausschweifend, „vielen Dank, dass Sie dabei an mich gedacht haben, das ist wirklich sehr aufmerksam von Ihnen."

Zufrieden nickte der Direktor mit dem Kopf: „Ich wusste," meinte er selbstgefällig, „dass man sich auf Sie verlassen kann." Mit diesen Worten verabschiedete er sich und ließ sie im kalten Flur stehen.

Cornelia ärgerte sich, warum hatte sie nicht einfach abgelehnt, nun hockte der Oberschulrat ihr im Nacken und sie hatte nur zwei Tage, um sich entsprechend vorzubereiten. Der Gedanke daran ließ sie erschauern. Ihr blieb aber keine Zeit, weiter darüber zu grübeln. Mit eiligen Schritten machte sie sich auf den Weg zum Unterricht in ihre Klasse.

Kaum hatte sie angefangen und die Klassenarbeiten mit dem schlechten Notendurchschnitt verteilt, da meldete sich Andrea. Sie hob ihr Heft in die Höhe, schwenkte es hin und her und erklärte: „Frau Satorius, meine Arbeit ist nicht korrigiert und benotet worden."

Ungläubig ließ sich Cornelia die Arbeit zeigen. Sollte sie diese wirklich übersehen haben, so etwas war ihr noch nie passiert. Jetzt meldeten sich auch Marlon, Philipp und Sven. Das konnte doch nicht sein. Sie hatte den letzten Rest der Arbeiten unkorrigiert eingepackt. Kurzentschlossen sammelte sie die ganzen Hefte wieder ein und behauptete: „Da habe ich wohl einen Stapel mit dem der Parallelklasse vertauscht." Die Klasse grölte vor Vergnügen. Ein reibungsloser Unterricht war nun nicht mehr möglich. Cornelia musste notgedrungen sämtliche Klassenarbeiten wieder einsammeln.

In der folgenden Freistunde setzte sie sich ins Lehrerzimmer, holte ein Heft und Füller aus ihrer Tasche, um sich noch ein paar Notizen für die Hospitation zu machen. Nachdem sie die Sachen auf den Tisch gelegt hatte, starrte sie in Gedanken versunken aus dem Fenster. Sie machte sich die größten Vorwürfe. Irgendetwas stimmte nicht in ihrem Kopf.

Kollege Ahrens kam, setzte sich neben sie und stellte fest: „Was ist mit dir Cornelia, du siehst so bedrückt aus?"

„Ich soll kurzfristig die Hospitation vom Ackermann übernehmen,
der hat es mit der Bandscheibe, und ich weiß gar nicht, wie ich das
in dieser kurzen Zeit schaffen soll."

„ Genau, die da oben machen was sie wollen. Bei einem meiner
Schüler haben die Eltern die Schulbehörde angerufen," ereiferte sich
der Kollege Ahrens, „und weißt du was passiert? Sie haben sich beschwert, weil ich ihren Sohn angeblich ungerecht beurteilt hätte,
obwohl er eine drei Minus geschrieben hatte. Im Mündlichen steht
er aber auf einer sechs bei mir. Kann nichts, sagt nichts und stört
ständig den Unterricht. Stelle ich ihm eine Frage, redet er nur dum-
mes Zeug. Seine Hausaufgaben erledigt er, wenn überhaupt, selten,"
und seufzt: „ Sag selbst, was soll man mit so einem Kind machen.
Am Ende bin ich der Dumme, habe den Ärger mit der Behörde und
muss mich rechtfertigen. Den Stress will ich mir nicht antun und
gebe nach, und er bekommt seine vier, dabei hätte er eine fünf verdient. Doch das begreifen die in der Schulbehörde ja nicht."

„Das kann ich gut verstehen," nickte Cornelia vielsagend, „ich sage
stets zu meinen Schülern: „Ihr lernt nicht für die Schule sondern für
euer Leben."

„ Genauso ist es, ein guter Schulabschluss ist der Schlüssel für eure
Zukunft, sage ich auch ständig, aber die meisten wollen das nicht
kapieren, die sehen lieber aus dem Fenster und beteiligen sich nicht
am Unterricht."

„ Du wirst es nicht glauben," unterbrach ihn Cornelia, „im Moment
habe ich wieder einen Gastschüler aus Amerika aufgehalst bekommen. Das ist schon fast peinlich, statt aufzupassen und zu lernen,
flirtet er dauernd mit einer Spanierin, die ihrerseits dauernd dazwischen redet, wenn ich etwas erklären will."

„Du sagst es, die Schüler sind einfach nicht mehr geeignet für das Gymnasium," stöhnte der Kollege.

„Und da soll ich kurzfristig hospitiert werden," ereiferte sich Cornelia. Statt darauf einzugehen, fragte der Kollege von oben herab: „Ist es wahr, was hinter deinem Rücken getuschelt wird, dass du die Hälfte deiner Klassenarbeit heute unzensiert zurückgegeben hast?"

„Das ist gelogen, die Arbeiten sind von irgendwem vertauscht worden," antwortet Cornelia, nahm ihre Sachen vom Tisch und erhob sich, wobei sie feststellte: „Aber gegen so ein Gerücht ist man eben machtlos," ging stolzen Hauptes am Kollegen vorbei und eilte davon, um einem weiteren Gespräch auszuweichen.

AKTIENKAUF

Weil Anton nichts von sich hören ließ, war Cornelia schlecht gelaunt. Immer wieder stand sie vor dem Telefon, nahm den Hörer ab, überlegte einen Moment, wurde unsicher und legte den Hörer wieder auf, weil sie nicht recht wusste, überlegte sie, was sie am besten sagen sollte. „Hallo, warum kommst du nicht?" Das wäre schlecht, sie konnte das Gespräch nicht mit einem Vorwurf beginnen, oder anders: „Ich vermisse dich," das wäre zu intim, oder: „Ich kaufe deine Aktien," aber das wollte sie eigentlich nicht. Also entschied sie, dass es besser wäre, wenn sie warten würde, bis er sich meldete. Eigentlich hatte sie ja auch genug zu tun mit der Vorbereitung für die Hospitation. Die Angst zu versagen wurde auf Schritt und Tritt größer, je näher der Termin rückte.

Den ganzen Nachmittag überlegte sie welchen geeigneten Unterrichtsstoff sie am besten präsentieren könnte. Sie grübelte hin und her, ob sie „Das Auge" oder „Stirbt die Biene aus?" nehmen sollte. Diese Themen hatte sie in die engere Wahl genommen.

Die Mutter rief von oben um Hilfe.

„Was ist los," rief sie gereizt zurück.

„Ich kann meine Brille nicht finden."

Cornelia erhob sich schwerfällig. Als sie oben war, bemerkte sie, dass die Mutter ihr Gebiss nicht im Mund hatte und ging ins Bad.

„Du wolltest mir doch meine Brille suchen helfen?"

„Zuerst hole ich dir die Zähne."

„Ach, die brauche ich jetzt nicht, ich wollte die Zeitung lesen."

„Die hast du gestern schon gelesen, die von Heute ist
noch nicht da."

„ Das macht nichts, ich wollte einen bestimmten Artikel
zu ende lesen."

„Meinetwegen,“ Cornelia reichte ihr das Gebiss, die Brille und die Zeitung vom Vortag mit den Worten:

„Morgen habe ich eine wichtige Hospitation. Dafür muss ich ein paar Besorgungen erledigen. Die Zeitung von Heute bringe ich dir auch mit. Du brauchst nicht nach mir rufen.“

Die Mutter hörte gar nicht mehr hin. Sie war schon in den Artikel von gestern vertieft. Als Cornelia ihr den Rücken kehrte, nahm sie das Gebiss gleich wieder aus dem Mund.

Nach gründlichen Überlegungen entschied sie sich, für die Hospitation das Thema Auge zu unterrichten. Für eine gute Präsentation wollte sie es so Lebensnah wie möglich gestalten. Deshalb fuhr sie zum Schlachthof, um sich dort das nötige Material zu besorgen, von dem sie glaubte, dass sie es für eine anschauliche Biologiestunde benötigen würde. Sie wollte mit den Schülern das Kuhauge sezieren. Das Beispiel am realen Objekt sollte besonderen Eindruck hinterlassen. Die Kuhaugen sahen aus wie große Glasmurmeln, und sie suchte sich ein paar besonders schöne Exemplare aus.

Zuhause brühte sie sich eine starke Tasse Kaffee und setzte sich an den Schreibtisch, um endlich das Konzept für die Stunde auszuarbeiten. Als sie mit der Hälfte fertig war, klingelte es an der Tür. Da sie niemanden erwartete, blieb sie sitzen. Doch die Person gab nicht auf, fing an zu klopfen, und die Mutter schrie von Oben: „Es hat geklingelt.“

Anton stand vor der Tür und sagte: „Willst du mich nicht rein lassen?“

Cornelia war auf seinen Besuch nicht vorbereitet. Sie trug ihre Jogginghose, ein ausgeleiertes Shirt und hatte ihre schwarze Lesebrille auf. Überrascht bat sie ihn in der Stube Platz zu nehmen. Sie zog sich im Bad schnell ihre weiße Bluse und einen Rock über, nahm die

Brille ab und zupfte ihre Haare zurecht.

Er sah sich in der Zwischenzeit im Zimmer um. Zeitlose schlichte Möbel ließen den Raum farblos erscheinen. Alles wirkte ein wenig hausbacken, gefiel ihm überhaupt nicht. - Sieht ihr ähnlich – dachte er. Als sie wieder eintrat, überreichte er ihr ein paar bunte Blumen, die er im Laden als Restware für wenig Geld erstanden hatte. Erfreut stellte sie den Strauß in eine kleine Vase und bot ihm etwas zu trinken an.

„Hast du dir meinen Vorschlag in der Zwischenzeit durch den Kopf gehen lassen," wollte er von ihr wissen.

„ Morgen kommt der Oberschulrat in meine Unterrichtsstunde und prüft meine Beförderung. Deswegen hatte ich noch keine Zeit, mich um deinen Vorschlag zu kümmern. Du kannst mir glauben," stöhnte sie, „niemand hat soviel nervige Belastungen nebenbei, wie ein Lehrer. Die Behörde denkt sich dauernd irgendwelche neuen Verordnungen aus."

„Das tut mir Leid für dich, aber ich wette du machst das schon, du mit deiner Erfahrung. Deshalb solltest du endlich auch ins Aktiengeschäft mit mir einsteigen."

Einen Moment herrschte Schweigen.

„Also gut, wenn dir soviel daran liegt," gab sie nach, „dann machen wir das eben, was soll ich tun?"

Er atmete erleichtert auf. Endlich war sie bereit, ihr Geld bei ihm anzulegen. In der letzten Woche waren seine Aktien wieder gefallen und nicht mehr das Papier wert, auf dem sie gedruckt wurden. Sein Kapital war praktisch tot. Aber jetzt kam seine Rettung, und er forderte gut gelaunt: „Darauf müssen wir anstoßen, du wirst es nicht bereuen."

Sie holte eine Flasche Sekt aus dem Schrank und schenkte ihm ein, er wirkte mit einem Mal so gelöst, dass es ansteckte. Sie prosteten sich zu: „Auf den Erfolg!“ „Auf den Erfolg!“ „Auf einen gelungenen Einstieg in die Aktienwelt,“

und Cornelia hielt ihr Glas hoch und ergänzte freudig: „ Auf uns“ und dann wollte sie wissen: „Wieviel Geld soll ich denn investieren, an welche Summe hattest du gedacht?“

Er schenkte ihr noch einmal Sekt in ihr Glas nach und meinte: „Trink noch einen Schluck, die Summe ist egal, das Geld wird sich in kürzester Zeit verdoppeln“ und prostete ihr erneut zu.

Langsam drehte sich alles vor ihren Augen. Sie wurde müde und wollte nur noch ins Bett. Hatte sie am nächsten Morgen nicht eine wichtigen Termin? Ach ja der Oberschulrat, wie konnte sie das nur vergessen.

Mit einem zuversichtlichen Lächeln forderte Anton sie auf, dass sie ihm den versprochenen Scheck geben sollte. Benommen ging sie leicht torkelnd zum Sekretär und holte eine Überweisung aus der unteren Schublade, die sie gerade eben noch ausfüllen konnte. Dabei half ihr Anton freundlich. Er setzte den Geldbetrag von zwanzigtausend Euro ein. Cornelia unterschrieb blind und war stolz, dass sie das gemeistert hatte.

Beim Abschied klopfte er ihr zaghaft auf die Schulter und gab ihr einen angedeuteten Hauch von einem Kuss. Ihr lief ein Schauer über den Rücken. Sie wurde rot im Gesicht.

„Zusammen,“ versprach er „schaffen wir das.“

HOSPITATION

Am nächsten Morgen wachte Cornelia schweißgebadet auf. Als sie sich schlaftrunken erhob, entdeckte sie eine tote Wespe neben ihrem Kopfkissen. Hastig tastete sie ihr Gesicht nach einem Stich ab, konnte aber keine Schwellung fühlen. Angewidert nahm sie mit einem Taschentuch das Tier und warf es in den Mülleimer. Danach ging sie wie jeden Morgen ins Bad um sich zu duschen. Zum Frühstück bereitete sie sich eine kleine Schüssel mit Müsli und stellte sich einen Nachrichtensender im Fernsehen an, um sich über den Stand der Aktien zu informieren. Allerdings verwirrte sie die Vielzahl der Namen und die Zahlenreihen dahinter. Gelangweilt gähnte sie und steckte einen Löffel Haferflocken in den Mund, die sie genüsslich kaute.

Doch dann sah sie auf die Uhr und bekam einen Schreck, es war schon viel später als sie gedacht hatte. Hastig packte sie ihre Sachen zusammen, rief durch den Flur nach oben: „Tschüß Mutter, Schwester Inge kommt in einer halben Stunde, die wird sich um dich kümmern. Bis später" und eilte davon.

Beinahe hätte sie ihre Hospitation verpasst. Anton hatte sie total aus dem Konzept gebracht mit seinen Aktien; die Ausarbeitungen waren nach dem Besuch von Anton liegen geblieben und ihre Vorbereitung entsprechend gering ausgefallen.

Einen Moment erwog sie, ob sie sich krank schreiben lassen sollte. Mit einem Seufzer entschied sie sich dafür nicht aufzugeben, setzte sie sich in ihren roten Fiat und fuhr los. Das Auto war ihr ganzer stolz, ihr roter Flitzer, wie sie ihn liebevoll nannte, ohne den Wagen konnte sie sich ihr Leben gar nicht mehr vorstellen. Sie erledigte alles mit ihrem Auto, ihre Einkäufe, ihren Urlaub, die endlose Autobahn in Richtung Süden, den Weg in die Schule und wenn sie abschalten wollte, fuhr sie damit an die Elbe um spazieren zu gehen.

Ungeduldig wartete Cornelia auf den Direktor und den Schulrat. Nervös kontrollierte sie ihre Tasche ob sie auch alles eingepackt hatte, die Kuhaugen noch gekühlt lagerten und dann kam wieder dieser unerträgliche Lärm.

Wild durcheinander kreischend, so stürmten die Schüler in den Klassenraum. Der Lärmpegel wurde für sie, mit zunehmenden Alter immer schwerer zu ertragen, kaum noch auszuhalten.

Allerdings hatten die Schüler ja bei ihr aufzustehen, damit sie zur Ruhe kamen, sobald sie im Raum war. Die Schüler hatten sich bei ihr zu erheben, sich gerade hinter ihren Tischen aufzustellen und im Chor zu sagen: „ Guten Morgen Frau Satorius," woraufhin sie mit einem wohlwollenden Kopfnicken knapp: „Setzen!" erlaubte, und dann war es endlich soweit.

 Die beiden Prüfer klopften und traten herein. Zuversichtlich wandte sie ihren Blick zum Direktor, der wieder seine Trachtenjacke trug, er lächelte sie aufmunternd an und bat: „ Lassen sie sich von uns nicht stören." Der Schulrat wirkte so steif, als hätte er einen Stock verschluckt. Er war mittelgroß, mit einem dicken Bauch und machte ein ernstes Gesicht. Der Tragweite seines Auftritts bewusst, nahm er mit dem Direktor in der hinteren Reihe Platz.

Schlagartig war es in der Klasse ruhig geworden.

Voller Optimismus begann Cornelia den Unterricht. Die Klasse sollte fünf Gruppen bilden, während sie die Kuhaugen verteilte, wobei sie versuchte, den Unterrichtsstoff den Schülern näherzubringen und dozierte: „Die Hornhaut des Kuhauges hat viele starke Schichten und hilft das Licht aufzunehmen. Die schwarze Pupille ist das Loch, welches Licht in das Auge lässt." Doch während Cornelia erklärte, langweilten sich die Schüler, wurden unruhig, scharrten mit den Stühlen und redeten durcheinander. Nur langsam bildeten sich Gruppen. Cornelia klopfte mit ihrem Fingerring, den sie stets trug, gegen den Schreibtisch und forderte: „RUHE!" Als nächstes teilte sie für jede Gruppe ein Skalpell aus. „Ihr müsst das Fett und die Muskeln damit weg schneiden," bestimmte sie.

Einem Mädchen wurde beim Anblick der Augen schlecht. Sie rannte, ohne etwas zu sagen, mit der Hand vor den Mund in den Toilettenraum.

Die Klasse grölte vor Vergnügen. Cornelia überspielte es mit einem Lächeln und meinte: „Anne hat wahrscheinlich mal wieder nichts zum Frühstück zu sich genommen, außer einer Flasche Cola und Chips."

Anschließend sollten die Schüler mit dem Skalpell einen Schnitt in die Hornhaut durch die Mitte des Auges führen, und Cornelia erklärte weiter, dass die Rückseite dem Augapfel seine Form gibt und hoffte, dass alle sehen konnten, wie faszinierend so ein Kuhauge funktionierte: „Jetzt könnt ihr die Linse entfernen, sie benutzt das Licht, um ein Bild zu machen, das dann auf der Retina landet." Die meisten der Schüler aber sahen nur die glibberige Masse, weil jede Gruppe sich ein Auge zusammen ansehen musste und sie zu wenig Material besorgt hatte.

Die Schüler durften ein Buch hervorholen und nachschlagen, wie die Linse die Schrift vergrößern konnte.

Ein Rascheln ging durch die Reihen, jeder wollte die durchsichtige Linse einmal in der Hand halten. Währenddessen Cornelia weiter ausführte, ohne das Durcheinander und den Lärm zu berücksichtigen: „Nerven von allen Zellen treffen in der Retina zusammen." Und dabei kam sie ins Schwärmen über das Wunder des Auges. Sie machte die Schüler darauf aufmerksam, dass sie genau im hinteren Bereich schauen sollten, wie schön die glänzende Schicht aussieht, die darunter liegt und erläuterte: „Das Tapetum besteht aus glänzendem blaugrünen Material, das Lichtteilchen nochmals zurück auf die Netzhaut wirft."

Als es auch der Letzte scheinbar begriffen hatte wie das Kuhauge funktionierte, begann Cornelia noch einen Versuch vorzuführen und wollte mit Hilfe eines Parfümstäubers nachweisen, inwieweit sich Teilchen in der Luft bewegen. Sie spritzte ausgiebig mit dem Bestäuber in den Klassenraum. Dabei vermischte sich allerdings die Parfümwolke mit dem Geruch der Kuhaugen, ein penetrant riechender Duft entwickelte sich, und es fing an zu stinken.

Die Schüler hielten sich die Nase zu und da es gerade zur Pause läutete, verließ jeder so schnell er konnte den Unterricht.

Cornelia war zufrieden, schließlich hatte die Mehrheit der Schüler, ihrer Meinung nach aufgepasst.

Der Schulrat und der Direktor sprachen ein paar Worte miteinander, die Cornelia nicht verstehen konnte, sie wartete angespannt.

 Um befördert zu werden, müsste sie eine sehr gute Note erhalten. Inzwischen hatten sämtliche Schüler den Raum verlassen, und die beiden Herren diskutierten immer noch.

Der Direktor schüttelte mit dem Kopf und der Schulrat gestikulierte mit den Armen. Etwas später kam er mit einem grimmigen Gesicht auf sie zu und verkündete: „Sie haben die Unterrichtsmethoden um Jahre zurück geworfen." Grußlos ging er an ihr vorüber. Der Direktor zuckte nur entschuldigend mit den Schultern, schüttelte ihr die Hand zum Abschied und sagte: „Er meint das nicht so. Wir sprechen uns später" und folgte mit eiligen Schritten dem Schulrat.

Das gute Gefühl war wie weggeblasen. Ratlos fragte sie sich, was habe ich falsch gemacht?

Etwas später tauchte der Direktor wieder auf und verkündete die Beurteilung der Unterrichtsstunde. Es wurde leider nur ein befriedigend. Plötzlich bekam Cornelia starke Kopfschmerzen, ihre Migräne war wieder da. Mit einer Leidensmiene meldete sich deswegen im Sekretariat als krank ab und machte sich enttäuscht auf den Heimweg.

Kaum war sie Zuhause, da rief die Mutter schon von oben nach ihr und machte ihr Vorwürfe: „Du kümmerst dich kaum noch um mich. Das hat auch Schwester Inge gemeint, dass sie dich kaum zu Gesicht bekommt."

„Ich hab dir doch erzählt, dass ich heute eine wichtige Hospitation hatte."

„...Und wie ist die ausgefallen?"

„Sehr gut, ich bin extra dafür gelobt worden."

„Na siehst du, etwas anderes habe ich auch nicht von dir erwartet. Mir geht es gar nicht gut," stöhnte die Mutter, wenn ich daran denke, wie leicht mir früher jeder Handgriff fiel und nun bereitet mir allein das Heben der Hand schon Schwierigkeiten. Da drückt etwas wie ein zu enges Korsett gegen meinen Körper, und ich kann kaum Atmen, lange halte ich diese Schmerzen nicht mehr aus." Cornelia versuchte sie abzulenken: „Hast du vergessen, heute kommt doch deine Lieblingssendung, da machen wir es uns beide vor dem Fernseher bequem."

„Ach da freue ich mich aber," die Stimmung der Mutter wurde merklich besser. Sie war ja irgendwie von der Welt abgeschnitten und Cornelia ihre einzige Bezugsperson.

Im Flur hing noch der Pelzmantel der Mutter. Eigentlich war der überflüssig, nahm nur Platz weg, ein Staubfänger. Sie konnte den Mantel nicht mehr sehen, zu viele Erinnerungen waren damit verbunden. Sie nahm ihn vom Haken, um ihn in den Keller zu bringen. Die Treppe war immer noch sehr steil, vorsichtig knipste sie das Licht an. Ihr lief ein Schauer über den Rücken, als sie sich daran erinnerte, wie unheimlich der Keller ihr das erste Mal erschienen war. Anton musste ihr gut zureden, damit sie ihn betreten würde. Beflissen hängte sie den Mantel gegenüber vom Kühlraum auf und strich zärtlich über das weiche Fell. Sie bereute, dass sie die Mutter angelogen hatte, warum konnte sie nicht einfach die Wahrheit sagen? Sie hatte die Hospitation nur mit einer drei geschafft, aber war sie deswegen gleich ein schlechterer Mensch?

Um auf andere Gedanken zu kommen, sah sie sich nochmal die entsprechenden Aktienseiten im Videotext des Fernsehers bei N-TV an. Anton hatte sich für „Interside" entschieden und das ganze Geld auf diese Aktie gesetzt. Im Moment waren die tatsächlich ein bisschen gestiegen. Cornelia jubelte innerlich, war ja doch nicht alles schlecht an diesem Tag gelaufen. Jetzt konnte sie sich mit der Mutter einen gemütlichen Fernsehabend machen.

KOLLEGE KÖHLER

Kollege Köhler wollte eigentlich kein Lehrer werden. Ihm schwebte eine Karriere als Richter vor. Doch als er die Studienbedingungen las und die konservativen heiligen Hallen, die ebenfalls überfüllten Hörsäle gesehen hatte, kamen ihm Zweifel, ob er sich für diesen doch recht trockenen Beruf eignete, der in steife Gesetzesvorlagen gepresst war.

Er trug gerne Turnschuhe, weil die bequem waren. Meistens zog er sich legere Sachen über, die salopp an ihm herunter hingen. Als Lehrer hatte er mit aufstrebenden, jungen Menschen zu tun, und es gab wesentlich mehr Freiräume, so glaubte er jedenfalls am Anfang. Jetzt bereute er es schon manchmal, dass er kein Richter geworden war. Aber damals belegte er noch voller Idealismus die Fächer Biologie und Mathematik und meinte, er würde ein besserer Pädagoge werden, wie die Lehrer, die er gehabt hatte. Wenn man gerechte Noten gab und einen verständlichen auf die Schüler eingehenden Unterrichtsstoff geben würde, würde das ausreichen. Allerdings wurde er sehr schnell aus seinen naiven Vorstellungen gerissen, Lehrer war Lehrer, und Schüler blieb Schüler, egal welche Fächer er unterrichtete und wie gut die Stunde ausgearbeitet war.

Es war gerade große Pause, und er war für die Aufsicht eingeteilt worden. Wenn er durchrechnete, und das tat er oft, lagen noch mindestens dreißig Jahre Schuldienst vor ihm.

Im Moment war alles ruhig. Er wickelte gerade sein Pausenbrot aus, da hörte er, wie der junge Kollege einen Schüler anschrie und der Schüler sich weigerte, mit ihm zum Direktor zu kommen und entgegnete: „Sie haben mir gar nichts zu sagen." Bei dieser frechen abfälligen Antwort drehte der junge Kollege völlig durch, nahm den Schüler in den Schwitzkasten und schleppte ihn ein paar Schritte vorwärts, um ihn zum Direktor zu schleifen. Doch der Schüler konnte sich befreien und lief davon.

„Oh oh," sagte Cornelia und blieb neben Kollege Köhler stehen, „ wenn das man kein Nachspiel gibt" und er bekräftigte, während er in sein Käsebrot biss: „Und ob, das wird für den jungen Kollegen bitter enden."

In letzter Zeit trafen die beiden öfter zufällig zusammen. Seitdem sie sich bei seinem Computerkurs angemeldet hatte und das waren nur ganz wenige, die daran Interesse zeigten, redete er manchmal ganz locker, sogar über seine Ehe. Dass er sich scheiden lassen wollte, war allerdings ein offenes Geheimnis. Besonders die Musiklehrerin tratschte gern hinter seinem Rücken über ihn und hatte das Gerücht in Umlauf gebracht. Seine Ehe steckte angeblich tief in der Krise. Zwischen ihm und seiner Frau Brigitte gab es um jede Kleinigkeit Streit, hatte sie behauptet.

 Weil er das, was hinter seinem Rücken getratscht wurde ,in Erfahrung gebracht hatte, fragte er Cornelia nach ihrer Meinung, wie er sich verhalten sollte. Cornelia verstand ihn falsch, dachte, er hätte wirklich Probleme mit seiner Frau und riet ihm: „Du solltest Geduld mit ihr haben, wenn sie sich gleich angegriffen fühlt, ist das auch nur ein Zeichen von Schwäche."

Da sie ihn scheinbar beraten wollte und meinte, sie würde sich in seiner Ehe auskennen, spielte er die Rolle des geknickten Ehemannes, klagte ihr sein Leid und übertrieb maßlos:„ Das sagt sich so leicht, aber zum Beispiel, gerade neulich, da steht sie vor dem Spiegel und meint stolz, dass sie immer noch schlank geblieben wäre und ich ja schon reichlich Bauchansatz hätte." „Na ja,"antwortete Cornelia, „das ist nicht weiter schlimm oder stimmt das nicht?"

„Aber das ist nicht gerade schmeichelhaft für mich, und ich habe geantwortet, nur so aus Spaß: „Ab eines gewissen Alters kann eine

Frau nur noch darüber entscheiden, ob sie aussehen will wie eine Kuh oder wie eine Ziege." Cornelia lachte:„Was für ein Blödsinn."

„Meine Frau fand das gar nicht lustig, sie war gleich beleidigt und hat mich angefaucht: „Willst du damit behaupten, dass ich aussehe wie eine Ziege?" Woraufhin er geantwortet hatte: „Ein wenig mehr Fülle im Gesicht würde dir auch nicht schaden" und beklagte weiter:

„Sie hat zwei Tage nicht mehr mit mir gesprochen. Erst als ich mich bei ihr entschuldigt habe und versichert habe, dass sie jetzt sogar eine bessere Figur hat als früher, ließ sie wieder mit sich reden. Lange hielt es aber nicht an. Sie beschwerte sich, dass ich ihre Persönlichkeit nicht genügend anerkennen würde. Dabei ist es gerade umgekehrt, sie hat nicht die geringste Ahnung,was tagtäglich in der Schule zu leisten ist, um anerkannt zu werden. Sie ist die Mutter meiner Kinder, aber besonders weiter entwickelt hat sie sich nicht. Sie ist die einfache Hausfrau geblieben und versteht einfach nicht, dass niemand sonst in seinem Beruf soviel Lärm und Bürokratie und Arbeitsbelastung ausgesetzt ist wie der Lehrer."

Cornelia nickte zustimmend: „Ich finde auch, keiner sonst kann nachvollziehen, wie stressig dieser Beruf ist."

„ Nichtsdestotrotz, ich bin gern Lehrer."

„Das bin ich auch," sagte Cornelia und fügte hinzu: „Ich würde, wenn du mein Mann wärst dich jedenfalls unterstützen, wo ich könnte."

Kollege Köhler fühlte sich verstanden, es schien, als lägen sie auf der gleichen Wellenlänge. Wenigstens eine Frau, die seine Probleme ernst nahm, und Cornelia fügte noch hinzu: „Deine Frau sollte sich glücklich schätzen, dass sie so einen Mann hat wie dich."

„Vielleicht sollte ich mich wirklich scheiden lassen," überlegte er laut und fügte spaßeshalber hinzu: „Und dann heirate ich dich." Corne-

lia wurde bei soviel Vertraulichkeit rot bis unter die Haarwurzeln.
Der Gedanke kam ihr, dass er gar nicht schlecht aussah, nicht ihr Traummann, ein wenig unmodern und zu lässig, aber eine hohe Stirn und schöne kraftvolle Hände. Allerdings hatte sie ja jetzt Anton, da war kein Platz für einen Anderen und sie antwortete: „Ich bin leider schon vergeben."
„Macht nichts," konterte er, dann nehme ich eben meinetwegen meine Frau, oder besser noch Dr. Dr. Trabat, die Musiklehrerin die interessiert sich schließlich brennend für mein Eheleben."
Es läutete und die Pause war zu Ende.
„Wir sehen uns später beim Computerkurs," erinnerte Kollege Köhler. Das hatte Cornelia schon wieder vergessen. „Hoffentlich stelle ich mich nicht so dumm an. Mit der Technik stehe ich oft auf Kriegsfuß," entschuldigte Cornelia sich, und er winkte ihr aufmunternd zu: „Das wird schon. Du wirst sehen, wir fangen ganz einfach an."
Im Moment liefen in der Schule die Vorbereitungen für das Sommerfest auf Hochtouren. Kollege Köhler war ein Mitglied der Lehrerband. Seit er denken konnte, spielte er auf der Rhythmusgitarre Musikstücke nach. Er war mit den Beatles und den Stones aufgewachsen. Satisfaktion sein Lebensmotto. Mit Hip Hop oder Sprechgesang konnte er nichts anfangen. Sein Ding war Rock, und früher hatte das auch seiner Frau gefallen. Aber jetzt wollte sie nicht mal, dass er in der Lehrerband spielte und hatte gemeint: „Für diese Musik bist du nun wirklich allmählich zu alt." Was sollte das? Er fühlte sich noch nicht alt, er war in den besten Jahren und außerdem fand das Sommerfest nur einmal im Jahr statt. Ihr dauerten die Proben zu lang, aber das Vergnügen, Musik zu machen, ließ er sich nicht nehmen. Sein Feierabend gehörte schließlich ihm.
Aua, was war das? Er fühlte mit der Zunge den vorderen Eckzahn.

Da war nichts, aber der Zahn tat mit einem Mal schrecklich weh. Er nahm sein Handy und rief sofort beim Zahnarzt an, um sich einen Termin geben zu lassen. Von der Praxis meldete sich ein Tonband: Der Doktor ist leider für eine Woche in Urlaub. Notgedrungen legte er den Hörer wieder auf und beschloss, die Woche noch abzuwarten.

Zuhause erwartete ihn seine Frau mit einem freundlichen Lächeln: „Hast du das Brot und die Eier mitgebracht?" wollte sie wissen.

„Ach das habe ich ganz vergessen," gab er kleinlaut zu.

„ Macht nichts, ich habe noch ein wenig Vorrat im Haus. Du kannst ja morgen noch die Getränke mitbringen."

„Ist das Essen schon fertig?" kam er zu ihr in die Küche und blickte in den Kochtopf, in dem vier Rouladen vor sich hin köchelten."

„Lecker Rouladen," gab er ihr vertraulich einen Klapps auf den Hintern, und sie nahm seine Hand vielversprechend weg und meinte: „nicht doch jetzt, die Kinder," und dann rief sie laut in den Flur: „Das Essen ist fertig!" und wie fast jeden Tag versammelte sich die Familie laut diskutierend um den Tisch und er lobte sie, wie so oft: „Das muss man dir lassen, dein Essen schmeckt immer göttlich. Du bist die beste Hausfrau, die es gibt." Von einem Ehekrieg konnte dabei nicht die Rede sein, er übertrieb eben stets total, wenn er schlechte Laune hatte. Aber eigentlich war seine Frau weder zu dick noch zu dünn und auch nicht geistig unter bemittelt, normal eben. Er fühlte sich nur unverstanden, da er das Gefühl hatte, dass sie ihn nicht genügend Aufmerksamkeit und Beachtung schenkte, und deshalb gab er auch zum Besten:

„Heute hat mir wieder die Satorius nachgestellt, die hängt an mir
wie eine Klette. Dabei hat sie die Hospitation in den Sand gesetzt.
Wie kann man auch nur Kuhaugen in einer Hospitationsstunde sezieren lassen. Die Frau ist umständlich sag ich euch, wer weiß, wie sie
sich noch im Computerkurs anstellt.

GEHEIMER RAUM

Um ihren vermeintlichen Gewinn im Aktienmark nochmal zu über-
prüfen, klickte Cornelia die entsprechende Videotext - Seite im
Fernsehen an. Sie lehnte sich zufrieden zurück und träumte davon,
was sie mit dem gewonnenen Vermögen machen wollte. Doch was
war das, alles war rot, die roten Zahlen flimmerten nur so vor ihren
Augen. Ein Irrtum, das musste ein Irrtum sein. Gestern war da doch
noch ein Gewinn, und heute war die Aktie nicht mal einen Cent
wert. Wieso? Wie konnte das passieren? Anton hatte ihr schließlich
zugesichert, dass das eine sichere Anlage wäre.

Anton muss her, es konnte nicht angehen, dass alles einfach weg war.
Alles Lüge! Aufgebracht rief sie bei Anton an. Er hörte sich ihre Sorge in Ruhe an und versicherte ihr anschließend: „Reg dich nicht auf,
das ist ganz normal, Aktien fallen und steigen. Am besten du siehst
nicht hin und lässt die Kontrolle sein." „Aber sieh es dir doch an, die
Aktie ist praktisch wertlos geworden." „Also gut, wenn es dich be-
sänftigt und es dir lieber ist, komme ich vorbei und wir klären das."
Genervt legte Cornelia den Hörer wieder auf.

Kurze Zeit später stand er vor ihrer Tür und machte ein strenges Gesicht. Er versuchte, sie zu beruhigen und in Sicherheit zu wiegen.
Er hatte die Aktie längst wieder verkauft, als sie noch gestiegen war.
Den Gewinn und ihr Geld wollte er aber in die eigene Tasche stecken. Dass sein Deal gleich so gut geklappt hatte, erfreute ihn. Sie
sollte ruhig denken, dass alles verloren war.

Er würde gleich zusammenbrechen und so tun, als würde ihn diese
Nachricht aus heiterem Himmel treffen.

„Sieh dir das an!" Cornelia zeigte auf die Tabelle im Videotext.
Anton tat so, als würde er total überrascht sein: „ Ach du lieber
Himmel, das kann doch nicht angehen. Die Aktie wurde als sicher

eingestuft. Ich kann dazu nichts sagen. Aber vielleicht ist ja der chinesische Investor wieder abgesprungen. So etwas kommt öfter vor als man denkt."

„... und jetzt?" Cornelia stand anhaltend unter Schock, wie neben sich. Er zuckte scheinbar außer Fassung mit den Schulten und offenbarte: „Da kann man leider nichts machen. Verkaufen lohnt sich nicht mehr, wir sollten abwarten, oft erholt sich die Aktie auch wieder."

„Ist das alles, was du dazu zu sagen hast?" wollte sie ärgerlich wissen.

„Was soll ich denn deiner Meinung nach tun? Ich habe auf den Markt nicht den geringsten Einfluss."

Cornelia ließ den Kopf sinken und war den Tränen nahe. Das schöne Geld, alles war futsch. Jetzt war sein Moment gekommen, wo er sie endgültig aus der Fassung bringen konnte. Sie war ihm nur lästig, ihr jungfräuliches Gehabe nervte ihn inzwischen dermaßen, dass er ihre Nähe kaum noch ertragen konnte und sie endlich los werden wollte.

Aber ich habe auch eine positive Nachricht und da hoffe ich, dass du dich mit mir freuen wirst," begann er scheinheilig zu verkünden.

„Was soll das sein?" fragte sie noch benommen.

Jetzt war sein großer Auftritt, er räusperte sich und begann zu verkünden: „Zuerst möchte ich mich nochmal für deine Freundschaft bedanken, ich weiß das wirklich sehr zu schätzen und räusperte sich erneut, um die Wichtigkeit dieser Verkündung zu unterstreichen: „Ich hoffe, du freust dich mit mir."

Cornelia hing erwartungsvoll an seinen Lippen – jetzt, jetzt - dachte sie, – er macht mir eine Heiratsantrag, und wir werden uns glückselig in die Arme fallen. Ja, ja, ja ich will! schrie es in ihr.

Aber dann glaubte sie ihren Ohren nicht, denn er verkündete voller

Stolz: „Du weißt, ich war immer ehrlich zu dir und ich bin dafür, mit offenen Karten zu spielen, und du bist die Erste, die es erfährt." Er teilte feierlich mit: „Am Sonntag habe ich mich mit Marita verlobt, im Sommer wollen wir heiraten. Du bist jetzt schon herzlich eingeladen."

„Wie bitte?" Cornelia konnte es kaum fassen und wiederholte: „du hast dich verlobt? Ich habe geglaubt, du bist ungebunden." Ihr wurde schwindelig vor Augen. Wieder war alles Lüge. Er hatte also eine Andere, als er ihr den Hof gemacht hatte. Es war, als ob jemand ein Licht ausschalten würde. In ihr brannte nur noch der Gedanke an Rache. Wieso hatte sie es nicht bemerkt. Er war stets so aufmerksam gewesen. Aber eins hatte sie sich geschworen, was er nicht wusste, es würde ihr nie so ergehen wie ihrer Mutter. Kein Mann, der ihr nah stand, durfte sie verlassen. Sie riss sich zusammen, lächelte und gab vor: „Das freut mich für dich, wirklich, darauf sollten wir anstoßen."

Dass sie derart locker reagieren würde, überraschte ihn. Eigentlich hatte er angenommen, dass sie ihm vor Eifersucht eine Szene machen würde und antwortete erleichtert: „Eine gute Idee, ich hole den Sekt" und begab sich in die Küche, wo er vergeblich suchte: „ Ich kann die Flasche nirgends finden, wo hast du sie gelagert?"

„Ach ja, ich habe mir im Keller einen kleinen Vorrat angelegt. Wir müssen ihn von unten holen, du wirst staunen!" rief sie zurück. „ Warte, ich helfe dir!" stand auf und begleitete ihn.

Die Hoffnung, einen Partner fürs Leben gefunden zu haben, war wie eine Seifenblase zerplatzt. Innerlich kochte sie vor Wut und Enttäuschung. Seine für sie demütigenden Äußerungen waren unerträglich. In ihrem Kopf herrschte nur noch ein einziger Gedanke - Rache – Rache – Rache. Dabei hatte sie ständig das Bild vor Augen, wie er mit seiner Verlobten im Bett lag und sie sich über sie lustig machten, die Vorstellung, dass sie allen Ernstes geglaubt hatte, er könnte sich in sie verlieben. Sie konnte an nichts anderes denken, als dass er sie belogen und mit einer Anderen betrogen und verraten hatte. Wobei sie allerdings gut genug dafür war, seine Aktien zu kaufen, die nichts wert waren und als ob sie neben sich stehen würde, hörte sich sagen: „Die Flaschen sind gleich unten neben der Treppe." Er öffnete die Tür zum Keller. Die Treppenstufen lagen im Dunkeln vor ihnen. Beide fühlten eine vertraute Nähe.

Während er den Lichtschalter suchte, sagte er: „ Ich bin erleichtert dass du dich mit mir freust, hatte schon befürchtet, du machst dir irgendwelche falschen Hoffnungen. Aber dafür bist du ja auch wirklich schon zu alt."

Das war zu viel für Cornelia, es reichte, das war mehr, als sie ertragen konnte, hörte, wie er in sich hinein kicherte: „zu alt und zu fett" und erstarrte zur Salzsäule, hatte nur noch eins im Sinn, ihm genauso weh zu tun, wie er ihr weh tat. Als er das Licht gerade anknipsen wollte, stieß Cornelia ihn voller Hass mit einem lauten Schrei und all ihrer Kraft in den Rücken die steile Treppe nach unten.

Das kam so überraschend für ihn, dass er keinen Halt fand, das Gleichgewicht verlor, sich unglücklich überschlug, mit dem Kopf auf den kalten Betonboden prallte und besinnungslos liegen blieb.

Cornelia schaltete das Licht an, eilte zu ihm und versuchte ihn wach zu rütteln: „ Wach auf, wach auf, wach auf!" forderte sie und bereute sofort, was sie getan hatte.

Er blieb stumm. Panik überkam sie. Hilfesuchend blickte sie sich um, starrte auf die eiserne Tür des Kühlraums und eine innere Stimme flüsterte: - Wenn du ihn dort hineinbringst, gehört er für ewig dir, das willst du doch, keine Andere soll ihn dir weg nehmen – und überlegte weiter:

- Falls er wieder aufwachen sollte, würde er sich erinnern, dass du ihn gestoßen hast. Das willst du doch nicht. Also friere ihn ein - .

Kurzentschlossen griff sie dem leblosen Körper unter die Schultern und schleifte ihn in den Kühlraum, wobei sie ununterbrochen wiederholte: „Es wird alles gut, alles wird gut." Tränen liefen ihr über das Gesicht.

 Dann stellte sie die kälteste Temperaturstufe ein, während ihre Hände zu zittern begannen. „Es muss sein," sagte sie zu ihm, noch unter Schock stehend, weil sie ihn eigentlich nur stoßen wollte, da er sie verschmäht hatte. Wie im Fieber warf sie einen letzten Blick auf seinen leblosen Körper. Noch konnte sie ihn zurückholen, sie musste sich entscheiden. Doch sie sagte laut: „Schlaf jetzt mein Lieber, ich komme morgen wieder," schloss eilig die eiserne Tür hinter sich zu, rannte nach oben und ließ sich im Flur fallen, wo sie wie erstarrt liegen blieb. Nach einer gewissen Zeitspanne, als sie wieder klarer denken konnte, erhob sie sich und lächelte, - jetzt gehörte er ihr, auch wenn er nicht mehr sprechen konnte, er würde ihr Leben von dort unten mit ihr teilen.

Später im Bett wälzte sie sich hin und her. Im Traum stand er vor ihr. Sein Gesicht war mit Eisblumen überzogen und er streckte seine Arme, an denen lange Eiszapfen hingen, nach ihr aus. So kam er mit steifen Schritten langsam auf ihr Bett zu, immer näher. Sie schrie, wachte schweißgebadet auf während ihre Beine unablässig zuckten. Angsterfüllt blieb sie wach und horchte in die Nacht, aber niemand kam und niemand bedrohte sie.

SCHULFEIER

In der Aula dröhnten lautstark verschiedene Musikinstrumente durcheinander. Der Musiklehrer forderte die Teilnehmer auf, einen Augenblick ihre Instrumente abzulegen: „Leute," schrie er von der Bühne, „es bringt nichts, wenn alle vor sich hin spielen! Ihr müsst euch aufeinander abstimmen und die Reihenfolge beachten. Also los, der erste Beitrag war glaube ich von der Gruppe Fireball."

Die einzelnen Teilnehmer formierten sich, die Proben für das Sommerfest begannen, und die Schülerband aus der achten Klasse spielte einen aktuellen Hit aus den Charts nach.

Kollege Köhler gönnte sich ein Bier. Er musste ein bisschen warten, ehe er seinen Beitrag vorführen konnte. Die Schülerband spielte mäßig aber voller Eifer.

Nachdem ein paar Stücke zusammengestellt und geprobt worden waren, kam der Kollege Ehler, der Deutsch - und Englisch - Lehrer zu ihm und wollte wissen: „Hast du schon fleißig geübt, oder hattest du keine Zeit?"

„Die Stücke brauche ich nicht üben," antwortete er, „die kenne ich in und auswendig, so oft wie ich die schon gesungen habe."

„Was ich eigentlich mit dir besprechen wollte," räusperte Kollege Ehler sich, „die Sommerfeld hat sich an mich gewandt und möchte auch gern auftreten und ein Stück singen. Was hältst du davon?"

„Tja, ich weiß nicht," zuckte er mit den Schultern, „ausgerechnet die Sommerfeld, kann die überhaupt singen?"

„Keine Ahnung, aber ich habe ihr schon so gut wie zugesagt."

„Wenn das so ist, warum fragst du mich da noch? Ich finde Frauen, die Lehrerinnen sind, überschätzen sich oft auf der Bühne. Die wollen stets alles besser wissen. Was will die Sommerfeld denn überhaupt darbieten?"

„Habe ich sie nicht gefragt, aber sie kommt nachher noch dazu, sie hat gerade ein Elterngespräch."

„ Meinetwegen kann sie singen: „ Im Himmel ist Jahrmarkt!" spottete Köhler, „das wird doch nichts mit der."

„Wir werden sehen, vielleicht ist sie ja besser als du denkst."

Mit grell geschminkten Lippen und einem Tuch um den Hals, wie eine Diva, gesellte sich die Kollegin Sommerfeld dazu und meinte: „ Hier ist ja ordentlich was los. Habt ihr schon auf mich gewartet?"

Die Kollegen antworteten nicht. Sie guckte irritiert und wiederholte ihre Frage. Daraufhin schrie der Kollege Ehler: „Was hast du gesagt? Ich versteh kein Wort, die Musik ist so laut."

Kurz darauf bildeten die Teilnehmer erneut einen Kreis und besprachen den zweiten Teil. Die Sommerfeld erhob sich und teilte den Anwesenden mit: „Man ist auf mich zugekommen und wollte wissen, ob ich mich auch beteiligen will? Ich habe lange überlegt, ob ich das machen möchte. Aber schließlich bin ich zu dem Entschluss gekommen, es auch mal zu versuchen."

Die Schüler klatschten laut und amüsierten sich. Einer schrie dazwischen: „Und was wollen sie singen?"

„Ich dachte an einen Part aus Rockys Horror Picture Show." Einige pfiffen laut, der Rest trampelte begeistert mit den Füßen.

Nur Köhler war dagegen und meine offenkundig: „Ich finde das passt nicht ins Programm."

„Aber Günther," wurde die Sommerfeld vertraulich, rutschte hautnah an seine Seite, um seine Wange zu streicheln und betonte: „Das musst du doch nicht so eng sehen, jeder singt eben das, was er am besten kann, wo er sich mit identifizieren kann. Du wirst sehen, ich werde euch alle überraschen."

Der Lateinlehrer Hampel mischte sich ein: „Ich finde die Kollegin hat recht, jeder sollte selbst bestimmen, was er vorführen möchte."

Die meisten Anwesenden applaudierten und damit stand dem Auftritt der Sommerfeld nichts mehr im Wege.

Als Köhler an der Reihe war, um seine beiden Stücke zu singen, hatte er keine Lust mehr, auf die Bühne zu gehen, reagierte beleidigt und schlug scheinbar großzügig vor: „Ich lasse der Kollegin den Vortritt. Lasst euch von mir überraschen, da ja jeder machen kann was er möchte, brauche ich meinen Teil ja nicht proben. Ich verabschiede mich, war ein langer Tag heute."

Einige Schüler riefen: „Buh!" als er ging, aber das störte ihn nicht, da hörte er nicht mehr hin.

Zuhause erwartete ihn seine Ehefrau Brigitte gleich mit dem Vorwurf: „Du kommst heute aber spät. Wir haben längst Abendbrot gegessen, und um die Kinder kümmerst du dich auch kaum noch."

„Ich hatte Übungsabend, hast du das vergessen? Da rackert man sich für die Familie ab, hat den ganzen Tag was zu tun und bekommt dafür auch noch Vorwürfe zu hören. Aber davon hast du nicht die geringste Ahnung. Lebst hier im gemachten Nest, fummelst ein bisschen im Haushalt herum und bist ewig unzufrieden. Mir reicht es."

„Ja, ja, das ist mal wieder typisch für dich. Nur was du machst, zählt, was ich den ganzen Tag um die Ohren habe, das interessiert dich nicht wirklich," warf sie ihm weiter vor. Er hatte genug gehört und ging ins Bad. Danach setzte er sich vor den Fernseher und ließ sich das Abendbrot servieren. Seine Frau hatte sich inzwischen wieder beruhigt und setzte sich zu ihm.

Wie gewöhnlich dauerte es nicht lange, da kam der neunjährige Sohn im Pyjama nach unten und klagte: „Ich kann nicht einschlafen, darf ich noch ein bisschen bei euch bleiben?" Nach zehn Minuten erhob sich Brigitte unwillig und brachte ihn wieder ins Bett.

Seit der Opa ganz plötzlich an Herzversagen gestorben war, litt der Sohn an einer Schlafstörung. Meistens tauchte er mitten in der Nacht an ihrem Bett auf und wollte sich daneben legen. Dann musste seine Frau ihn zurückbringen und beruhigen. Köhler konnte nicht schlafen, wenn sich eines der Kinder in seinem Bett hin und her wälzte, während er versuchte, weiter zu schlafen. Das zehrte an seinen Nerven und er wusste nicht, was er noch sagen sollte, außer: „Der Opa ist jetzt im Himmel und schaut von oben zu. Von dort beschützt er dich, wenn du artig bist, brauchst du keine Angst zu haben."

Köhler tat es inzwischen leid, was er zu seiner Frau gesagt hatte und als sie wieder neben ihm lag, entschuldigte er sich und meinte: „Vorhin, das habe ich nicht so gemeint. Natürlich hast du viel zu tun, aber du musst mich auch verstehen, der ganze Tag war anstrengend und stressig. Wenn man dann gleich mit Vorwürfen empfangen wird, dann kann man auch schon mal ausrasten."

Sie antwortete ihm nicht, sondern fühlte immer noch seine beleidigenden Worte auf ihrer Haut und da sie genau wusste, dass er es am wenigsten ertragen konnte, wenn sie schwieg, also schwieg sie.

GEPLATZTER AUFTRITT

In den nächsten Tagen mied Cornelia den Keller. Es kam ihr vor wie ein unwirklicher Traum. Sie würde am liebsten das Haus wieder verkaufen, die Arbeit, alle Pflichten in den Wind schmeißen und nach Timbuktu reisen. Aber dann dachte sie an ihre Pension, die nur gering ausfallen würde, wenn sie aus dem Schuldienst vorzeitig ausscheiden würde. Dafür hatte sie bis jetzt nicht lange genug als Lehrerin gearbeitet. Das konnte sie sich nicht leisten. Jeder Tag, an dem sie in die Schule ging, war eine große Last. Ihre schlechte Laune allerdings überspielte sie mit besonderer Strenge im Unterricht. Wer zu viel störte, den verwies sie in das Strafzimmer, wo die Störenfriede unter Aufsicht einer Hilfskraft etwas aus dem Biologiebuch abschreiben mussten.

Kurzerhand, weil sie sich derart elend fühlte, ließ sie sich vom Hausarzt ein paar Tage krank schreiben. Es verfolgte sie immer wieder das gleiche Bild, egal wo sie sich aufhielt. Selbst als sie auf einer Bank an der Elbe saß und den blauen Himmel und die Sonnenstrahlen genoss, schob sich unvermittelt die Szene vor ihre Augen, wie Anton die Treppe nach unten stürzte, der Aufprall und wie sie ihn in den Kühlraum schleppte. Stets hörte sie ihn dabei noch atmen. Als ob er noch leben würde, nach ihr rufen würde, mit hohlen Augen klagte er sie an: warum hast du das getan? Da halfen die Sonne und die freien Tage auch nicht. Sie musste sich endlich Gewissheit verschaffen, wie es ihm im Kühlraum ging, um die quälenden Gedanken zu verdrängen.

Um nicht frieren zu müssen, zog Cornelia sich den Pelzmantel an und schlich die Treppe nach unten. Vorsichtig, mit angehaltenem Atem, öffnete sie die schwere Eisentür.

Er lag genauso wie sie ihn verlassen hatte auf dem Boden. Es sah aus, als ob er schlafen würde. Der Kühlraum war eigentlich nicht besonders groß, er erinnerte eher an eine Zelle. Aber er war mit ordentlichen Regalen ausgestattet. Auf der rechten Seite befanden sich Ablagen, die breit genug für besonders sperrige Gegenstände waren. Mit letzter Kraft schaffte es Cornelia, Anton in das untere Regal zu betten. Danach legte sie eine Decke über ihn, sodass er nicht mehr zu sehen war. „Jetzt hast du deine Ruhe," sprach sie. „Ich kann dich leider nicht mehr besuchen, das verstehst du doch. Mutter darf nichts merken, und ich friere auch im Pelzmantel."

Als sie den Raum verließ, fühlte sie sich erleichtert, danach hatte sie keine Angst mehr. Sorgfältig hängte sie den Pelzmantel neben die Tür und steckte den Schlüssel in die Jackentasche. Im Bad schrubbte sie sich minutenlang die Hände mit Seife, und dabei fiel ihr der Kollege Köhler ein, wie vertraut sie auf dem Schulhof miteinander gesprochen hatten.

Eventuell könnte er ihr gefallen. Scheinbar war seine Ehe nicht mehr glücklich, scheinbar wollte er sich trennen. Es klang jedenfalls so, als er mit ihr über seine Frau geredet hatte. Ein wenig Hoffnung doch noch einen Mann zu finden, der treu war, keimte in ihr auf. Langsam bekam sie wieder Farbe im Gesicht.

Köhler war dazu eingeteilt, worden von neunzehn bis einundzwanzig Uhr an der Kasse die Eintrittsgelder für das Sommerfest zu kassieren. Die Einnahmen wurden jedes Jahr für einen guten Zweck gespendet. Nun saß er vor der Aula im Flur und nahm jeweils Fünf Euro von den Gästen. Seine Frau saß neben ihm und riss die Karten ab.

Er hatte ihr, damit der Haussegen wieder in Ordnung kam, versprochen, sie zum Fest mit zu nehmen. Sie wollte unbedingt seinen Auftritt ansehen. Nach einer Stunde kam ein anderer Kollege, um sie an der Kasse abzulösen, und er konnte sich endlich vorbereiten: „Wie sehe ich aus?" wollte er von seiner Frau wissen. Sie wischte mit der Handfläche fürsorglich Fusseln von seinem Hemd ab und nickte dabei mit dem Kopf: „Gut siehst du aus, das neue weiße Hemd steht dir ausgezeichnet," bestätigte sie.

Die Gruppe „Fireball" hatte ihren Auftritt schon hinter sich, und die Stimmung war noch ein wenig gedämpft. Das Publikum nahm nur mäßig daran Anteil, was auf der Bühne passierte. Kollege Ehler spielte mit seiner Jazzband mehrere Stücke und erhielt verhaltenen Applaus.

Inzwischen war die Aula brechend voll geworden. Die Gäste hatten es sich an den Tischen, die vor der Bühne standen, bequem gemacht. Eine aufgeladene Atmosphäre verbreitete sich unter den Gästen. Viele standen im Halbdunkel bei den Getränken und andere im hinteren Bereich in kleinen Grüppchen, wo sie sich angeregt unterhielten. In diesem hin und her vor der Bühne bahnten sich etliche Besucher den Weg mit wichtiger Miene zu ihren Bekannten. Ganz Durstige holten sich ein Getränk an der Bar, blieben dort stehen und wippten mit dem Fuß zu der Musik.

Köhlers Frau lehnte sich an eine Seitenwand, mit einem Glas Sekt in der Hand und schaute interessiert zu. Die Jazzband bedankte sich für die Aufmerksamkeit bei ihren Zuhörern. Nach dieser Darbietung sang der Kollege Ehler mit der Sommerfeld im Duett „ Little Man von Sunny und Cher. Der Gesang der beiden kam gut an.

Jetzt war Köhler mit seinem Auftritt an der Reihe, und er sorgte für eine ausgelassene Stimmung. Er rockte gleich los und röhrte: „Pretty Women." Das Publikum wippte mit den Knien und sang teilweise hingebungsvoll mit, und er bekam begeisterten Applaus. Es folgte „Satisfaction", und einige Frauen rasteten völlig aus. Köhler bekam wieder tosenden Applaus. Als letztes gab er seinen Lieblingssong zum Besten: „Who'll stop the rain" schallte es in den Saal. Während er aus voller Kehle rockte, erschien gegen jede Absprache die Sommerfeld. Sie hatte sich allerdings schon für ihren Auftritt umgezogen und sich bemüht, genauso auszusehen wie das Orginal in Rockys Horror Picture Show. Sie war der leibhaftige Horror. Auf leisen Sohlen schlich sie auf die Bühne und tänzelte, die Arme weit ausgebreitet, hinter seinem Rücken. Er wunderte sich, plötzlich kreischte das Publikum.

Was war hinter seinem Rücken los? Als er sich umblickte und die Sommerfeld sah, wurde er rot bis unter die Haarwurzeln. Um Himmels Willen, was war das denn? Er traute seinen Augen kaum. Jetzt sah sie aus wie eine Nutte in schlechten Zeiten.

Entsprechend leicht bekleidet mit Strapsen, schwarzen Netzstrümpfen und einem knapp sitzenden eng anliegenden kurzen Tangaslip, der durch die Pobacken gezogen worden war. Grell geschminkt, drängte sie sich vor Köhler in den Vordergrund der Bühne. Das Publikum grölte vor Vergnügen.

Die Sommerfeld hatte nicht das geringste Talent und auch nicht die entsprechende Figur. Sie wackelte, ohne jede Scham, halb nackt mit den aus dem Tanga quellenden Pobacken. Dabei kam sie ihm ganz nah, sodass es aussah, als würde sie sich an seinen Schenkeln mit dem Po reiben und ließ ihre Hüften kreisen.

Der Eindruck entstand, als wären die beiden ein Team, als wäre es ein gemeinsam geplanter Auftritt, als gehörten sie zusammen. Aber wenn Köhler das gewusst hätte, wäre er nicht aufgetreten, überhaupt was bildete sich die Sommerfeld ein, dass sie sich vor ihn drängte und den Part aus 'Rockys Horror Picture Show', wie eine schlechte Karikatur vortrug. Das war nur peinlich. Was sollte seine Frau jetzt von ihm denken?

Fassungslos starrte Köhler auf den fast nackten Hintern. Er konnte nicht glauben was er sah, wie konnte sie sich auf einem Sommerfest in der Schule derart schamlos anziehen und vor seiner Nase herum wackeln.

Verärgert verbeugte er sich und verließ in aufrechter Haltung die Bühne, während die Sommerfeld weiter ihre Show vorführte.

Seine Frau kam wie eine Furie auf ihn zugeschossen und wollte wissen: „Was hast du dir dabei gedacht, das war das Geschmackloseste, was ich seid langem gesehen habe."

Er zog die Schultern hoch und streckte beide Arme von sich: „Ich bin unschuldig, das war so nicht abgesprochen."

„Fahr mich nach Haus," forderte seine Frau enttäuscht. So hatte sie sich den Abend nicht vorgestellt. Als sie ihre Mäntel aus der Garderobe holten, ging die Sommerfeld, die ihren Auftritt gerade beendet hatte, zufällig vorbei. Sie hatte schon sehr tief ins Glas geschaut. Besitzergreifend legte sie den Arm um Köhler, schmiegte sich an seinen Körper und lallte: „Ich finde, das du mich als weibliches Wesen zu wenig wahr nimmst. Ich bin nicht nur eine Kollegin, ich bin auch eine Frau," presste sich an ihn, hielt ihn umschlungen und rief seiner Frau zu: „Sind wir nicht ein schönes Paar?"

Aufgebracht befreite er sich ungestüm aus ihrer Umklammerung. Das konnte er überhaupt nicht ab, wenn Frauen sich ihn an den Hals schmissen, sich aufdrängten.

„Du bist ja betrunken," sagte er und stieß sie zur Seite, sodass sie stolperte und über einen Stuhl kippte, der im Wege stand. „ Lassen sie endlich meinen Mann in Ruhe, sie sehen doch, dass er nichts von ihnen will," mischte sich nun Brigitte ein. Die Sommerfeld sah sie mit großen Augen an und zeigte mit dem Finger auf sie: „Sie, Sie," stammelte die Sommerfeld, „Sie haben so einen Mann doch gar nicht verdient!"

„Woher wollen sie das wissen?"

„Was glauben sie denn, wer sich bei mir über seine Ehe ausheult ?"
torkelte sie auf Brigitte zu.

Das war zu viel für die Ehefrau. Köhler schob sie mit sich fort und
versuchte sie zu beruhigen: „Die ist doch betrunken, glaub ihr kein
Wort. Schwachsinn ist das." Doch Brigitte schäumte vor Wut und
Enttäuschung. Ohne sich nochmal umzudrehen, lief sie zum Auto,
startete und fuhr allein los. Köhler, der hinterher gelaufen war, blieb
atemlos stehen und starrte auf die sich entfernenden Rücklichter des
Wagens. Ihm blieb nichts anderes übrig, als zu Fuß nach Haus zu
gehen. Mitten in der Nacht kam er dort an. Brigitte war noch wach.
Vergeblich versuchte er seiner Frau klar zu machen, dass er nichts
mit der Sommerfeld zu tun hatte, dass die sich das alles nur einbil-
dete. Egal wie oft er seine Unschuld auch beteuerte, der Haussegen
hing schief. Diese peinliche Szene war nicht so einfach weg zu reden.
Ein fader Nachgeschmack blieb bestehen.

Am nächsten Tag begegnete er Cornelia wieder auf dem Pausenhof.
Cornelia war nicht auf dem Sommerfest gewesen, sie hasste solche
Feste, wo sie am Rand stand und so tat, als würde sie sich mit einem
Glas Wasser in der Hand köstlich amüsieren. Von der Sommerfeld
fühlte sich oft übersehen, sie hatte so in einnehmendes Gehabe an
sich. Manchmal kam sie auf einen zugeschossen und stellte mit ihrem lauten Organ die Frage: „Ach Cornelia, wie geht es dir?" Drehte sich weg und rauschte ohne eine Antwort abzuwarten an einem
vorbei, als ob man plötzlich Luft für sie sei. Cornelia blieb dann
mit geöffnetem Mund wie ein Fragezeichen stehen und fühlte sich
irgendwie ganz klein. Was die Sommerfeld sich dabei dachte, war
ihr rätselhaft. Deshalb konnte sie Köhler in dieser Situation gut verstehen und fragte nach: „Ich habe gehört, du hattest einen tollen
Auftritt beim Sommerfest? Deine Stücke sind beim Publikum gut
angekommen."

Eigentlich wollte er nicht mehr darüber sprechen, doch die anerkennenden Worte waren Balsam für sein angeschlagenes Ego, er antwortete: „Ja aber nur, bis die Sommerfeld sich in heißen Höschen vor mich gedrängt hat." Cornelia musste Lachen: „Lass das bloß nicht die Sommerfeld hören. Ich bin ihr vorhin begegnet, war wieder Luft für sie, die hat einen mächtigen Kater und läuft mit einer dicken Sonnenbrille herum."

„Geschieht ihr recht," murmelte er in sich hinein. Cornelia konnte sich den Auftritt, wie die Kollegin in Strapsen auf der Bühne linkisch herum getanzt haben soll, kaum vorstellen und sagte: „Das passt so gar nicht zu ihr, die ist doch groß und schlank, hat hinten nichts und vorne nichts."

„Du bringst mich stets zum Lachen, wie machst du das bloß immer," grinste Köhler. Woraufhin sie ganz verlegen wurde und auswich: „Das kann ich dir auch nicht sagen. Ich wollte mich auf keinen Fall über die Kollegin lustig machen. Die Idee, den Song im entsprechenden Kostüm vorzuführen, ist doch gar nicht mal so schlecht. Wenn man das gut macht, ist das sicher unterhaltsam, aber gegen deinen Auftritt kommt sie doch nicht mit."

„Findest du?" Köhler war inzwischen dankbar für jedes Lob. Cornelia nickte mit dem Kopf: „Aber sicher doch, ich habe gehört, du hattest mit Abstand den besten Auftritt." „Das freut mich zu hören, aber du siehst heute auch sehr gut aus, richtig entspannt." Cornelia fühlte sich geschmeichelt und fuhr mit der Hand durch ihr Haar: „Was hast du eigentlich zu der Sommerfeld gesagt, als sie in diesem Kostüm zu dir auf die Bühne kam?"

„Ich war total überrascht und wusste im ersten Augenblick nicht, wie ich mich verhalten sollte. Doch dann bin ich einfach gegangen. Allerdings hat meine Frau mir gleich Vorwürfe gemacht, als ob ich ausgerechnet mit der ein Verhältnis hätte."

„Deine Frau wird sich bestimmt bald wieder beruhigen.“

„Da kennst du meine Frau aber schlecht, das mag sie mir sicherlich noch lange vorwerfen.“

„Vergiss es, denke einfach nur daran, dass dein Auftritt allen gefallen hat.“ Er war erstaunt, dass sie Verständnis zeigte, etwas dass er bei seiner Frau in letzter Zeit jedenfalls vermisste. „Ich hoffe, dass du recht hast, aber im Moment läuft es bei mir nicht so gut, ich habe keine Ahnung woran das liegt, ich kann meiner Frau einfach nichts recht machen.“ Cornelia nickte mit dem Kopf: „Das kommt mir bekannt vor. Mit meiner Mutter geht es mir ähnlich.“

„Ich habe das Gefühl,“ versuchte er zu erklären, „ als ob sich meine Frau während unserer Ehe nicht weiter entwickelt hat. Sie ist einfach Hausfrau geblieben und kann meine momentane Arbeitsbelastung nicht nachvollziehen. Wenn ich mich bei ihr über die Situation an der Schule beklage, zeigt sie nicht das geringste Verständnis, sondern behauptet: „Sei froh, dass du einen gut bezahlten sichern Arbeitsplatz hast!“

„Ich verstehe, was Du meinst, uns wird immer mehr aufgehalst, immer mehr Konferenzen und Büroarbeit, größere Klassen, schlechte faule Schüler und Vertretungsstunden ohne Ende.“ „Genau!“ Köhler war zufrieden, Cornelia hatte dieselben Probleme.

Die Pause war schnell vorbeigegangen. Beide verließen den Hof und eilten in ihre Klassen. Köhler drehte sich nochmal zu Cornelia um: „Denkst du heute an den Computerkurs?“ erinnerte er sie laut rufend, während er noch dachte: - Sie war ja ganz nett heute, aber mein Fall ist sie trotzdem nicht. Langweilig und ein bisschen zu Besserwisserisch, und ihr Lachen war irgendwie nicht echt, kein Wunder, dass sie nie einen Mann abbekommen hat. Egal, wie gut sie ihn verstand, sie war einfach nicht sein Typ und auch wenn er mit seiner Frau oft stritt und unzufrieden war, er liebte sie immer noch. -

SCHLAF SCHÖN

Cornelia eilte ins Sekretariat und meldete sich erneut krank. Diesmal hatte sie wirklich unerträgliche Zahnschmerzen und musste dringend ihren Zahn behandeln lassen. Zuhause ließ sie sich sofort einen Termin geben und erhielt diesen für den Nachmittag. Es war, als ob sich der Zahn im Mund drehen und sich immer tiefer ins Zahnfleisch bohren würde. Dabei verursachte er unerträgliche Schmerzen. Es war kaum auszuhalten.

Als der Zahnarzt feststellte, das der Zahn gezogen werden musste, weil er schon total vereitert war, spürte sie fast so etwas wie eine Erleichterung.

Nachdem sie eine Betäubungsspritze erhalten hatte, musste sie noch auf die Wirkung warten und wollte wissen: „Wird es sehr weh tun?" und der Zahnarzt böllerte zurück: „Sie haben doch eben erst eine Spritze bekommen, nun warten sie erst mal ab, und dann werden wir ja sehen!" Aber er bekam den Zahn nicht gleich heraus. Er zog und ackerte in ihrem Mund, als wolle er einen Baum ausreißen. Seine Zange rutschte dabei ab und traf sie am Kinn. Cornelia ließ alles geduldig über sich ergehen, in der Hoffnung, dass er endlich den Zahn, die Ursache allen Übels, rausholen würde. Nach einer gefühlten Ewigkeit hatte er es endlich geschafft und schob ihr einen Tupfer in die Mundhöhle. Zu guter letzt reichte der Zahnarzt ihr einen Zettel, auf dem Verhaltensmaßregelungen standen, die sie zu beachten hatte.

Als sie sich zu Haus im Spiegel betrachtete, entdeckte sie einen großen blauen Fleck am Kinn. Es sah aus, als hätte ihr jemand mit voller Wucht einen Schlag ins Gesicht geboxt. Nein, so konnte sie unmöglich an dem Computerkursus teilnehmen. Sie setzte sich ans Telefon und sagte den Kurs ab. Anschliessend ging sie zur Mutter und sah mit ihr deren Lieblingsserie „Verbotene Liebe." Auf diesen Weise konnte sie wenigstens den alltäglichen Stress ein wenig vergessen. Übrig blieb die Hoffnung, dass der Kollege Köhler etwas für sie empfinden würde. „Ach Günther," träumte sie, „wenn du wüsstest welch ein Vulkan in mir schlummert " und seufze laut.

„ Hast du was gesagt?" wollte die Mutter wissen.

Cornelia schreckte hoch: „ Nein Mutter, ich habe nur so vor mich hin geträumt." Um die Mutter abzulenken, fing sie an, von der Schule zu sprechen. Ihr war das Lernen stets leicht gefallen, schließlich war sie eine vorbildliche Schülerin gewesen. Ihre Hefte waren sauber und ordentlich in Schönschrift geführt. Sie war zwar Klassenbeste, aber nie zur Klassensprecherin gewählt worden. Das wurmte sie heute noch, und deshalb berichtete sie in der Hoffnung auf Anerkennung:

„Ich habe mich jetzt beim Direktor um die frei werdende Stelle als Sammlungsleiterin beworben," erzählte sie stolz, „und der Direktor hat mir zugesichert, er würde es wohlwollend prüfen."

Die Mutter war in Gedanken ganz woanders, sie war zu sehr mit ihrem eigenen Leid beschäftigt und hatte nicht mal den blauen Fleck an Cornelias Kinn bemerkt. Sie wollte statt dessen wissen: „Hast du nicht erzählt, dass du einen jungen Mann kennen gelernt hast, willst du ihn mir nicht mal vorstellen?"

Cornelia wurde blass vor Schreck, wenn sie an Anton dachte, der jetzt tief gefroren im Keller lag. „Der ist im Moment auf einer Geschäftsreise," antwortete sie kurzentschlossen, „das kann noch eine Weile dauern, bis er wieder kommt."

 „Schade," sagte die Mutter, „ich hätte ihn zu gern mal kennen gelernt."

„ Wenn er wieder da ist, stelle ich ihn dir sofort vor," versprach Cornelia und hoffte, dass die Mutter es nach einiger Zeit vergessen würde. Um weiteren Fragen diesbezüglich aus dem Weg zu gehen, entschuldigte sie sich und machte sich wieder an die Arbeit, um die restlichen Klassenarbeiten endlich fertig zu korrigieren. Bei einigen Schülern konnte sie die Schrift kaum entziffern. Die Schüler waren einfach faul, ohne jeden Ehrgeiz.

Sie schüttelte mit dem Kopf, die Arbeiten waren wieder mal unterster Durchschnitt. Dabei hatte sie sich so viel Mühe mit den Vorbereitungen gemacht. Aber egal wie sie sich auch anstrengte, den Unterricht zu gestalten, es wurde ihr nicht gedankt. Zu allem Überfluss mischten sich jetzt auch die ehrgeizigen Eltern ein und beschwerten sich bei der Schulbehörde über ihre Unterrichtsmethoden.

Es gelang ihr einfach nicht, sich zu konzentrieren. Sie schmiss den Stift beiseite, setzte sich auf ihren Lieblingssessel und schaltete mit der Fernbedienung N-TV ein, um den Stand des Aktienmarktes zu prüfen. Nach dem großen Verlust, den Anton ihr beschert hatte, beschloss sie, sich das verlorene Geld zurückzuholen. Das konnte doch nicht so schwer sein, einfach abwarten, bis sich ein Gewinn eingestellt hatte. Daher beschloss sie, sich selbst ein Depot anzulegen und fuhr zu einer Bank.

Dort herrschte im Schalterraum reges Treiben. Enttäuscht stellte sie fest, dass auch diese Bank gewöhnlich wirkte, steril, wie das Wartezimmer beim Zahnarzt, nur ohne Sitzmöglichkeiten, jedenfalls im vorderen Bereich. Geduldig reihte sie sich in die vorhandene Schlange ein und wartete. „Was kann ich für sie tun?" fragte die Bankangestellte hinter dem Tresen.

„Ich wollte ein Aktienkonto einrichten."

„Ein Aktiensparkonto gibt es nicht," belehrte sie die Bankangestellte herablassend, „aber ein Aktiendepot können sie selbstverständlich bei uns eröffnen. Wenn ich sie bitten darf, mir zu folgen." Die Angestellte führte Cornelia in einen kleinen Raum, bot ihr Platz an und holte geschäftstüchtig ein Formular aus einer Schublade. Dann erkundigte sie sich wie risikofreundlich Cornelia wäre. Die fand das äußerst aufdringlich, gab aber geduldig Auskunft, antwortete: „ Ich will nur, dass die Aktie einen Gewinn abwerfen soll."

Daraufhin lachte die Bankerin: „Tja , wenn das so einfach wäre, brauchte ich nicht mehr in der Bank zu arbeiten und machte ein Kreuz auf den Fragebogen. Danach erkundigte sie sich noch, ob Vermögen vorhanden sei, ob Miete zu zahlen wäre, oder ob sie in einem Eigenheim wohnen, welchen Beruf sie ausüben würde und welche Staatsangehörigkeit sie hätte, bis es Cornelia zu viel wurde und sie bissig meinte: „ Eigentlich wollte ich ja Aktien erwerben," woraufhin sie im belehrenden Tonfall informiert wurde: „Diese Fragen müssen wir jedem stellen, der ein Depot eröffnen möchte." Nachdem die Formulare endlich ausgefüllt waren, empfahl die Angestellte schließlich Aktien aus dem Dax zu erwerben, sagte: „Da macht man zwar keine großen Sprünge, aber das ist eine relativ sichere Anlage." Auf ihr Anraten hin, erwarb Cornelia voller Vertrauen eine beträchtliche Stückzahl Autoaktien aus dem Dax und kontrollierte von nun an ständig den Wert im Bildschirmtext.

Bisher war nichts weiter passiert. Die Aktie fiel und stieg und pendelte sich immer wieder im gleichen Wert ein. Cornelia gähnte, wie langweilig, dachte sie und wollte gerade wieder die Texttafel schließen, da sah sie, dass ihre Aktie doch tatsächlich um 15 % gefallen war. Was nun, preisgünstig nachkaufen? Abwarten? Verkaufen? Von einem satten Gewinn konnte nicht mehr die Rede sein. Jetzt ging es um Verlustbegrenzung, Aber sie war kein Banker, vielleicht sollte sie Anton mal wieder aufsuchen, der wusste schließlich Bescheid und sie hoffte, seine Gegenwart würde ihr helfen die richtige Entscheidung zu treffen.

Bevor sie den Kühlraum betrat, zog sie sich den Pelzmantel der Mutter an. Behutsam streichelte sie das weiche Fell. Die Mutter hatte sich den Mantel damals vom Mund abgespart.

Sie erinnerte sich nicht gern daran, wie die Mutter in ihrer Kindheit aufgetakelt mit dem Pelz vor ihrem Bett stand, um sich zu verabschieden, weil sie mit der Freundin mal wieder ins Theater gehen wollte. Jedes mal drohte sie: „Wenn du nicht artig bist, wenn ich weg bin, dann kommt der schwarze Mann mit seinem Tintenfass und steckt dich dort hinein, und du bleibst das ganze Leben schwarz. Obwohl sie inzwischen wusste, dass das Schwachsinn war, verfolgte sie diese Drohung immer noch. Damals blieb sie stundenlang wach, wartete auf den schwarzen Mann, bis die Mutter wieder kam.

Jetzt brauchte die Mutter den Mantel nicht mehr, konnte nicht mehr ins Theater gehen, war auf ihre Hilfe angewiesen und wurde immer schwächer.

Als sie den Kühlraum betrat, lag Anton genauso unter der Decke, wie sie ihn verlassen hatte. Allerdings war er ein wenig blasser geworden, als sie ihm die Decke vom Gesicht zog. Cornelia redete mit ihm, sagte: „Es freut mich, dass es dir gut geht. Ich habe dir eine Blume mitgebracht, damit du es schön hast, freust du dich? Nein wirklich, du siehst zu blass aus.“

Kurzentschlossen eilte sie ins Bad und öffnete die unterste Schublade, in der sie die Theaterschminke der Mutter aufbewahrte, die hatte damals gelacht und erklärt: „Damit kannst du einen Toten lebendig schminken“ und schmierte jetzt Anton das Gesicht damit rosig. Die Theaterschminke hauchte ihm tatsächlich etwas Leben ein. Zufrieden betrachtete Cornelia ihr Werk. „Du brauchst mir nicht zu danken,“ sagte sie „das habe ich doch gern für dich getan, schließlich gehörst du ja jetzt zu mir. Ich brauche allerdings deinen Rat,“ dabei senkte sie ihre Stimme: „Was soll ich tun, ich habe Aktien gekauft und die sind stark gefallen?“

Während sie das sagte, fiel die Blume, die sie auf die Decke neben Anton gelegt hatte, wie von Geisterhand zu Boden. Cornelia hob sie auf, drehte die Blume in ihrer Hand, roch an den Blüten, legte die Blume zurück und hakte nach: „Du meinst also, ich soll sie fallen lassen? Gut, dann werde ich abwarten. Danke für den Tipp." Danach starrte sie mit leeren Augen in sich zusammen gesunken auf die weißen Wände, bis sie anfing zu frieren.

Bevor sie ging, meinte sie bedauernd: „Schade, dass ich dir Mutter nicht vorstellen kann. Sie ist noch nicht so weit, aber du hättest dich sicher gut mit ihr verstanden. Wenn du nicht diese Freundin gehabt hättest, hätte ich sie dir längst vorgestellt. Er blieb regungslos liegen, und sie legte wieder sorgfältig die Decke über ihn, mit den Worten: „Ich komme bald wieder, schlafe schön." Sorgfältig schloss sie die die Tür hinter sich zu und steckte den Schlüssel in die Tasche vom Pelzmantel zurück, den sie erneut neben die Tür hängte. Als sie aus dem Keller trat, lächelte sie in sich hinein – alles wird gut – dachte sie beiläufig.

Um sich abzulenken und frische Luft zu atmen, beschloss sie, einen Spaziergang zu machen. In der Nähe gab es einen Park mit einem kleinen See. Dort stand eine Bank vor dem See unter einer Trauerweide, deren Zweige weit in das Wasser ragten. Das war ihr Lieblingsplatz, wenn sie mal abschalten wollte. Sie setzte sich auf die Bank und beobachtete, wie eine Entenfamilie im Wasser quakend schwamm und verfütterte das alte Brot, das sie extra dafür mitgenommen hatte. Die Enten kannten sie schon, watschelten aus dem Wasser und pickten die Krümel auf, die sie ihnen hinwarf.

In ihrem Kopf war alles leer und dumpf. Diese Traurigkeit überfiel sie immer öfter, und dann erschien ihr alles so sinnlos. Schon als kleines Mädchen hatte sie diese Verlustängste. Damals besuchte sie dann ihre Oma, die war immer für sie da. Manchmal besuchten sie auch das Grab des Großvaters. Das lag idyllisch hoch oben auf einem Hügel, am Rand des Friedhofes, neben einer Blumenwiese.

Zuerst wurde ein Gebet gesprochen und danach wurde um das ganze Grab sorgfältig rund herum geharkt. Die Oma wies sie jedes Mal darauf hin, dass der freie Platz neben dem Großvater für sie bestimmt war. Ihr war, als würde sie heute noch die schabenden Geräusche der Harke vernehmen. „Eines Tages werden wir wieder vereint sein," hatte die Oma stets gesagt, wenn sie den Friedhof verließen. Jetzt lebte sie schon lange nicht mehr. Niemand harkte mehr um die Grabstätte herum. Seit die Großmutter daneben beerdigt wurde, hatte sie den Friedhof nie wieder betreten.

COMPUTERKURSUS

Kollege Köhler erklärte gerade ausführlich die verschiedenen Möglichkeiten, ein Programm hochzuladen und zu bearbeiten, wie man mit einem Mausklick speichern oder einfügen kann.

Verkrampft saß Cornelia vor dem Computer und verstand nicht, was sie schon wieder verkehrt gemacht haben sollte. Wie von Geisterhand hatte der Bildschirm plötzlich in ein anderes Programm gewechselt. Ihr ging das zu schnell, der ganze Kursus überforderte sie. Mit der modernen Technik stand sie irgendwie auf dem Kriegsfuß. Die rechte Maustaste, die linke Maustaste, Bearbeiten, Einfügen, Ansicht, Fenster und noch vieles mehr, das sie nicht brauchte, aber nutzen sollte. Nichts desto trotz bemühte sie sich krampfhaft um Haltung und versuchte hektisch, die ursprüngliche Seite wieder zu finden.

Mit ihr beteiligten sich noch vier Kollegen an dem Kurs, die scheinbar keine Probleme hatten und aufmerksam den Vortrag verfolgten. Adrian, ein Schüler aus der zehnten Klasse, hatte sich Köhler als Unterstützung dazu geholt. Er war ein richtiger Computerfreak. Inzwischen reagierte Cornelias Computer überhaupt nicht mehr, egal welche Taste sie drückte. Entnervt gab sie auf und forderte dazwischen rufend: „Ich habe kein Bild mehr, bei mir hakt etwas, der Computer taugt nichts.“ Köhler warf Adrian einen unverständlichen Blick zu und schickte ihn zu Cornelia, um das Programm zu testen. Der brauchte nur ein paar Handgriffe und schon war er wieder im Programm. Cornelia staunte, wie schnell das ging.

Na ja, eigentlich hatte sie auch nichts anderes erwartet, während Adrian geduldig erläuterte: „ Sie brauchen nur auf die rechte Maustaste drücken oder auf Datei oder einfach aus der Datei gehen. Cornelia verstand nicht, was er meinte, gab ihm aber recht: „Okay, ich verstehe, das ist ja ganz einfach," behauptete sie trotzdem. „Das ist es auch, man muss sich nur auskennen," wiederholte Adrian.

„Setzten!" schrie Köhler lautstark dazwischen, weil zwei Teilnehmer aufgestanden waren und sich gegenseitig Tipps gaben.

Cornelia bereute jetzt schon, dass sie sich dazu überreden hatte lassen, an dem Kurs teilzunehmen. Die Computerwelt war nichts für sie. Im stillen ärgerte sie sich über sich selbst, weil sie nicht: „ nein" sagen konnte. Das war schon immer ihr Problem. Aus Angst abgelehnt zu werden, gab sie nach und richtete sich nach den Anderen, ihre Meinung behielt sie meistens für sich. Aber gefallen ließ sie sich deswegen doch nicht alles. Sie wartete dann nur auf den richtigen Zeitpunkt. So wie bei Anton. Jetzt lächelte sie zufrieden. Wer weiß, wer ihr noch gefährlich werden konnte, und sie blickte Adrian freundlich aus stahlblauen Augen an.

Kollege Köhler forderte wieder: „Ruhe!" und kündigte kurz darauf das Ende der Stunde an, indem er feststellte: „Ich möchte mich noch einmal für die rege Anteilnahme bedanken und hoffe, wir sehen uns nächsten Mittwoch in alter Frische und vollständiger Teilnehmerzahl wieder. Ein einvernehmliches Raunen ging von den Teilnehmern aus, womit sie ihre Zustimmung bekundeten, und die Gruppe löste sich auf. Jeder wollte so schnell wie möglich nach Hause. Einzig Cornelia kämpfte noch damit, ihr Programm zu beenden.

Der Kollege Köhler nahm einen Stuhl, setzte sich neben sie und erkundigte sich: „Eigentlich wollte ich dich fragen, ob du am Sonnabend Zeit hast? Mit meiner Klasse besuche ein englisches Theaterstück. Wenn du Lust hast, könntest du als Begleitlehrerin mitkommen."

Eigentlich wollte Cornelia mit „nein" antworten, weil sie Klassenausflüge hasste, sagte statt dessen: „Natürlich komme ich gern mit, Günther."

Inzwischen nannte sie Köhler bei seinem Vornamen: „Das ist nett, dass du dabei an mich gedacht hast. Ich sage dir morgen, ob ich für meine kranke Mutter solange einen Betreuer finden kann."

„Weißt du, dass die Sammlungsleitung für Biologie eventuell frei wird?" informierte er sie. „Bei der letzten Konferenz hat der Chef die Führung der Sammlung öffentlich kritisiert und gemeint, sie würde chaotisch geführt. Er hat zwar keinen Namen genannt, aber das kann sich ja jeder denken. Na ja, ich glaube, dass derjenige die Sammlung nicht mehr lange leiten wird, was meinst du?"

Cornelia verschwieg, dass sie sich beim Direktor schon um diesen Posten beworben hatte. Sie tat entrüstet: „Nein, der Kollege Hansen macht doch einen kompetenten Eindruck. Wahrscheinlich hast du nicht recht, und es hat andere Gründe, warum der Direktor ihn nicht mehr haben will."

„Vielleicht," nickte Köhler zustimmend mit dem Kopf: „Und überhaupt, die Elternvertreter fordern neuerdings, dass die Fachlehrer Vorträge über ihren Unterrichtsstoff vor der Elternversammlung halten sollen. Als ob man nichts Besseres zu tun hätte."

Während er sich noch über alles und jedes aufregte, überlegte Cornelia krampfhaft, wie sie ihm näher kommen könnte. Er war dermaßen in die schulischen Angelegenheiten verstrickt, dass da kein Raum war für ein privates Gespräch. Deshalb fragte sie ihn vorsichtig: „Hast du Lust, auf eine Tasse Tee bei mir vorbei zu kommen? Ich könnte dir die Bilder mal zeigen, die mein Vater gemalt hat. Es würde mich interessieren, wie du sie findest und ob sie etwas wert sind?"

Der Kollege sah sie erstaunt an: „Ich habe von Kunst nicht die geringste Ahnung, tut mir Leid, da kann ich dir nicht helfen, ich habe auch gar keine Zeit. Du weißt doch, dass uns im Moment jede Menge Mehrarbeit aufgebürdet wird. Aber es ist nett, dass du an mich gedacht hast." Er blickte auf seine Uhr, stellte fest, dass seine Unterrichtsstunde schon begonnen hatte, griff nach seiner Aktentasche und verabschiedete sich. Aber weil er ihre Einladung abgesagt hatte und um sie versöhnlich zu stimmen, meinte er vertraulich: „Bis Morgen, Conny."

Als sie das hörte, wurde ihr ganz warm ums Herz. Es gab niemanden, außer ihrer Mutter, der diesen Kosenamen benutzte. So hatte die Mutter sie schon lange nicht mehr genannt. Deshalb verspürte sie eine tiefe Zuneigung zu ihm. Wie angewurzelt blieb sie stehen und sah ihm nach. Nur zu gern hätte sie sich in einer leidenschaftlichen Umarmung ihm hingegeben. „Conny," seufzte sie verträumt, das bewies doch, dass er mehr für sie empfinden musste.

KOLLEGIUMS AUSFLUG

Auf einer harten Holzbank im Innenraum einer Barkasse, die ins alte Land schipperte, saß Köhler in sich gekehrt. Der Tag hatte so schön begonnen, die Nebelschwaden waren abgezogen, und die Sonne kam strahlend hervor. Optimale Bedingungen für den Kollegiumsausflug, der schon seit einiger Zeit geplant war. Er hatte gerade erfahren, dass der Kollege Ruter, der erst vor kurzem pensioniert worden war, an Lungenkrebs gestorben war. Dabei hatte der immer gesund gelebt, war viel Rad gefahren, kein Raucher gewesen und, nichts hatte auf eine Krankheit hingewiesen. Es hieß, er wollte die Welt bereisen und nun diese schreckliche Nachricht. Er blickte nachdenklich aus dem Barkassenfenster auf das bewegte Wasser und erinnerte sich, wie hieß es noch „ Er hatte noch so viel vor, aber danach fragt ja keiner."

Ansonsten herrschte auf dem Schiff ein reges Durcheinander. Fast alle Kollegen waren erschienen. Der Kollege Hutterer, Biologielehrer, dessen Steckenpferd Frösche waren, kam vorbei und lästerte: „ findest du nicht auch, dass die Mädchen heutzutage viel frühreifer sind als früher?" Köhler blickte ihn irritiert an: „ Was hast du gesagt?"

„ Also, die Anja aus der Elften, habe ich in letzter Zeit beobachtet, führt sich total Hormongesteuert auf."

„Wie kommst du denn darauf ?"

Kollege Hutterer setzte sich neben ihn und dämpfte seinen Tonfall, wobei er verschwörerisch die Hand vor den Mund haltend flüsterte: „ Über einen längeren Zeitraum habe ich ihre Verhaltensweise in meinem Terminkalender notiert. Du wirst es nicht glauben, aber alle 28 Tage, wenn sie ihren Eisprung hatte, trug sie sexy ausgeschnittene Shirts, die ihre Oberweite betonten und wo der Busen einem förmlich entgegen sprang. Richtig schamlos und da weiß man als Mann nicht, wo man hingucken soll."

„Du meinst, sie wollte dich provozieren?"

„Natürlich wollte sie das. Dann kam sie nach der Stunde auch noch zu mir und sagte: „Herr Hutterer, für einen gute Note in Biologie tue ich alles."

„Du hast dich hoffentlich nicht bequatschen lassen", meinte Köhler und fügte hinzu, „ oder doch?"

„Wofür hältst du mich?" empörte sich Hutterer, „aber wenn die ihren Hormonschub hat, meine Güte, also Jungfrau ist die bestimmt nicht mehr, wie die sich kleidet."

Köhler starrte wieder auf die Wasseroberfläche und die schäumende Gischt, die das Schiff produzierte. Er hatte ganz andere Sorgen, in letzter Zeit lief mit seiner Frau nichts mehr. Sie war immer müde und weigerte sich, mit ihm zu schlafen. Ihre Kopfschmerzen waren schon chronisch. Wenn er sie streicheln wollte, schob sie seine Hände beiseite mit der Bemerkung; „Lass das, ich will schlafen. Ich bin müde." Obwohl er es nicht wahr haben wollte , doch dieser momentane Engpass machte ihm schwer zu schaffen. Ihm fiel ein, wie er in der letzten Stunde einige störende Schüler aggressiv angeschrien hatte, weil sie zu laut waren. Die kleinste Kleinigkeit regte ihn auf. Er sah jetzt nur noch Brüste und Frauen, die auf ihn zukamen, sich lustvoll streichelten, und er gab dem Hutterer recht: „ Wirklich, diese pubertierenden Mädchen sind unerträglich, in Zukunft werde ich sie ebenfalls im Auge behalten und kontrollieren, ob sie gerade einen..." Er wurde von Hutterer abrupt unterbrochen: „ Du nimmst mich nicht ernst, du willst mich auf den Arm nehmen." Mit einem Mal fingen beide an zu lachen, ohne dass sie genau wussten, warum eigentlich.

Mittendrin erscholl die Stimme von Cornelia: „Ach hier habt ihr euch verkrochen, ich habe euch schon gesucht. Ihr seid ja gut drauf, kann ich mit- lachen?" Die beiden sahen sich nur an und prusteten wieder los. Als sie sich wieder einigermaßen beruhigt hatten, entschuldigte sich Köhler: „Das war nur alberner Kram, nichts Besonderes."

Die Barkasse schlenkerte und es gab einen heftigen Ruck. Cornelia stolperte und fiel dem Kollegen Köhler auf den Schoß. „Huch", jauchzte sie auf, und er hielt sich erschrocken an ihr fest. Cornelias Rock rutschte hoch und entblößte ihre fleischigen Oberschenkel. „Entschuldige," sagte sie, stand auf und zupfte ihren Rock umständlich wieder gerade, wobei Köhler scherzhaft feststellte: „Eigentlich habe ich nichts dagegen, wenn mir eine schöne Frau in die Arme fällt."

„Sollte das etwa ein Kompliment sein?" meinte Cornelia verlegen, so ein nettes Kompliment hatte ihr noch kein Mann gemacht - fand er sie wirklich schön -? Allerdings. er hatte das nur als Floskel so dahin gesagt, ohne dabei nachzudenken. Nun musste sie fortwährend daran denken, konnte nicht vergessen. Seine Worte kreisten in ihrem Kopf herum – er fand mich schön - mehr brauchte er nicht sagen.

Inzwischen hatte die Barkasse ihr Anlegemanöver beendet, und die Ausflügler gingen geschlossen von Bord an Land. Beim Verlassen der Barkasse wollte Köhler vom Kollegen wissen: „Hat sie das etwa ernst genommen, das sollte ein kleines Späßchen sein, um die Situation ein wenig aufzulockern."

Er hatte schon genug Bedürfnisse, die sich in ihm ungebeten ausbreiteten und die er nicht abschalten konnte. Als er sich umblickte, glaubte er zu sehen, wie die Schülerin in aufreizender Pose nackt mit üppigen Brüsten aus dem Wasser tauchte und ihm etwas zurief, aber das verschluckte der Wind. Er schüttelte den Kopf, er wollte das nicht sehen.

Das Gästehaus, in dem sie Speisen wollten, lag ein wenig abseits vom Anleger entfernt. Die Gruppe wanderte frohen Mutes auf dem Deich entlang. Weit und breit gab es nur Obstbäume zu sehen, eine überschwängliche Pracht von weißen und rosa Blüten, und in der Luft lag ein süßer Hauch Frühling. Cornelia atmete tief durch, sie ging beschwingt wie auf Wolken und bildete sich ein, dass Köhler sie hinter ihrem Rücken mit begehrlichen Blicken verschlingen würde. Das durfte sie nicht zulassen. Sie hakte sich bei Hutterer ein und fragte: „Was habt ihr eben über mich geredet?"

„ Wie kommst du denn darauf? Wir haben über die neuen Schulprojekte diskutiert, was du immer gleich denkst."

„Dann muss ich mich wohl verhört haben." Cornelia wandte sich enttäuscht ab, sollte sie sich wirklich derart vertan haben?" Im Moment wanderte der Kollege Köhler neben der jungen Referendarin und plauderte angeregt mit ihr. Endlich hatten sie das mit Reet bedeckte, gemütlich wirkende Gasthaus erreicht. Eigentlich war das Gebäude mal ein Kuhstall gewesen, der umgebaut wurde. Im inneren des Hauses standen massive, rustikale Eichenmöbel, die einen biederen Eindruck vermittelten. Alle redeten durcheinander und jeder versuchte, sich einen Fensterplatz zu erobern. Cornelia wollte sich gerade neben Köhler setzten, doch da saß schon die Referendarin. Dann sah sie, wie die Musikkollegin sie zu sich winkte, nahm unzufrieden daneben Platz und betrachtete die Speisekarte, auf der solide deutsche Hausmannskost angeboten wurde. Die Musikkollegin berichtete ihr ausführlich von ihrer Schulaufführung und den Schwierigkeiten, die sie gehabt hatte. Geduldig hörte Cornelia ihren Ausführungen zu und dachte sich ihren Teil. Es war ein offenes Geheimnis, dass die Kollegin sich um den Posten der Oberstufenkoordinatorin beworben hatte und nun Stimmen sammelte, damit sie gewählt werden würde. Es dauerte nicht lange, und das Essen wurde serviert. Während die Kollegin das Fleisch vom Schweinebraten bedächtig im Mund hin und her schob, bevor sie es kaute, wollte sie von Cornelia wissen: „Glaubst du, dass ich eine Chance habe, gewählt zu werden?"

„Klar", bestärkte Cornelia sie, obwohl sie das Gegenteil annahm, ihr ging das ganze Gerede über die schulischen Aktivitäten der Kollegin auf die Nerven, aber das war typisch, Lehrer konnten nur über die Schule reden, egal, wo sie sich aufhielten. Außerdem hatte ihr der Braten auch nicht geschmeckt, nicht ganz durchgebraten und wässerig, die Bratkartoffeln labberig und der Brokkoli als Beilage zu lange gekocht und zerfallen. Der Landgasthof war keine gute Wahl. Doch die meisten waren mit dem Essen zufrieden. Ihnen hatte es geschmeckt. Cornelia musste rülpsen, stieß auf und beschloss, ein wenig frische Luft zu schnappen.

Das Alte Land war wegen den Deichen und der vielfältigen Obstkultur bekannt, die verschiedenen Apfelsorten einmalig. Aber sie hatte kein Auge für die Schönheiten dieser Natur. In Gedanken versunken schlenderte sie auf dem Deich. Der Kollege Köhler wollte ihr nicht aus dem Kopf gehen. Sie machte sich Hoffnungen, dass er sich wegen ihr von seine Frau trennen würde. Es gab an der Schule etliche Lehrerehepaare. Sie nahm sich vor, noch netter zu ihm zu sein und wollte gerade umkehren, da stieß sie zufällig mit Köhler zusammen.

„Hallo," lächelte er, „was für ein Zufall, da hatten wir wohl denselben Gedanken."

Cornelia wurde rot: „Ja, ja," nickte sie, „nach dem Essen soll man ruhen oder tausend Schritte tun und da sie denselben Rückweg hatten, gingen sie zusammen weiter. Das Wetter hatte sich verändert, eine Regenfront zog auf. Graue Nebelschwaden zogen den Deich hoch.

„Ich musste heute viel an meine Mutter denken," erzählte Cornelia ihm. „Ihr Gehör wird immer schlechter. Sie versteht vieles nicht, was ich sage, und ich muss dauernd alles mehrfach wiederholen. Sie kann den Stress, den ich habe einfach nicht nachvollziehen."

Er fiel ihr ins Wort: „ Genau, du wirst es nicht glauben, aber bei meiner Frau ist es ganz ähnlich. Wenn ich über meine Arbeitsbelastung rede, meint sie nur, ich hätte mir den Beruf schließlich ausgesucht, da könne ich mich nicht beklagen. Sie ist und bleibt eine einfache Hausfrau. Den Stress, den Lehrer haben, kann keiner nachvollziehen, der nicht unterrichtet. Hinzu kommt, dass sich das Lernverhalten der Schüler verändert hat. Sie haben weniger Disziplin als früher und keinen Respekt mehr. Inzwischen soll der Lehrer auch noch die Erziehung übernehmen, das geht entschieden zu weit," ereiferte sich Köhler und Cornelia gab ihm recht: „Da bin ich ganz deiner Meinung und am Ende hat immer der Lehrer Schuld."

„ Du sagst es, es wird uns alles aufgebürdet, dabei werden die Klassen nicht kleiner. Das will meine Frau einfach nicht begreifen."

Cornelia fasste sich ein Herz und hakte nach: „Entschuldige, dass ich frage, aber es heißt, dass du dich scheiden lassen willst, stimmt das?"

Er antwortete nicht gleich, war ein wenig überrascht von der Frage. Ein paar Schritte gingen sie schweigend nebeneinander weiter, und er wich ihr aus: „Da ist noch nichts entschieden, es kommt darauf an, wie es sich weiter entwickelt." Das letzte, was er wollte, war, seine ehelichen Probleme mit Cornelia zu besprechen. Inzwischen waren sie fast bei der Gaststätte angekommen. Nirgends war eine Menschenseele zu sehen. Das Alte Land lag traumhaft schön, verlassen vor ihnen, nur die Vögel zwitscherten. Cornelia erinnerte sich an ihre Kindheit. Da war sie öfter bei ihrer Oma am Deich zu Besuch gewesen, und dann sind sie ausgelassen den Deich herunter gekullert. So ausgelassen wollte sie jetzt auch sein, dieses Gefühl noch einmal erleben, und sie lief den Deich hinunter, während sie fröhlich jauchzte. Notgedrungen folgte er ihr, allerdings keuchend nach Luft schnappend, wie ein alter Hase.

Dabei hatten sie die aufkommenden Regenwolken nicht bemerkt, und mit einem Mal prasselte der Regen auf sie nieder. Zufällig stand in der Nähe eine alte Scheune, wo sie eilig Schutz suchten. Völlig außer Atem lehnte sich Cornelia gegen die überdachte Holzwand, wobei ihr Ausschnitt verrutschte und ein wenig Einblick in ihr Dekolltee frei gab. Neben ihr stehend blickte Köhler fasziniert auf den üppigen bebenden Busen, der sich hoch und runter senkte. Da er seit längerem wie ausgezehrt war, überwältigte ihn der Anblick. Er beugte sich über Cornelia und versuchte sie zu küssen, während die Hände unter ihre Bluse griffen, dann streifte er ihren Rock hoch und drang in sie so ein, dass sie vor Schmerzen aufschrie. Das reizte ihn noch mehr, und er verlor sich in ihr, bäumte sich auf, und entlud seine Gier.

Obwohl sie seine Nähe ersehnt hatte, fühlte sie sich in dieser Situation von ihm irgendwie überrollt und empfand die intimen Berührungen als zu spontan. Unsicher hatte sie ihn über sich ergehen lassen und versucht, die Küsse zu erwidern. Seine Zunge klebte förmlich an ihrem Gaumen. Sie schob ihren Kopf zur Seite, um ihm auszuweichen, und er reagierte enttäuscht. Sein Drängen ließ nach. Die Hand hielt inne, er kam wieder zu sich. Nachdem sich sein Stau gelöst hatte, bereute er seinen spontanen Ausrutscher. Cornelia erwartete hingegen, dass er jetzt einfühlsamer sein würde, war nun bereit, ihm zu folgen und schmiegte sich an ihn. Er zog seine Hand aus der Bluse, räusperte sich und hüstelte: „Entschuldige, da bin ich wohl etwas zu weit gegangen."

Im Grunde war er über sein eigenen Angriff total überrascht. Was hatte ihn bloß so getrieben? Jetzt war seine Lust wie weggeblasen. Er fühlte sich verspannt. Der vorher üppige Busen bekam Pusteln, und ihre Haut erschien ihm nun schuppig. Ihre Schweißdrüsen dünsteten den Geruch von Fisch aus. Die Bilder in seinem Kopf veränderten sich. Jetzt glaubte er, einen verdorbenen Fisch in seinen Armen zu halten, er wurde klein und schrumpfte. So etwas war ihm noch nie passiert.

Enttäuscht knöpfte sie ihre Bluse zu, zog den Rock nach unten sorgfältig zurecht. Dabei bemühe sie sich zu lächeln und betonte: „ Es regnet aber auch zu stark, und in Zukunft haben wir noch viel Zeit, uns richtig kennen zu lernen. Köhler glaubte sich verhört zu haben und hakte nach: „Wie hast du das gemeint?" wollte er wissen. Cornelia trumpfte auf: „ Na ja, ich denke, wir sind ja jetzt ein Paar." Er sah sie verständnislos an: „Du hast da etwas missverstanden, glaube ich, das war ein Ausrutscher. Ich bin verheiratet, das weißt du doch." Um vom Thema abzulenken, hielt er sachkundig eine Hand in den Wind und stellte fest: „Es hat aufgehört zu regnen. War nur eine kleine Husche. Wir sollten wieder zu den anderen zurück gehen, sonst holen wir uns noch eine Erkältung."

Schweigend, ein wenig verlegen, gingen sie jetzt nebeneinander den Weg zurück. Kurz vor dem Ziel schlug er ihr vor: „Es wäre besser, wenn wir die Gaststätte getrennt betreten, sonst geraten wir noch unnötig ins Gerede."

Während sich Cornelia an den Tisch neben Anneliese zurück setzte, dachte sie beeindruckt – wie aufmerksam von ihm, dass er mich schützen wollte und mich vor gelassen hat. –

Die Kollegin Anneliese wollte auch sofort wissen: „Wo warst du so lange, der Kaffee ist inzwischen kalt geworden, den ich für dich mitbestellt habe."

„ Nur ein wenig die Beine vertreten, mir ging es nicht besonders, der Schweinebraten lag mir schwer im Magen. Ich hoffe, der Kaffee wird mir gut tun." Anneliese nickte verständnisvoll und fragte: „ Wusstest du eigentlich, dass das Alte Land zum Weltkulturerbe gehört?"
„Genau, du sagst es," pflichtete Cornelia ihr bei.
„Darauf trinken wir einen," verkündete Anneliese, die auch schon einen Aperitif mitbestellt hatte und hob das Glas.

DIE KOMMODE

In den nachfolgenden Tagen wartete Cornelia geduldig auf ein Zeichen von Köhler. Insgeheim hoffte sie, dass er erst seine Scheidung regeln wollte, bevor er sich mit ihr zusammen tun würde.

Allerdings hielt sie diese Ungewissheit, was er wirklich vor hatte, nicht länger aus. Deshalb hatte sie beschlossen, ihn heute endgültig zur Rede zu stellen, wie er ihre gemeinsame Zukunft planen wollte.

Um ihn nicht zu verpassen, hatte sie extra auf den Lehrerplan am schwarzen Brett nachgesehen, wann sie beide eine gemeinsame Freistunde hatten. In dieser Zeit setzte sie sich ins Lehrerzimmer und korrigierte die restlichen Arbeiten der Klasse 9b. Er ließ sich aber nicht blicken.

Nervös wartete sie, dass er endlich das Lehrerzimmer betreten würde. Währenddessen gelang es ihr kaum, sich auf die Korrektur zu konzentrieren. Jedes mal, wenn die Tür sich öffnete, zuckte sie zusammen.

Statt Köhler kam die Musiklehrerin und schob einen Stuhl nach hinten um Platz zu nehmen: „Störe ich dich, Cornelia," setzte sie sich, wobei ihre stark riechende Parfümmarke aufdringlich roch und einem den Atem nahm.

Cornelia hielt sich zurück. Früher einmal hatte sie der Kollegin anvertraut, dass die Mutter an Parkinson litt. Kurz darauf wusste scheinbar die ganze Schule von der Krankheit der Mutter. Deshalb war sie vorsichtig geworden, wenn sie mit der Sommerfeld sprach und erzählte nur, was jeder wissen durfte.

„Weißt du schon das Neuste," berichtete diese, „das glaubst du nicht, es heißt, dass sich der Köhler nicht mehr scheiden lassen will. Angeblich haben sie sich wieder versöhnt, sie ist schwanger von ihm."

Fassungslos suchte Cornelia Haltung zu bewahren, dann stellte sie fest: „Das freut mich für ihn und letzten Endes muss er ja jeder selber wissen, wofür er sich entscheidet," tat so, als würde sie das nichts angehen, obwohl sie sich tief getroffen fühlte. Insgeheim hoffte sie noch, dass er nicht bei seiner Frau bleiben würde. Ein Kind konnte auch eine Last sein, besonders in seinem Alter.

Die Musiklehrerin horchte sie weiter aus, wollte alles genau wissen:„ Ich dachte, du bist mit dem Köhler etwas enger befreundet," stellte sie enttäuscht fest und kramte währenddessen suchend mit spitzen Fingern in ihrer Tasche. Schließlich holte sie einen kleinen Spiegel und einen Lippenstift hervor. Sorgfältig zog sie sich die Lippen nach und presste sie mit einem leichten blubb aufeinander. Mit zufriedener Miene, über das Resultat des roten Farbtons auf ihren Lippen, legte sie die Sachen zurück und sagte: „Man munkelt allerdings, dass ihr euch beim Kollegiumsausflug näher gekommen seid. Hab ich da was verpasst?"

„ Ach weißt du, so ähnliche Gerüchte werden doch ständig verbreitet, das ist einfach lächerlich. Ich bin gerade mit der Notengebung von der Klassenarbeit für die Neun b beschäftigt und ansonsten interessiert es mich nicht ob, sich ein Kollege scheiden lässt oder nicht."

„ Die Klasse kenne ich, die ist sehr laut, nicht wahr und sie gilt als schwierig. Ich bin froh, dass ich die nicht mehr unterrichten brauche."

„Im Prinzip habe ich keine Probleme," stellte sich Cornelia vorsichtshalber ins rechte Licht, sonst würde ihr die Kollegin noch das Wort im Mund umdrehen und behaupten, sie hätte gesagt, sie käme mit der Neun b nicht zurecht, das hätte ihr gerade noch gefehlt. Die Schule war sowieso fast wie eine kleine Welt für sich. Überall wurde getratscht, jedes Wort auf die Goldwaage gelegt und die Kollegin erzählte weiter: „Seine Frau war ganz tapfer, beinahe hätte sie eine

Fehlgeburt gehabt. Angeblich soll sie ihm die Schwangerschaft verschwiegen haben. Jedenfalls tut er jetzt so, als hätte er niemals von einer Scheidung gesprochen."

Cornelia bekam mit einem Mal einen Schweißausbruch, hatte das Gefühl, als ob sich der ganze Raum um sie drehen würde und es keinen Halt gab. Ihr Blickfeld verschwamm vor ihren Augen. - War wieder alles nur eine große Lüge gewesen? -

Sie fühlte eine grenzenlose Wut in sich hoch kommen, die sie packte, wenn sie enttäuscht wurde und der große Wunsch nach Rache sich ausbreitete, wie ein bösartiges Melanom. Dann verlor sie die Kontrolle über ihr Handeln.

Der Ausbruch dauerte nicht lange, aber die Schule konnte sie keinen Moment mehr ertragen und wollte nur noch weg, weg, weg. Hastig entschuldigte sie sich bei der Kollegin: „Ich muss leider gehen." Dabei klappte sie ihre Sachen zusammen und meldete sich im Sekretariat krank. Auf dem Schulgelände lungerten noch einige Schüler, die sie freundlich grüßten. Nur Manfred, dem sie neulich eine Fünf gegeben hatte, spuckte seinen Kaugummi aus und grüßte nicht. Cornelia berührte das wenig, sie eilte vorbei und nickte mit dem Kopf.

Aufgewühlt, mit großen Schritten, eilte sie zu ihrem Auto. Zufällig kam ihr der Kollege Köhler entgegen, der sich in der Freizeit im nahegelegenen Park erholt hatte. Er grüßte freundlich: „Hallo, wie geht es dir? Ich wollte mich schon längst bei dir melden. Aber du weißt ja wie das ist, die Arbeit macht sich nicht von allein-"

Cornelia wusste im ersten Moment kaum, was sie sagen sollte, aber dann wollte sie doch erfahren, wie er zu ihr stand: „Hast du dir inzwischen überlegt, wie es mit uns weiter gehen soll? Ich habe die ganze Zeit auf ein Zeichen von dir gewartet."

Er konnte ihr nicht in die Augen sehen, als er sagte:

„Es tut mir Leid, wenn du dir falsche Hoffnungen gemacht hast. Ich gebe zu, das war nicht ganz fair, aber wir hatten einen schönen Augenblick, mehr war da nicht."

Sie wollte sich ihre Enttäuschung nicht anmerken lassen und tat so, als wäre sie ganz seiner Meinung, Er durfte auf keinen Fall merken, wie viel Hoffnung sie sich gemacht hatte und sie antwortete: „Du glaubst wohl, du bist unwiderstehlich, ich kenne auch noch Andere, die mich mögen, das wollte ich dir noch sagen."

Er war erleichtert und gab ihr recht, indem er feststellte: „Du hast wirklich was besseres verdient."

Beide standen sich verlegen gegenüber. Es herrschte einen Moment betretenes Schweigen, dann nickte Cornelia mit dem Kopf, verabschiedete sich, sagte: „Bis bald," eilte schnellen Schrittes zum Auto und fuhr weg.

Er sah ihr kopfschüttelnd hinterher und fragte sich, wie sie glauben konnte, dass aus ihnen je ein Paar werden könnte, holte sich einen Apfel aus seiner Aktentasche und biss kräftig hinein.

Dabei dachte er an seine Frau, die hatte ihm vor kurzem mitgeteilt, dass sie wieder schwanger wäre. Eigentlich hatten sie beschlossen, keine Kinder mehr zu bekommen. Er hatte ihr geantwortet: „Das musste doch nicht sein, willst du es wirklich bekommen?" Woraufhin sie gleich wieder beleidigt reagierte. Er konnte es ihr einfach nichts recht machen. Er hatte es wirklich nur gut gemeint. Unterwegs fiel Cornelia ein , dass sie noch die Medikamente für die Mutter aus der Apotheke holen musste. Die Krankheit der Mutter war unheilbar, und sie musste regelmäßig starke Medikamente schlucken. Ohne die Tabletten wäre die Mutter total bewegungsunfähig.

Diese Bewegungsunfähigkeit trat immer auf, wenn die Zeitspanne zwischen den Einnahmen, zu lange her war, oder die Mutter die Tabletten vergaß,was öfter vorkam. Die Apotheke war mal wieder überfüllt. Es hatte sich eine lange Schlange gebildet. Cornelia trat von einem Fuß auf den anderen, musste lange warten, bis sie endlich an der Reihe war.

Deprimiert dachte sie immer wieder daran, wie überheblich Köhler gewesen war. Die Worte - Du hast was Besseres verdient,- hallten ihr nach. Sie würde ihm noch zeigen was sie verdient hatte. Er würde frierend zugrunde gehen. Das hatte sie sich fest vorgenommen. Sie musste ihn nur irgendwie in ihr Haus locken, aber wie konnte sie ihn dazu überreden, sie zu besuchen und dann auch noch in den Keller zu gehen ein schier unlösbares Unterfangen.

Neben der Apotheke befand sich ein kleiner Teeladen. Staunend betrachtete Cornelia im Schaufenster die verschiedenen reichhaltigen Angebote, die teilweise liebevoll in Klarsichtfolie mit einem Schleifchen zugebunden waren. Dabei erinnerte sie sich dunkel daran, dass Köhler vor kurzem über eine bestimmte Teesorte mit Vanille - Geschmack geschwärmt hatte, die seine Frau ihm zubereitet hatte. Entschieden betrat sie den Laden und ließ sich von der Verkäuferin eingehend beraten. Vielleicht konnte sie ihn ja damit beeindrucken. Schließlich kaufte sie eine besonders teure Packung, die ihr empfohlen wurde. In großen Buchstaben schrieb sie auf eine Karte, deren Vorderseite mit Blumen geschmückt, war ein paar Zeilen, mit denen sie Köhler daran erinnerte, dass sie ihn schon vor längeren zu einer Tasse Tee eingeladen hatte. Zufrieden legte sie diese später in sein Fach in der Schule.

Am Nachmittag fand sie in ihrem Fach einen Zettel von Köhler. Zittrig öffnete sie seine Antwort, las gespannt die Mitteilung: Tut mir schrecklich Leid, da habe ich einen anderen Termin. Enttäuscht ließ sie den Zettel fallen. So leicht würde sie ihn nicht aus der Reserve locken können. Sie musste irgendwie an seine Ehre und an sein Verantwortungsbewusstsein appellieren. Aber welchen Schwachpunkt hatte er? Das musste sie unbedingt herausfinden.

Der Gedanke an Rache ließ sie nicht los.

Am nächsten Tag ging sie solange im Schulflur auf und ab, bis er auftauchte, tat so, als ob sie sich zufällig begegnet wären und stellte ihn zur Rede: „Hallo, was für ein Zufall, dass wir uns gerade jetzt begegnen, ich wollte dich sowieso etwas fragen." Er sah auf seine Armbanduhr, wobei er feststellte: „Tut mir leid, habe es eilig, ich habe gleich eine wichtigen Termin."

Doch sie stellte sich vor ihn: „Nur ganz kurz," bat sie, „ich brauch nicht lange," kramte in ihrer Tasche und holte eine Teepackung daraus hervor: „Wir hatten doch über Teesorten gesprochen, und ich habe dir zum Probieren etwas mitgebracht" und überreichte ihm ein kleines Päckchen. Verwundert blickte er auf das Geschenk:

„Ist das alles, was du mir sagen wolltest?"

„Nicht ganz, eigentlich wollte ich dich um etwas bitten. Ich mache doch den Computerkurs mit. Nun wollte ich etwas Platz schaffen und mich besser einrichten. Einen besseren Computer kaufen und so, du weißt schon, aber da steht noch die Kommode meiner Mutter."

Köhler wurde ungeduldig, allerdings wollte er Cornelia nicht unnötig vor den Kopf stoßen; „Ja und was habe ich damit zu tun?"fragte er unwirsch.

„Die Kommode meiner Mutter steht im Weg und müsste in den Keller gebracht werden, Das kann ich nicht allein schaffen und da wollte ich dich bitten, mir zu helfen sie zu tragen."

„Mal sehen," antwortete er ausweichend „die Teeprobe werde ich meiner Frau geben, ich muss jetzt wirklich ins Krankenhaus."

Mit Schrecken dachte er daran zurück, dass seine Frau beinahe eine Fehlgeburt erlitten hätte.

Sie waren zusammen Einkaufen gewesen, und auf dem Rückweg ist sie über eine erhöhte Straßenkante gestolpert und hingefallen. Sie war direkt neben ihm und ist wie ein nasser Sack einfach so auf die Straße geplumpst. Er konnte sich nicht erinnern, sich jemals so hilflos gefühlt zu haben. Die ganze Zeit im Krankenwagen hatte er ihre Hand gehalten. Beide sorgten sich um das ungeborene Kind. Sie bekam Wehen hemmende Mittel und wurde noch zur Sicherheit ein paar Tage in der Klinik behalten. Jetzt wollte er sie abholen. Seit ihrem Unfall war eine alte Verbundenheit wieder da und diese wollte er wegen Cornelia nicht unnötig aufs Spiel setzten. Er musste sie unbedingt los werden, neuerdings hing sie an ihm wie eine Klette.

„ Hat deine Frau sich gut erholt und das Baby behalten?"

„Wer hat dir das erzählt?"

„ Das ist doch ein offenes Geheimnis und auch, dass du dich wieder mit deiner Frau versöhnt hast. Aber ich sage nichts, wenn du mir nur noch einmal bei der Kommode hilfst."

„Ich überlege es mir, aber jetzt muss ich wirklich los." Köhler hastete ohne sich umzuschauen davon.

Cornelia sah ihm hinterher und dachte nur - Hier hält dich niemand und bald hast du auch deine verdiente Ruhe. -

RACHE

Kaum war sie zuhause, da wollte die Mutter gleich die Tabletten haben und machte ihr Vorwürfe, dass sie so lange unterwegs gewesen war. Cornelia fühlte sich sofort wieder gestresst. Nachdem sie die Mutter versorgt hatte, beschloss sie, die Kommode leer zu räumen. Aus der Küche holte sie eine blaue Mülltüte und warf das meiste einfach hinein. Es waren alles irgendwelche uralten Unterlagen, die ihrer Mutter gehörten.

Plötzlich klingelte es an der Haustür, Cornelia zuckte zusammen. Sie erwartete niemanden. Vorsichtig guckte sie durch den kleinen Spion in der Haustür und sah Köhler, wie er geduldig wartete. Hocherfreut öffnete sie die Tür: „Hast du es dir doch noch überlegt, dass du mir helfen willst?"

„Ja, aber nur ganz kurz und nur die Kommode," trat er ein.

„Ich danke dir, mehr will ich auch nicht. Ich habe die Kommode auch schon leer geräumt."

Köhler sah sich um, der Flur schien ihm recht eng. Hoffentlich war das Teil nicht allzu sperrig. Er war nur gekommen, weil er Angst hatte, dass Cornelia seiner Frau etwas erzählen könnte und er wollte, dass sie schwieg. Aus dem oberen Stock rief eine Stimme: „Cornelia, ist da jemand gekommen?" „Nein Mutter, es ist alles in Ordnung," rief sie zurück.

Und zu Köhler sagte sie erklärend: „Mutter braucht ja nicht alles zu wissen," und er grinste breit: „Verstehe."

Die Kommode war doch sperriger als er gedacht hatte. Er trug das gute Stück von vorn und Cornelia hielt hinten fest. Er ächzte mühsam die Kellertreppe hinab, konnte die Kommode nur schwer halten und verlangte: „Jetzt bloß nicht los lassen!" Doch das tat Cornelia in dieser Sekunde, sie gab der Kommode einen kleinen Stoß und nahm ihre Hände weg.

Er griff verzweifelt ins Leere, versuchte vergeblich, etwas zu fassen, verlor die Kontrolle und stürzte ins scheinbar bodenlose. Es war, als ob er sich beim Fallen selbst in Zeitlupe zusah, und der Aufprall erschien ihm endlos. Mit einem Krach deckte ihn die Kommode zu und begrub ihn unter sich. Seine Brust brach zusammen, er spürte, wie sämtliche Rippen ihn scheinbar durchstießen und in seinen Körper bohrten.

Vorsichtig stemmte Cornelia die Kommode zur Seite. Er schrie vor Schmerzen auf. Sie versuchte, ihn hoch zu ziehen und redete beruhigend auf ihn ein: „ Ich bringe dich in ein Behandlungszimmer. Es sind nur ein paar Schritte," und er ließ sich fort schleifen. „Gleich hast du es geschafft," tröstete sie ihn.

Was hatte er geschafft? Schmerz verzerrt blickte er sich um. Dass war kein Behandlungszimmer. „Was hast du vor?" stöhnte er.

„Du kannst dich ausruhen, ich hole Hilfe. Aber es wäre besser für dich, wenn du jetzt einschläfst, dann geht der Schmerz vorbei, du wirst nichts spüren, wenn du schläfst, es wird dein kühles Grab." Und sie fügte verbittert hinzu: „ Du hast mich nur benutzt als billigen Zeitvertreib, ich sorge dafür, dass du niemanden mehr benutzen wirst."

Langsam begriff er, dass sie sich rächen wollte und verteidigte sich: „Du wolltest es doch auch, du hast dich nicht gewehrt, das ist auch deine Schuld." Die Worte trafen Cornelia mitten ins Herz. Erbost schloss sie die schwere Tür und ließ ihn allein zurück.

Er hörte, wie die Tür zufiel und wollte sich bewegen, ihr hinterherlaufen, doch der Schmerz war zu groß. Verzweifelt auf Hilfe hoffend, wartete er vergeblich auf Cornelias Rückkehr. Erst jetzt merkte er, wie kalt es in dem Raum war. Wieso fror er so erbärmlich? Neugierig sah er sich um. Der Raum hatte etwas von einem Kühlschrank, eine Kühlkammer. Wo war er hier, war das wirklich eine Kühlkammer? Sollte er etwa erfrieren? Panik erfasste ihn, er wollte nur raus, er wollte nicht hier sterben.

Mit letzter Kraft schleppte er sich zur Tür und hämmerte dagegen, bis er ermattet aufgab und zusammen sackte. Die Tür blieb fest verschlossen. Er überlegte krampfhaft, auf welche Weise sich retten könnte. Die Rippen taten in jeder Position weh, selbst im Liegen. Seine Lage schien aussichtslos, verzweifelt sprach er sich Mut zu: „Bleib ruhig," befahl er sich, „überlege was du tun kannst, jetzt nicht den Kopf verlieren." Suchend blickte er sich im Raum nach einer Möglichkeit um, die ihm helfen konnte und entdeckte am Türrahmen einen kleinen Kasten. - Vielleicht ist das die Schaltung der Kühlanlage - hoffte er. Die Anlage erschien ihm so weit fort. Er wollte nicht aufstehen, er wollte liegen bleiben. Aber er wollte nicht erfrieren. Mit letzter Kraft zog er sich an der Tür hoch, sah mehrere Knöpfe und ohne lange nachzudenken, schaltete er alle auf Null. Dann versagten seine Beine endgültig, waren wie Gummi und er verlor das Bewusstsein.

Cornelia fühlte sich dreckig, so hatte sie sich ihre Rache nicht vorgestellt. Es war nicht geplant, dass er den Sturz überleben sollte. Am liebsten hätte sie es wieder ungeschehen gemacht, aber wenn sie Hilfe geholt hätte, wäre sie aufgeflogen, und davor hatte sie am meisten Angst. Unruhig lief sie hin und her, alles war schief gelaufen. Um nicht weiter nachdenken zu müssen, sprühte sie im Bad mit Allzweckreiniger die Kacheln an und wischte sie mit einem Tuch sauber. Nach und nach waren sämtliche Kacheln gereinigt. Penibel wischte sie in allen Ecken und Kanten. Sie putzte wie besessen, als könne sie damit sämtliche Probleme aus der Welt schaffen. Je mehr sie wischte, desto besser fühlte sie sich. Wisch und weg, wisch und weg, sie hatte keine anderen Gedanken mehr. Sauberkeit und Ordnung, das wurde stets von einem verlangt. Sie wischte mit Klopapier die Kacheln nach, so dass alles schön glänzte. Zufrieden betrachtete sie sich ihr Werk.

Dabei musste sie an ihre ehemalige Schulkameradin Barbara denken, da konnte man vom Fußboden essen, da war alles staubfrei und tipptopp. Bei der hatte jedes Deckchen, jede Vase, jeder Ziergegenstand Millimeter genau seinen angestammten Platz. Verschob sich ein Teil, gab es Ärger. Das ideale Lebensgefühl war „staubfrei". Verfall und Chaos waren der Tod. Die Freundin besuchte sie nie wieder.

Während sie die Kacheln polierte, vergaß sie ihre Probleme. Schließlich war sie immer das brave Töchterchen gewesen und das war sie heute noch. Inzwischen reinigte sie auch die Tapete im Flur und näherte sich dem Garderobenspiegel. Sie sprühte ihn besonders kräftig ein. Denn wie sagte ihre Mutter mit gewichtiger Miene: „Der Flur, mein Kind, ist die Visitenkarte der Wohnung."

Sie polierte im Kreis, damit sich ja keine Schlieren bildeten. Mit einem Mal hielt sie ruckartig auf und starrte in ihr verzerrtes Spiegelbild. Sie betupfte ihre Nase, die immer mehr aus dem Gesicht wuchs, breiter und fülliger wurde und einen richtigen Knubbel bekam, und sie erschrak vor sich selbst. Mit dem Alter veränderte sich ihr Gesicht. Unzufrieden versuchte sie, die Nase kleiner zu drücken, aber das gelang ihr nicht. Frustriert wendete sie sich vom Spiegel ab, hinterließ den Spiegel voller Putzschlieren, und ging in die Küche, um sich ein paar Haferflockenkekse zu backen.

Dazu nahm sie eine kleine Schüssel, füllte etwas heißes Wasser hinein und ließ einen klecks Butter darin verschmelzen. Darin füllte sie zarte Haferflocken, die sich im Wasser auflösten und einen dicken Brei bildeten. Drei Esslöffel Zucker, ein bis zwei Esslöffel Vollkornmehl und etwas Backpulver kamen hinzu und wurden von ihr mit einem Teelöffel verrührt. Dann kleckste sie mit dem Teelöffel kleine Haufen auf ein, mit Backpapier ausgelegtes Backblech und backte diese bei 200 Grad eine viertel Stunde in ihrem Minibackofen. Noch heiß packte sie die fertigen Kekse in eine Butterbrottüte und schaltete den Fernseher an.

Die Kekse beruhigten sie stets, wenn sie Stress hatte und auch jetzt schob sie, während sie genüsslich einen Keks nach dem anderen in ihren Mund steckte, die negativen Gedanken beiseite.

VERMISST

Adrian wartete mit den anderen Teilnehmern des Computerkurses auf den Lehrer Köhler. Sämtliche Teilnehmer saßen geduldig auf ihren Stühlen und hofften vergeblich. Was sollte er jetzt tun, der Lehrer hatte den Kursus nicht abgesagt, er starrte auf seine Armbanduhr. An der Tafel stand noch das Programm von der letzten Woche. Adrian nahm einen Schwamm und wischte es weg. Die Kreidestreifen erinnerten ihn ans Meer. Die Bilder vom Wochenende schoben sich in seine Gedanken. Er war mit ein paar Freunden mit dem billigen Wochenendticket der Bahn nach Sylt gefahren. Sie hatten eine Kiste Bier mit genommen und am Strand in einer Düne ein Zelt aufgebaut. Als es anfing zu Regnen rückten alle näher zusammen. Unter einem Regenschirm war er Britta nähergekommen. Britta hatte weinrote gefärbte Haare und um die mollig Hüfte einen mit Nieten besetzten Gürtel. Er träumte jetzt noch von ihren weichen Schenkeln und den leidenschaftlichen Küssen. Verdammt, er blickte wieder auf die Uhr, warum kam Köhler nicht endlich, wie lange sollten sie denn noch ausharren. Er könnte längst bei Britta sein.

Kollege Hinze erhob sich und stellte die Frage in den Raum: „Hat jemand etwas vom Kollegen gehört? Ist er vielleicht krank geschrieben?

Cornelia die neben ihm saß, berichtete nun mit wichtiger Miene: „Ich glaube er ist heute Morgen schon nicht in der Schule erschienen."

„Das ist sonst gar nicht seine Art, er ist eigentlich immer pünktlich."stellte Hinze fest und blickte fragend in die Runde.

„Also ich kann nicht ewig warten, ich habe meine Zeit auch nicht gestohlen," pikierte sich der junge Kollege und packte seine Sachen wieder zusammen. Die übrigen Teilnehmer schlossen sich an. Man hörte ein Raunen, das Scharren der Stühle aber keiner sagte ein Wort. Adrian der auch gerade gehen wollte wurde von Cornelia zurückgehalten. Sie stand mit einem Mal vor seinem Platz und trug eine vertrocknete Yuckapalme unter dem Arm. Er zuckte zusammen „Ach, Frau Satorius, ich habe sie gar nicht kommen sehen und stellte erstaunt fest: „ was kann ich für sie tun?"

„ Ich wollte dich bitten, „ob du diese Pflanze in die Biosammlung zurück bringen könntest."

Dazu hatte er eigentlich nicht die geringste Lust, warum brachte sie die nicht selbst dorthin und er wehrte ab: „Es tut mir Leid aber ich habe im Augenblick keine Zeit ein andermal gerne," sollte sie doch denken was sie wollte, er war nicht ihr Handlanger.

„Es war ja nur eine Frage, das mit dem Kollegen Köhler ging mir so nahe , da leidet man förmlich mit, man weiß nie was in dem anderen vorgeht, dass er einfach von heute auf Morgen verschwindet."

Adrian nickte nur mit dem Kopf und ging, ohne Cornelia zu beachten. Er war noch keine drei Schritte entfernt da rief sie ihm hinterher: „Was ich dich noch fragen wollte. Du kennst dich doch mit Computern aus und ich habe mir am Wochenende einen neuen gekauft. Könntest du mir eventuell dabei helfen den Computer einzurichten."

Adrian verstand nur Bahnhof war verwundert, sie hatte ihn bisher nie nach seiner Meinung gefragt und ihn eher oft genug ungerecht behandelt. Er hatte von ihr im letzten Zeugnis eine Fünf bekommen, obwohl er eine Vier Minus und eine Drei in den Arbeiten geschrieben hatte. Auf seinen Protest hin hatte sie es damit begründet, dass er angeblich mit unpassenden Bemerkungen gestört hätte und seine Hausaufgaben zu oft vergessen hätte und nur wegen ihr war er am Ende sitzen geblieben.

Seitdem befand er sich eigentlich mit ihr auf dem Kriegsfuß. Warum sie ihn jetzt um Hilfe bat war ihm schleierhaft. Aber gut, dann sollte sie jetzt wenigsten bezahlen. Großzügig nahm er ihr die Pflanze ab und und erklärte sich bereit zu helfen indem er forderte: „ Das mache ich aber nicht umsonst, einen Fünfziger brauche ich schon für den Anschluss und die Einstellungen:"

Cornelia verzog keine Miene, sondern stimmte ihm zu: „Damit bin ich einverstanden. Am besten du kommst in den nächsten Tagen vorbei, weil ich den Computer so schnell wie möglich benutzen möchte. Der Alte ist mir zu langsam und das Programm hakt ständig" Dabei streckte sie ihre die Hand aus und er erwiderte den Händedruck um den Handel abzuschließen. Trotz der Bezahlung fühlte er sich irgendwie überrumpelt und bemühte sich höflich zu bleiben, war schließlich seine Lehrerin. Grinste breit und meinte großzügig: „ich bring jetzt mal die Palme weg". In Gedanken war er bei Britta. Sie waren zu einer Geburtstagsparty in den Kiesgruben eingeladen. Da war ein Grillplatz für alle mit Bänken und einem runden Unterstand. Vielleicht konnten sie sich dort wieder ein wenig näher kommen. Betrachtete die Palme, sie störte und stellte die einfach bei der erstbesten Gelegenheit achtlos auf einem Fensterbrett ab, was ging ihn das vertrocknete Ding an.

Cornelia ging in den Toilettenraum um sich vor dem Spiegel zu kämmen. Sie hatte so dünnes Haar, das musste sie ständig auflockern. Erst jetzt merkte sie dass sie die Tasche gar nicht dabei hatte. Wie konnte sie nur so vergesslich sein. Wo nur hatte sie die liegen gelassen. So schnell sie konnte hastete sie zurück. Sah die Palme auf der Fensterbank im Flur, nahm sie wieder an sich und lief weiter, voller Sorge, dass die Tasche, mit dem gesamten Inhalt, Papiere und Haustürschlüssel, gestohlen sein könnte.

Im Computerraum griff sie mit zittriger Hand unter den Tisch an dem sie gesessen hatte, die Tasche war nicht da und auch als sie wiederholt unter dem Tisch suchte, die Tasche war fort.. Cornelia bekam einen roten Kopf und ärgerte sich maßlos über ihre eigene Dummheit. Ihr blieb nichts anderes übrig als im Sekretariat nachzufragen ob die Tasche abgegeben worden war. Sie vergaß die Palme und eilte dort hin. Im Sekreteriat herrschte emsige Betriebsamkeit. Frau Böttger saß hinter dem Computer und tippte eine Zahlenreihe. Cornelia erkundigte sich aufgedreht: „ist hier zufällig eine Tasche abgegeben worden. Frau Böttger erhob sich ohne etwas zu sagen, fasste unter den Tresen und holte ihre Tasche daraus empor, hielt sie hoch und fragte „Meinen sie diese Tasche," Cornelia nickte erleichtert mit dem Kopf, strahlte und sagte: „Sie sind meine Rettung." „Nein, ich bin es nicht, bedanken sich bei dem Kollegen Hinze, der hat sie vorhin abgegeben, damit sie nicht in falsche Hände gerät. Trotzdem bedankte sie sich mehrfach. Denn in der Tasche waren sämtliche wichtigen Papiere gewesen, nicht auszudenken, wenn die gestohlen worden wären.

Jetzt wollte Cornelia nur noch so schnell wie möglich, in dieser Freistunde nach Hause. Inzwischen machte das Gerücht die Runde, das Frau Köhler ihren Mann als vermisst gemeldet haben sollte. Seitdem wagte sich die Ehefrau kaum noch aus dem Haus, überall lauerten neugierige Schüler herum, die sich davon überzeugen wollten, ob der Lehrer wirklich verschwunden war, dabei konnte man gar nicht sehen, dass das geschehen war. Es herrschte in der gesamten Schule mittlerweile große Aufregung. So etwas hatte es an diesem Gymnasium noch nie gegeben, dass ein Lehrer vermisst worden wäre.

Lehrer wurden nicht vermisst!

Die große Pause war gerade angebrochen und im Lehrerzimmer redeten alle durcheinander. Jeder wollte irgendwas gesehen oder beobachtet haben. Die Sommerfeld begrüßte Cornelia und ging diesmal nicht an ihr vorbei, als ob sie Luft wäre, sondern warnte: „Heute ist vielleicht ein Durcheinander hier. Im Hinblick auf Köhlers verschwinden ist sogar die Polizei erschienen und die stellen deswegen jede Menge Fragen. Zu dir werden sie bestimmt auch noch kommen."

Cornelia wurde rot im Gesicht, man konnte ihr das schlechte Gewissen ansehen, sie bemühte sich, es zu überspielen und antwortete: „ Das habe ich auch schon gehört. Das ist wirklich unglaublich das er verschwunden sein soll."und fügte nachdenklich hinzu: „ Ich vermute dass der nach ein paar Tagen von allein wieder auftaucht."

„Nein das glaube ich nicht, es wird gemunkelt dass ihm etwas ganz schlimmes zugestoßen sein könnte."

„ Soviel ich weiß hat die Polizei nichts heraus gefunden und keine heiße Spur entdecken können?"Die Sommerfeld holte eine kleine Schachtel aus ihrer Jackentasche, nahm sie umständlich in eine Hand, schüttete sich drei weiße Tik Taks in die Innenfläche und schob sie sich in den Mund. Als nächstes bot sie Cornelia auch einen Bonbon an. Die schüttelte den Kopf: „ nein danke,"lehnte sie ab, „ich mache gerade eine Diät."

„Ein Tik Tak hat aber keine Kalorien, die kannst du unbesorgt lutschen," und während sie ihr die Bonbons reichte wollte sie von Cornelia wissen: „du warst doch auch mit Köhler befreundet, kannst du der Polizei vielleicht einen Tipp geben," Cornelia verschluckte beinahe den angenommenen Bonbon vor Schreck und versicherte schnell: „Nein, nein um Himmels willen ich habe nicht die geringste Ahnung," ließ die Sommerfeld abrupt stehen und entschuldigte sich,mit der Bemerkung: „ ich muss jetzt wirklich wieder zum Unterricht, wir unterhalten uns ein andermal ausführlich" und eilte in ihre Klasse. Die Schüler waren ungewöhnlich ruhig. Als Cornelia die Tafel aufklappte um den Aufbau einer Zwiebel bildlich darzustellen, hatte ein Schüler dort in voller Größe schon einen Penis gemalt. Cornelia ließ sich ihre Verärgerung nicht anmerken. Resolut griff sie einen Schwamm und wischte das provokative Gekritzel wieder sauber weg. „Eigentlich wollte ich heute mit euch über den Aufbau der Zwiebel sprechen, aber ihr habt es nicht anders gewollt;" sprach sie im gereizten Tonfall und änderte ihr Unterrichtskonzept, ihr schreibt jetzt einen Test über den Aufbau des Kuhauges und was ihr darüber gelernt habt, und dabei will ich absolute Ruhe.Verstanden!"

Die Stunde war noch nicht zu Ende als der Direktor, an die Tür klopfte und mit einem Polizeibeamten vor die Klasse trat. Der Polizist war untersetzt, hatte kurze Haare, die sorgfältig zur Seite gekämmt waren und kräftige Hände, auf denen sich Krampfadern ähnliche Blutbahnen gebildet hatten. Er hielt erst mal eine lange Rede über die Aufgaben der Polizei. Danach holte er Nachforschungen ein über das Verschwinden des Lehrers Köhler: „Jede Kleinigkeit, die ihr darüber wisst, könnte von Bedeutung sein. Ihr könnt Tag und Nacht zu mir kommen. Ich vertrete im Moment den Kollegen Borchert. Der ist im Urlaub. Aber egal, mein Name ist Gram, Hauptkommissar Gram, ich schreib euch noch meine Diensttelefonnummer auf. Wenn euch etwas einfällt, könnt ihr mich unter dieser Nummer erreichen. Keiner der Schüler hatte ein Wort von sich gegeben, jetzt meldete sich Adrian: „Ich habe keine Ahnung, ob das eine Rolle spielt, aber als ich den Lehrer zuletzt gesehen habe, wollte er noch bei irgendeinem Bekannten eine Kommode in den Keller bringen. Allerdings bei wem das war, hat er mir nicht gesagt, ich kann mich jedenfalls nicht erinnern. Auch nicht, ob er dort geholfen hat, sie zu tragen oder nicht."

Der Beamte notierte sich die Aussage, dann blickte er fragend in die Runde: „Hat sonst noch jemand etwa Verdächtiges bemerkt?" wollte er wissen.

Cornelia bedauerte ebenfalls: „Leider kann ich ihnen nicht mehr sagen, als dass der Kollege stets zuverlässig war und sich wie gewöhnlich benahm. Aber fragen sie doch seine Frau. Es hieß er hätte kein besonderes Verhältnis zu ihr, und die beiden wollten sich scheiden lassen. Vielleicht hat die etwas mit seinem Verschwinden zu tun."
„Wir gehen selbstverständlich jeden Hinweis nach, aber sie müssen verstehen, dass ich über den Verlauf der Ermittlung keine Auskunft geben darf," erklärte der Polizist. Er hatte allerdings eine feine Antenne für Personen, die etwas zu verbergen hatten. Er nahm sich vor sie alle im Auge zu behalten, da war etwas faul und er stellte fest: „Es ist also keinem etwas Außergewöhnliches aufgefallen." Niemand meldete sich mehr. Daraufhin verabschiedeten sich die beiden wieder und verließen miteinander leise diskutierend den Raum.

AUF DER SUCHE

Adrian wartete vergeblich sehnsüchtig auf Britta. Es war der erste schöne Tag nach dem langen Winter. Unzählige Lufthungrige waren aus ihren verstaubten Wohnungen gekommen und genossen die wärmenden ersten Sonnenstrahlen. Vor allem die Kinder tobten wie befreit und schrien laut durcheinander. In der Kiesgrube waren inzwischen alle Freunde gekommen, nur Britta nicht. Enttäuschung und Wut machten sich in Adrian breit. Er beschloss bei der Satorius anzurufen, um sein Erscheinen anzukündigen, die zahlte wenigstens fünfzig Euro. Er holte das Handy aus der Hosentasche und fand aber ihre Nummer nicht, hatte vergessen sie zu speichern, mist, dachte er und machte sich auf den Weg.

Cornelia wollte gerade ihr Buch über Marilyn Monroe anfangen zu lesen, das sie sich bei Amazon in der englischen Fassung bestellt hatte und ihr am morgen gerade zugeschickt worden war. Davor hatte sie die restlichen Arbeiten korrigiert und sie enttäuscht, über das Resultat, frustriert zur Seite gelegt.

Egal wie lange und ausführlich sie den Unterricht gestaltete, ihr Einsatz verlief im Sand, wurde nicht belohnt, der Zensuren-durchschnitt lag unter dem Niveau. Woran lag das? Waren die Schüler durch das Fernsehen und die Computerspiele zu sehr abgelenkt? Wie sollte sie sich entscheiden? Sie grübelte darüber nach, ob sie sich beim Direktor die schlecht ausgefallene Notengebung bestätigen lassen sollte.. Vergeblich versuchte sie, die belastenden Gedanken beiseite zu schieben und sich ganz auf den Roman, den sie gerade las, zu konzentrieren.

Außerdem beunruhigte sie die Vorstellung, dass Adrian eventuell Bescheid wusste, das es Köhler gewesen war, den es beauftragt hatte, die Kommode in den Keller zu tragen.

Aber der ließ sich auch nicht blicken.

Zu später Stunde klingelte es doch noch zaghaft an der Tür. Er hatte sie also scheinbar doch nicht vergessen. Jetzt durfte sie keinen Fehler machen.

Im Flur kämmte sie schnell noch einmal ihr dünner werdendes Haar. Dann öffnete sie die Außentür: „Komm herein," sagte sie, „so schnell habe ich dich gar nicht erwartet."

„ Man tut was man kann." antwortete er.

Das Außenlicht blendete sie ein wenig, er strahlte mit diesem frechen Grinsen im Gesicht, jung und dynamisch, als könne ihm nichts und niemand etwas anhaben. Mit energischen Schritten trat er in den Flur. Wie sie ihn um diese Jugend beneidete. Sie konnte sich nicht erinnern, jemals so jung gewesen zu sein.

„Ich hoffe, ich habe sie nicht bei etwas Wichtigem gestört," fügte er hinzu.

„Nein, nein, der alte Computer funktioniert nicht mehr, ich bin ja froh, wenn ich den Neuen endlich benutzen kann," sagte sie und führte ihn zum Arbeitsplatz.

Es wäre für Adrian ein Kinderspiel gewesen, den Computer einzurichten, aber er brauchte ein wenig Zeit, um herausfinden zu können, in wieweit Cornelia vielleicht doch etwas mit dem Verschwinden von Köhler zu tun hatte. Eigentlich glaubte er nicht daran, aber es blieb ein vager Verdacht bestehen, dem er nachgehen wollte. Köhler hatte auch Cornelia erwähnt, als er mit ihm das letzte Mal gesprochen hatte, jedoch konnte er sich beim besten Willen nicht mehr erinnern, in welchen Zusammenhang das war.

Cornelia wollte gerade erzählen, dass der Computer sehr teuer gewesen war und vorsichtig behandelt werden sollte, da klopfte die Mutter und rief laut: „Hilfe Cornelia, ich muss dringend aufs Klo."

Doch sie ließ sich nicht aus der Ruhe bringen, erklärte Adrian, wo sich die Verbindungen für den Anschluss befanden. Sie blieb hinter ihm stehen, schaute ihm über die Schulter, krempelte den Pullover an den Armen hoch und meinte: „Ist doch ein Skandal, was sich im Moment alles in der Schule abspielt," versuchte ihn weiter auszuhorchen. „ Hat der Kollege Köhler eigentlich etwas von dir gewollt, als ihr euch beim Computerkursus getroffen habt, um den Verteilungsplan auszuarbeiten?" „Nein, eigentlich nichts, er hat mich nur gefragt, ob ich behilflich sein könnte, eine Truhe oder so bei irgendwem in den Keller zu tragen. Aber ich leide unter Rückenproblemen und darf nicht schwer tragen."

„Hat er erzählt bei wem er helfen wollte?"

Genervt unterbrach Adrian die Anschlusseinstellungen und tat so, als wenn Schwierigkeiten aufgetreten wären, antwortete gereizt : „Ich kann mich nicht mehr erinnern. Es war auch wegen der Sommerfeld. Ihr Auftritt beim Sommerfest war ja auch übertrieben. Aber ich fand den Auftritt echt geil."

Die Mutter klopfte erneut ungestüm dazwischen und jammerte und klagte: „Ich habe Beklemmungen; warum hilft mir denn keiner?"

Cornelia entschuldigte sich: „ Ich komme gleich wieder, ich muss nur mal eben nach meiner Mutter sehen."

Adrian, der bisher nur so getan hatte, als ob der Anschluss des Computers ein Problem darstellte, antwortete: „Lassen sie sich ruhig Zeit, ich komme auch allein klar," hörte ihre Schritte, wie sie die Treppe nach oben ging und hoffte, dass das eine Weile dauern würde, die Mutter zu versorgen, ehe sie wieder erscheinen würde. Gespannt blickte er sich suchend nach irgendwelchen verräterischen Spuren im Raum um. Irgend ein Zeichen – dachte er - eine Spur musste doch vorhanden sein. Der Lehrer Köhler könnte sich bei ihr auch versteckt halten, oder war er das sogar, der oben geklopft hatte, alles war möglich – vielleicht hielt sie ihn auch gefangen. Ein

Lehrer würde sich schließlich nicht einfach so, hoppla hopp in Luft auflösen. Wer wusste schon, was alles im Kopf einer alten Jungfrau vorging. -

Schließlich begann er, den Schreibtisch nach Anhaltspunkten zu durchsuchen. Als er nichts gefunden hatte, legte er alles fein säuberlich wieder an seinen Platz zurück, denn sie sollte auf keinen Fall merken, dass er sie verdächtigte, etwas mit dem verschwinden des Lehrers zu tun zu haben. Außer Schülerarbeiten, und schulische Unterlagen, war nichts weiter aufklärendes, kein Hinweis darunter. Zwischen den Papieren ein Aktienspiegel, der aus einer Zeitung herausgerissen war. Einige Aktien waren rot umrandet. - Sollte die Alte doch ein paar unentdeckte Leidenschaften verbergen? - überlegte Adrian - viel zu riskant , das konnte er sich kaum bei der Satorius vorstellen. Nein das brachte ihn auch nicht weiter.-

Neugierig betrachtete er die Fotos an den Wänden. Lauter Familienbilder die ihn nichtssagend anlächelten. Die Satorius mit ihrer Mutter, die Mutter mit der Satorius. Dabei wanderte sein Blick auf eine kahle Stelle unter den Fotos. Halt, was war das? Es waren eindeutig frische Abdrücke von einem Gegenstand auf dem Teppich zu erkennen, als ob dort vor kurzem noch etwas gestanden hatte. Die Eindrücke wirkten frisch. - Also doch, - schloss er daraus, er hatte sich nicht geirrt, jetzt brauchte er bloß noch im Keller nachsehen, ob dort eine Kommode abgestellt war. Dann würde er sie zur Rede stellen. Sie war anscheinend die letzte Person gewesen, mit der Köhler Kontakt gehabt hatte. Warum aber machte sie daraus so ein Geheimnis, was wusste sie wirklich? Was war geschehen?

Auf leisen Sohlen schlich er sich in den Flur, auf der Suche nach der Tür, die in den Keller führte. Plötzlich stand Cornelia hinter ihm und wollte im barschen Tonfall wissen: „Was machst du hier?" Erschrocken zuckte Adrian zusammen: „Ich suche die Toilette."

„Die ist eine Tür weiter, das hier ist die Kellertür,“ informierte sie ihn und wollte gleich noch wissen, „übrigens, wie hast du das gemeint, was hat die Sommerfeld damit zu tun?“

„ Ich meine ihren Auftritt beim Schulfest. Den fand Köhler gar nicht gut. Das war in der ganzen Schule das Thema Nummer eins. Darf man derart freizügig auf einer schulischen Veranstaltung auftreten?“

„Ach so, das wusste ich nicht, leider konnte ich am Schulfest nicht teilnehmen, weil ich mich um meine kranke Mutter gekümmert habe.“

„Die Sommerfeld hat ein Stück aus Rockys Horror Picture Show aufgeführt und das direkt vor Köhlers Nase. Sie hat mit dem Po gewackelt und ihn angemacht. Danach gab es diese heiße Diskussion, ob so etwas in die Schule gehört. Also ich fand es geil. Sie kam in Strapsen Netzstrümpfen kurzer Hose, genau wie das Original auf die Bühne.“

Adrian ging aufs Klo und Cornelia rief ihm hinterher: „Ich muss nochmal zu meiner Mutter und ihr Bett neu beziehen, aber danach bin ich für dich da.!“

Die Mutter hatte schon im Bett gelegen, die Blase nicht anhalten können, das Laken nass gemacht und jammerte: „Das wollte ich nicht, das tut mir leid, das muss im Schlaf passiert sein.“ Cornelia versuchte sie zu beruhigen: „Ist ja nicht so schlimm, wahrscheinlich hast du zu viel Spargel gegessen, und der treibt wohl bei dir besonders.“ Es war allerdings nicht das erste Mal, dass die Mutter einnässte, aber sie weigerte sich eine Windel zu tragen. Das musste anders werden, nahm Cornelia sich vor, doch jetzt hatte sie es eilig, unten wartete Adrian und wer weiß was der alles anstellte.

 Sie misstraute ihm, hatte kein gutes Gefühl.

Als Adrian aus der Toilette kam, schlich er sich zur Kellertür und öffnete diese behutsam leise. Die Kellertreppe führte sehr steil nach unten. Er knipste das Licht an, aber das funktionierte nicht. Im Zwielicht hielt er sich am Geländer fest, tastete sich voran, Schweiß stand ihm auf der Stirn, ein mulmiges Gefühl machte sich in ihm breit, jeden Moment könnte die Satorius wieder auftauchen. Dann sah er die Kommode. Sie lag auseinander gebrochen am Fußende der Treppe. Damit hatte er nicht gerechnet, es sah gespenstisch aus. Er schob die Teile beiseite, aber außer den kaputten Einzelteilen war keine weitere Spur vorhanden, jedenfalls konnte er nichts entdecken. Er wollte gerade wieder hoch gehen, da stand Cornelia oben im Türrahmen und fluchte: „Du bist zu weit gegangen, du solltest den Computer anschließen. Was machst du im Keller? Du hast dort nichts zu suchen!"

Erschrocken, als hätte sie ihn gerade beim Schummeln erwischt, zuckte Adrian zusammen, stotterte: „ich habe mich in der Tür geirrt."

„ und da dachtest du, du findest mich im Keller oder was" konterte Cornelia verständnislos. Ihre Zweifel blieben, vielleicht wusste er doch mehr als er zugegeben hatte. Das musste sie unbedingt heraus finden.Vorher konnte sie ihn unmöglich gehen lassen.

Adrian ließ sich nicht beirren ihm musste möglichst schnell eine plausible Entschuldigung einfallen, damit sie keinen Verdacht schöpfen würde. Frei nach dem Motto: Angriff ist die beste Verteidigung und hakte er nach: „wieso liegt hier unten eine kaputte Kommode? Hat Herr Köhler ihnen geholfen? Ist er mit ihr gefallen? Sie wissen doch was passiert ist! Sagen sie es mir!"

„Das geht dich einen Dreck an. Die Kommode ist beim Umzug kaputt gegangen, seitdem liegt sie eben dort, das ist schließlich nicht verboten."

Er durfte auf keinen Fall merken, dass sie sich ertappt fühlte. Jetzt musste sie schnell handeln, bevor er die ganze Wahrheit herausfinden würde. Niemand sollte ihr dunkles Geheimnis erfahren und deshalb überspielte sie ihre Befürchtungen und versuchte ihn in Sicherheit zu wiegen, indem sie ihn bat, ihr einen Gefallen zu tun: „Hinter der Tür zum Keller ist die Glühbirne kaputt, könntest du die auswechseln?"

Er war erleichtert, dass sie scheinbar nichts mit Köhlers Verschwinden zu tun hatte und wollte ihr helfen, Licht in die Dunkelheit zu bringen, während sie aus der Küche eine neue Glühbirne holte.

Vorsichtig schraubte er die kaputte Birne aus der Fassung. Dann reichte Cornelia ihm die neue Glühbirne aus der Packung. Dabei kam sie ihm ganz nah, ihre Parfümmarke roch intensiv stark. Er wich und machte einen Schritt zurück. Sie drängte ihn weiter weg und trat ihm dabei auf den Fuß. Er spürte ihren heißen Atem im Nacken, versuchte auszuweichen, verlor dabei das Gleichgewicht und stolperte. Seine Hände griffen ins leere und suchten vergeblich nach einem Halt. Allerdings war er gut durchtrainiert, und es gelang ihm einigermaßen den Sturz abzufangen. Benommen blieb er auf dem Kellerboden hocken und wusste nicht wie ihm geschah. Ein stechender Schmerz durchfuhr seinen rechten Fuß.

Wie von fern hörte er Cornelia die Treppe herunter kommen, es überkam ihn ein mulmiges Gefühl, ihm war als ob sie ihn gestoßen hätte, aber das konnte doch nicht angehen. Trotzdem, es war etwas faul.

Scheinbar besorgt beugte sich Cornelia über ihn: „Du Armer," versuchte sie ihn zu trösten, „hast du Schmerzen, was tut dir weh?" erkundigte sie sich mit aufgesetzten Mitleid.

Er wollte aufstehen, doch sein rechter Fuß hatte sich leicht verdreht. Vor Schmerzen stöhnte er laut.

„Wir sollten den Fuß kühlen," schlug Cornelia vor.

Er wollte sich keine Sekunde länger als nötig hier in diesem Kellerloch aufhalten und stieß ihre Hände weg, die gerade seine Socken ausziehen wollten.

Trotzig erhob er sich, um an ihr vorbei zu humpeln, biss die Zähne zusammen:

„Lassen Sie mich in Ruhe!" schrie er und versuchte, aus dem Keller zu entkommen. Diesmal lief es nicht nach ihren Vorstellungen, aber das durfte sie nicht zulassen. Er durfte auf keinen Fall entkommen. Wütend lief sie hinter ihm her und stellte sich ihm in den Weg.

„Du bist krank, ich will nur helfen." Dann schubste sie ihn zur Seite, hastete an ihm vorbei und rannte die Kellertreppe hinauf.

„ Das wird ein Nachspiel haben, sie dürfen mich nicht stoßen," schrie er hinter ihr her und versuchte vergeblich sie einzuholen. Der Schmerz im Fuß war kaum auszuhalten, er humpelte mit leidender Mine hinter ihr her, doch sie war schneller als er.

Verbittert mit sich im Hader, außer Atem, rammte sie die Kellertür hinter sich zu und drehte den Schlüssel um. In Windeseile schob sie die Garderobe vom Flur davor und zusätzlich den Schuhschrank, so dass er sich auf keinen Fall befreien konnte und erst mal eingesperrt blieb.

Erschöpft hockte sie sich auf den Boden und horchte, wie er sich vergeblich gegen die Tür presste. Jetzt musste sie sich auch noch etwas einfallen lassen, wie sie ihn zum Schweigen bringen konnte.

IM KELLER

Außer Fassung, total entsetzt, stellte Adrian fest, dass er im Keller gefangen war. Vergeblich versuchte er, immer wieder die Tür zu öffnen, presste sich mit seiner ganzen Kraft dagegen, aber so sehr er sich auch bemühte und um Hilfe bettelte, Cornelia hatte kein Erbarmen. Er spürte förmlich ihren schweren Atem durch die Tür. Schließlich ließ er sich ermattet auf dem Treppenabsatz nieder und versuchte, einen klaren Kopf zu bekommen. Seine Gedanken wirbelten durcheinander, er überlegte.

\- Was hatte sie vor?

Wie weit würde sie gehen?

Wie lange wollte sie ihn festhalten?

Weswegen ?

Welche Lektion wollte sie erteilen?-

Er brauchte unbedingt ärztliche Hilfe. Sein Fuß brannte, und auf dem Treppenabsatz war es zugig und kalt. Er knipste das Licht im Keller an, immerhin, es ging wieder. Der Lichtschalter ließ eine schwache Glühbirne spärlich leuchten. Im matten Licht wirkte der Keller eigentlich viel unheimlicher. Überall lag Schrott und Müll, wahrscheinlich noch Relikte vom Vorgänger, achtlos hingeschmissen.

Beim Auftreten zuckte sein Fuß bei jedem Schritt vor Schmerzen. Behutsam zog er einen Schuh aus. Der Fuß war angeschwollen und blutunterlaufen. Er hinkte zu einem Schrank, den er durchwühlte und fand ein paar alte Bettlaken im untersten Fach, die er zerriss und um den Fuß wickelte.

Leider hatte er niemanden informiert, dass er bei Cornelia den Computer anschließen wollte. Eigentlich sollte er jetzt beim Basketballtraining sein. Ob die ihn vermissen würden? Egal, die würden sowieso nicht wissen wo er sich aufhielt. Deshalb nahm er sein Handy aus der Tasche und versuchte zuhause anzurufen, hatte aber keinen Empfang. - So ein Mist, dachte er, wenn man das Handy mal braucht, dann funktioniert es nicht.- Am liebsten hätte er es in die Ecke geschmissen, aber er wollte nicht gleich beim ersten Fehlversuch aufgeben. Ihn bemächtigte nur ein einziger Gedanke, - nichts wie weg.-

Humpelnd durchquerte er, nach einem Fluchtweg suchend, das Kellergewölbe. In einer Nische war lauter Sperrmüll übereinander gestapelt. Ein matter Lichtstrahl schimmerte durch ein Kellerfenster hinter das Treppengeländer. Es

wirkte so verschlossen, als ob sich dahinter ein Geheimnis verbarg. Neugierig tastete er die Wand unter der Treppe ab und klopfte dagegen. Es klang hohl, aber er konnte nichts verdächtiges erkennen. Nur eine kleine Einbuchtung am Rand. Er rüttelte ein wenig dagegen, fühlte sich locker an, und er schob einen Riegel zur Seite. Staunend stellte er fest, dass er eine Schiebetür entdeckt hatte, hinter der sich ein kleiner Raum verbarg.

Adrian staunte nicht schlecht, scheinbar handelte es sich hier um den ehemaligen Weinkeller des Vorbesitzers. Im hinteren Bereich befand sich eine rustikale Steinmauer, in die eine Regalwand eingebaut worden war. Darin befand sich durcheinander liegendes Gerümpel, dass total verdreckt war. Werkzeugreste, eine ausgedrückte Tube Reparaturpaste, quer durcheinander liegende angestaubte Weinflaschen. Daneben lag eine leere Tüte Rattengift und ein altes Radio. Davor stand eine lange Leiter. An den Holzbrettern bröckelte die Farbe ab. In der Mitte des Raumes war ein Tisch mit drei alten klapprigen Stühlen, auf dem sich schmutzige Teller und einige Trinkgläser befanden. Eine matte Glühbirne, die über dem Tisch baumelte, spendete ein wenig Licht. In einem Regal auf der anderen Seite entdeckte Adrian eingemachte saure Gurkengläser. Gierig öffnete er ein Glas und schob sich eine Gurke in den Mund. Danach versuchte er eine Weinflasche zu öffnen, aber der Korken saß zu fest. Enttäuscht stellte er die Flasche zurück, wobei ihn mit einem Mal eine bleierne Müdigkeit überfiel.

Kurzentschlossen schleppte er eine Matratze, die er bei dem Sperrmüll entdeckt hatte, in die kleine Kammer, verriegelte die Schiebetür von innen, ließ sich auf die Matratze fallen und schlief erschöpft ein.

Am frühen Morgen wachte er schweißgebadet auf. Ein seltsames Geräusch hatte ihn geweckt. Vorsichtig auf leisen Sohlen schlich er in die Richtung, woher das Geräusch kam, um die Ursache heraus zu finden. Aber nichts rührte sich, und es war alles wieder still. Hatte er das etwa geträumt? Wo sollte er noch suchen?

Er wollte nur noch raus und schob einen Tisch von dem Sperrmüllhaufen unter ein Kellerfenster, kletterte darauf und versuchte es zu öffnen. Doch es blieb verriegelt. Eine erneute Prüfung bei einem anderen Fenster war ebenfalls vergeblich. Es gelang ihm nicht, diese aufzumachen, so sehr er auch rüttelte und schüttelte um ins Freie zu gelangen. Mit der Zeit verlor er den Glauben daran, dass er irgendwo in diesem Loch eine Fluchtmöglichkeit entdecken würde.

Hinkend durchstreifte er immer wieder sämtliche Räume. Insgesamt zählte er drei feuchte Kellerräume und eine Kammer für die Heizungsanlage. Langsam kroch die Kälte ihm in den Nacken, und er fühlte sich wie in einem großen Sarg.

Es roch modrig und feucht und sein Fuß verkrampfte sich zunehmend stärker. Fieberhaft überlegte er hin und her, wie er sich am besten aus dieser misslichen Lage befreien könnte. Holte erneut sein Handy aus der Tasche und bemühte sich eine Verbindung herzustellen. Aber das Handy blieb stumm. Er erinnerte sich daran, dass Britta bei ihrem letzten Telefongespräch, gesagt hatte, dass er nicht kommen könne, weil er bei einer Lehrerin einen neuen Computer anschließen wollte. Das tröstete ihn etwas. Doch dann fiel ihm ein, dass er nicht gesagt hatte bei welcher Lehrerin das stattfinden sollte.

Langsam wurde ihm klar, dass ihn wahrscheinlich nur Cornelia befreien konnte. Verdammt nochmal, er musste sie zur Besinnung bringen, musste sie irgendwie umstimmen, sonst würde er hier noch verhungern und verdursten. Die Gurken hielten auch nicht ewig. Aber wie sollte er ihr Vertrauen gewinnen? Er wusste ja nicht einmal was sie verbarg, warum hatte sie ihn überhaupt eingeschlossen.

Er rutschte aus und blieb wie versteinert auf dem blanken Kellerboden hocken. Mitten in die Stille hinein pochte es, da war es wieder, das seltsame Geräusch, das ihn geweckt hatte. Ein merkwürdiges Kratzen, als ob eine Heerschar von Mäusen hier unten ihr Tagewerk verrichten würde. Wie elektrisiert sprang er auf. Mäuse igitt, das hatte ihm gerade noch gefehlt. Suchend blickte er in alle Ecken und Winkel, aber er konnte nichts verdächtiges entdecken.

„Ist da wer?" schrie er.

Niemand antwortete.

Das Geräusch brach ab. Dann, kurz darauf, hörte er erneut dieses Klopfen, wie gegen eine Tür.

„Frau Satorius, Sie müssen mir helfen, Sie können mich hier nicht gefangen halten," schrie er sich die Seele aus dem Leib. Keine Antwort, nur das Klopfen hörte wieder abrupt auf.

Um endlich die Ursache dieses Geräusches herauszufinden, fing Adrian erneut an zu rufen: „Ist da wer ? Hallo, melde dich." Er durchstreifte hinkend wiederholt sämtliche Räume und versprach: „Ich tu dir nichts. Wer bist du?“

Das Klopfen machte ihn nervös. Schließlich entdeckte er eine schwere Tür aus Eisen, die ihm bisher nicht aufgefallen war und schlug sich mit der flachen Hand gegen die Stirn. Wieso hatte er die Tür übersehen? Wie blind musste er sein? Versteckte sich dahinter etwa jemand? Vorsichtig, so leise er konnte, drückte er den Türgriff nach unten und flüsterte: „ Ist da wer?“

Kollege Köhler hatte bisher verzweifelt hinter der Tür zusammengesunken ausgeharrt. Er war wieder zur Besinnung gekommen und hatte gehofft, dass sich Cornelia beruhigen würde und ihm letztendlich zur Hilfe kommen würde. Es war ihm unvorstellbar, dass sie ihn in dieser Kühlkammer erfrieren lassen wollte und verstand auch nicht, warum eigentlich? Was ging in ihr vor? Das bisschen Sex, was sie zusammen hatten, war doch nicht der Rede wert. Er hatte sich schließlich auch für sein Verhalten entschuldigt. Nun glaubte er seinen Ohren nicht trauen zu können die Stimme kannte er von der Schule. Das war doch sein Schüler Adrian. Was um Himmelswillen machte er hier?

„Adrian, bist du das?“ rief er erstaunt.

„ Herr Köhler, sind sie etwa hinter der Tür, sind sie verletzt?“ Jetzt versuchte Adrian mit aller Kraft die Tür zu öffnen, aber sie war fest verschlossen. „Ich krieg das verdammte Ding nicht auf,“ ächzte er.

„ Hol Hilfe!“

„ Das kann ich nicht, sie hat mich im Keller eingeschlossen.“

Betretenes Schweigen auf beiden Seiten.

„Du musst den Schlüssel finden, vielleicht hat sie den irgendwo in der Nähe abgelegt,“ forderte Köhler, dem es mittlerweile immer schlechter ging.

„Ich bemühe mich so gut ich kann. Haben sie etwas Geduld.“

Adrian tastete den Türrahmen ab, aber da war nur Staub.
Wie sollte er jetzt so schnell eine kleinen Schlüssel finden?
„Hier liegt nichts!"

Cornelia, die von all dem nichts ahnte, überlegte sich gerade, was sie der Polizei mitteilen sollte, falls sie auch bei ihr Nachforschungen anstellen würden. Die Sommerfeld hatte bestimmt nicht ihr loses Mundwerk halten können und hatte bestimmt längst ihre Beziehung zu Köhler ausgeplaudert.
Angespannt stand sie in der Küche vor dem Herd. Schlug sich ein Ei auf und briet es in der Pfanne.
Plötzlich fiel ihr ein, dass sich der Schlüssel für die Kühlkammer und noch in der Tasche des Pelzmantels befand. Wie konnte sie das nur vergessen?
Was war, wenn Adrian die Jackentaschen durchwühlen würde? Was war, wenn er damit den Eiskeller öffnen und den Kollegen Köhler erfroren vorfinden würde? Sie sah schon sein triumphierendes Gesicht - Wahnsinn – das durfte sie auf keinen Fall geschehen lassen.
Unruhig löste sie das Ei aus der Pfanne, füllte es auf ihren Teller und setzte sich an den Esstisch. Während sie mit der Gabel im Eidotter stocherte, bereute sie, dass sie Adrian eingesperrt hatte. Aber wenn sie ihn gehen lassen würde, würde er sie ja verraten. Sie überlegte hin und her, wie sollte sie sich verhalten? Sie erinnerte sich an seinen Kommentar, den er über den Auftritt von der Sommerfeld gegeben hatte: Die Kollegin Sommerfeld hätte ein geiles Kostüm angehabt, diese Worte klangen ihr noch im Ohr.
So, so, ein geiler Auftritt. Er war eben noch jung. Eventuell konnte sie ihn mit diesem Kostüm ebenfalls imponieren und seinen Geist vernebeln, sodass er sich von ihr blenden lassen und ihr treu ergeben sein würde. Je länger sie sich das überlegte, desto überzeugter wur-

de sie davon, dass sie ihn auf diese Art gefügig machen könnte. Der Gedanke nahm Gestalt an und ließ ihr keine Ruhe, er brannte sich in ihren Wahn.

Aber sicherheitshalber ging sie erst mal in die Stube, um zu kontrollieren, ob der Computer inzwischen funktionierte. Tatsächlich hatte Adrian es geschafft, und sie konnte ihn hochfahren. Anschließend klickte sie suchend nach der Seite Rocky Horror und fand eine Abbildung vom Kostüm, das allerdings von einem Mann getragen wurde. Darüber war sie schockiert. Dass also hatte die Kollegin auf einem Schulfest angezogen. Kein Wunder, das sich der Kollege brüskiert gefühlt hatte.

Das fand Adrian also gut. Ihr würde das Kostüm sicher besser stehen, sie hatte wenigstens vorne und hinten was zu bieten. Ein junges Paar verirrt sich in ein Schloss, wo lauter Verrückte sich amüsieren. Nein, eigentlich war ihr das zu trivial, aber gut, welchen Song könnte die Sommerfeld gesungen haben, was hat der Mann gesungen? Sie tippte Texte in den Suchverlauf und fand eine entsprechende Melodie, die ihr sehr gut gefiel. Allerdings änderte den Text ein wenig, weil sie nicht die englische Fassung darbieten wollte. Sie änderte den Text nach ihrem Geschmack. Danach lehnte sie sich zufrieden zurück: Berühre – berühre - berühre – berühre mich, wollte sie singen und ihn damit auffordern, mit ihr zu tanzen.

Damit, stellte sie sich vor, würde sie ihn für sich gewinnen, wie in dem Stück. Darin wird dem jungen Paar, dass in dem Schloss Unterkunft gefunden hatte, der eigene Wille genommen. Ihre Ansichten und Meinungen von einem spießigen Leben, wurde von den skurrilen Bewohnern in Frage gestellt. Es wurde versucht, die beiden zu verändern, damit sie für immer in ihrer Gesellschaft bleiben würden. Ihr gefiel der Gedanke, vielleicht gelang es ihr ja, Adrian zu beeinflussen .

Während sie überlegte, woher sie das Kostüm bekommen konnte, fiel ihr Mutters Koffer ein, in dem sie alte Requisiten aufbewahrte. Sie erinnerte sich dunkel, dass in dem Koffer, den die Mutter als Andenken, an die guten alten Zeiten behalten hatte, entsprechende Teile vorhanden waren. Unzählige Male wollte sie das alte, verstaubte Ding schon in einem Altkleidercontainer entsorgen. Jetzt konnte sie den Inhalt vielleicht noch gebrauchen.

Zu später Stunde stattete Cornelia der Mutter noch einen Besuch ab: „Was ich dich noch fragen wollte Mutter, wo ist dein Koffer mit den Requisiten?"

„Was willst du denn jetzt mit dem ganzen alten Plunder, das Zeug taugt doch nichts mehr."

„Ich will nur mal schnell nachsehen, ob die Sachen für den Fasching noch zu gebrauchen sind. Ich nehme auch ganz bestimmt nichts weg."

„ Ach, ist denn jetzt schon Fasching? Davon weiß ich gar nichts und im Fernsehen wird auch nichts darüber berichtet."

„Du musst ja nicht alles wissen Mutter," sagte Cornelia unwirsch und ging zum Kleiderschrank. Die Mutter schaute skeptisch zu und forderte: „Aber mach mir keine Unordnung!"

Interessiert zog Cornelia einen blauen Koffer, auf dem geschrieben stand – es lebe der Konformismus - heraus.

Sie musste etwas enttäuscht feststellen, dass darin gar nicht so sehr viele Kleidungsstücke vorhanden waren, wie sie in Erinnerung hatte. Aber ganz unten fand sie letztendlich sogar noch ein paar ordinäre Netzstrümpfe und ein knappes Höschen. Eine Echthaarperücke war ebenfalls dabei, die sie gut gebrauchen konnte. Während sie die entsprechenden Sachen zusammen packte, musste sie unwillkürlich an früher denken.

Damals hatte die Mutter gern für sie Kleider genäht, die Modelle stets aus einer Modezeitschrift entnommen und Schnittmuster für sie angefertigt. Dafür musste sie dauernd die Entwürfe anprobieren, sich drehen und stillhalten. Die Mutter nahm es allerdings nicht allzu genau, wandelte je nach belieben ab und am Ende hingen die selbst genähten Kleidungsstücke an ihr wie ein nasser Sack. Die Modelle saßen irgendwie schief und sahen billig aus. Cornelia hätte lieber wie alle anderen Mädchen die neuste Mode getragen, aber sie wollte auch nicht undankbar erscheinen.

Der Höhepunkt der Geschmacklosigkeit aber war das Kleid für den Abtanzball. Aus einem Stoffrest, der hellblau, weiß gestreift und mit einem Silberfaden durchzogen war, Chiffon-ähnlich, nähte sie ein Kleid, das eher an eine Küchengardine erinnerte. Die Mutter war stolz auf das besondere Festtagskleid, in dem sich Cornelia pummelig fühlte, irgendwie wie eine Fregatte aus einem frühere Jahrhundert.

Sie war schon vorher in der Tanzschule das Mädchen gewesen, dass als letzte aufgefordert wurde, das ewige Mauerblümchen. Ihr Kavalier, der übrig blieb, war ein schüchterner Junge, mit dem sie nie ein Wort auf der Tanzfläche wechselte. Höchstens wenn sie sich auf die Füße traten, lachten sie verlegen:

„Entschuldigung, das wollte ich nicht.“

„Das macht doch nichts,“ dabei sah er sie nie an, hielt den Kopf stur zur Seite und schob sie eher durch den Saal, als das er tanzte und zwar mit großen schleppenden Schritten in einer leicht gekrümmten Haltung.

Aber am Abtanzball wurden alle anderen Töchter zur Einführung von ihren Vätern zum Tanz aufgefordert. Sie blieb sitzen, weil sie keinen Vater hatte. Ihr schüchterner Verehrer kam nicht zu ihr, sondern holte sich eine andere Tanzpartnerin, mit einem schicken modernen Kleid, die sich klein und zierlich bei ihm anschmiegte.

Während der ganzen Feierlichkeiten hatte jedes Mädchen einen Tanzpartner gefunden, sie blieb am Rande an ihrem Tisch neben der Mutter sitzen und wartete in dem Kleid aus Tüll vergeblich darauf, dass sie aufgefordert wurde. Später als sie älter war, weigerte sie sich selbst genähte Kleider zu tragen. Es kam ihr nie in den Sinn, dass sie vielleicht ein grimmiges Gesicht gezogen und damit eine ablehnende Haltung unbewusst ausgestrahlt hatte.

Schnell schob sie den blauen Koffer in den Schrank zurück. Als sie hörte, wie die Mutter laut zu schnarchen anfing, nahm die ausgesuchten Teile an sich, verließ hastig das Zimmer. Sie überarbeitete die Sachen mit Nadel und Faden nach ihren Vorstellungen und dabei stellte sie sich vor, wie es sein würde:

- Ein Schüler gegen seine Lehrerin - dachte sie und war der festen Überzeugung, dass sie ihn zu ihrem Liebhaber machen musste, um ganz sicher zu sein, dass er keine Gefahr für sie darstellte. So junge Männer, nahm sie an, dachten sowieso nur an Sex. Wahrscheinlich wartete er dort unten schon voller Ungeduld auf sie und darauf verführt zu werden.

 Früher, als sie noch jünger war und studierte, hatte sie mal eine Kommilitonin kennengelernt, die mit ihr zusammen das Fach Pädagogik belegt hatte. Sie saßen zufällig nebeneinander und freundeten an. Kristina hatte ein loses Mundwerk und erzählte mit Vorliebe von ihren Männergeschichten. Cornelia hatte in der Zeit keinen Freund, ihre Moralvorstellungen trennten Welten. Kristina wechselte die Männer wie ihre Unterhosen, aber eines Tages hatte sie angeblich tatsächlich ihre große Liebe gefunden. Nun erzählte sie stundenlang über ihren Erwin und welche sagenhaften Gefühle er in ihr weckte. Morgens Mittags und Abends: Erwin.

Während sie in der Mensa saßen und Kristina an einer Hühnerkeule kaute, schwärmte sie voller Inbrunst : „Bei ihm kann ich mich fallen lassen, als ob ich in einem riesigen Strudel nach unten gezogen werde, mich verliere und von außen nach innen treibe und die Zeit stehen bleibt, bevor ich explodiere" Allerdings, als Kristina schwanger wurde, ließ Erwin sie im Stich, und sie musste das Kind allein groß ziehen. Cornelia überlegte dankbar - Kinder waren ihr Gott sei Dank erspart geblieben-.

Bei allem Verständnis, wenn sie sich etwas vornahm, egal was es gerade war, sie führte es stets sauber ordentlich und bis ins kleinste Detail durchdacht aus. Es musste perfekt sein. Auf diese Weise änderte sie auch das Kostüm, ähnlich der Vorlage von Rockys Horror Picture Show und bemühte sich, die gefundenen Sachen aus dem Koffer entsprechend zu gestalten.

Schließlich machte sie sich aufgedreht im Bad zurecht, verwandelte sich fast in diese Figur und träumte davon, wie Adrian sich darüber freuen würde. Stellte sich vor, wie sie sich auf einer Welle der Verbundenheit begegnen und eng umschlungen, voller Leidenschaft miteinander tanzen würden.

Ihr Gesicht im Spiegel brachte sie auf den Boden der Tatsachen zurück. Die ältliche faltige Haut ließ sich kaum verbergen. Obwohl sie dick Theaterschminke in ihr Gesicht schmierte, waren die Falten wie Rinnsale auf kargen Sandboden, wie eingemeißelt sichtbar. Gereizt setzte sich eine Perücke auf, die ihr lichtes Haar verdeckte. Danach malte sie die Lippen nochmal über dem Rand mit einem knallroten Lippenstift nach. Die Netzstrümpfe waren fast ein bisschen zu groß, aber sie wurden ja von den Strapsen gehalten. Behutsam zog sie diese über ihre fleischigen Beine. Aus dem knappen heißen Höschen quollen ihre Pobacken empor und aus dem Oberteil ihr großer Busen. Zufrieden drehte sie sich vor dem Spiegel selbstgefällig hin und her. Dabei strich sie alles sorgfältig glatt und verglich sich kritisch mit der Abbildung auf dem Foto. Das Resultat war umwerfend, fand sie, sie war nicht wieder zu erkennen.

Jedenfalls blieb sie wild entschlossen, Adrian im Keller zu verführen. Allein der Gedanke brachte ihr Blut in Wallung und je länger sie darüber nachgrübelte, desto intensiver entwickelte sich die Vorstellung, dass er voller heißblütiger Ungeduld dort unten auf sie warten würde. Ihre alles andere als gelebten erotischen Träume und Sehnsüchte würden in Erfüllung gehen und die verschwitzen einsamen Sommernächte wären nicht umsonst gewesen, würden eine Glut entfachen und ein Feuerwerk der Leidenschaft in ihren Lenden entzünden.

In den Medien wurde man ja tagtäglich förmlich überschüttet mit diesen Sexgeschichten. Ob man wollte oder nicht, es hieß stets: Alle Männer dachten jede fünf Minuten an Sex. Sie beabsichtigte ihn in diese Falle zu locken, so dass er ihr mit Haut und Haaren verfallen sein würde, ihr willenlos ergeben, seinem Trieb folgend. Was hatte er nochmal gesagt: „Das Outfit der Sommerfeld fand ich echt geil,“ darauf baute sie.

BERÜHRE MICH

In der Zwischenzeit hatte Adrian vergeblich nach dem Schlüssel für die eiserne Tür gesucht, in jedem erdenklichen Winkel, über dem Türrahmen, unter einer Matte, in sämtlichen Schubladen der Schränke. Allmählich wurde er ratlos und rief: „Ich habe keine Ahnung, wo ich noch suchen soll."

Köhler spürte, dass er nicht mehr lange durchhalten konnte und ermunterte Adrian weiter zu suchen: „Du musst etwas übersehen haben, der Schlüssel muss irgendwo liegen." Also bemühte sich Adrian erneut genauer hinzusehen. Aber die Taschen des Pelzmantels, neben dem er stehen blieb, übersah er. Statt dessen rüttelte er immer wieder an der Eisentür.

Mit einem Mal, wie von Geisterhand öffnete sich über der Treppe die Tür, und Cornelia stand im grellen Licht, wie eine Erscheinung aus tausend und einer Nacht. im Türrahmen.

Mit offenen Mund, starr vor Schreck, erblasste Adrian und betrachtete das Schauspiel. In letzter Sekunde besann er sich und warnte Köhler flüsternd: „Sie kommt die Treppe, runter seien sie jetzt still, sie darf auf keinen Fall mitbekommen, dass sie wach sind" und dann fügte er geschockt hinzu „Ach du scheiße, wie sieht die denn aus, das kann doch nicht wahr sein." Am liebsten wäre er in diesem Augenblick an Cornelia vorbei ins Freie gelaufen, aber er wollte den Lehrer nicht im Stich lassen.

Cornelia näherte sich ihm mit majestätischen Gehabe, wohl wahr, nur fehlte ihr die Krone. Während sie die Treppe nach unten stolzierte, sprach sie im singenden Tonfall: „Ich habe dich nur eingeschlossen, weil ich dich überraschen wollte, gefalle ich dir? Extra für dich habe ich mich umgezogen," fing an zu tänzeln: „ Das magst du doch, das Kostüm fandest du doch geil." Kam noch näher auf ihn zu und forderte im singenden Tonfall, während sie die Hand auf seine Schulter legte: „Berühre, spüre, berühre, berühre mich und spüre mich!"

Aber sie wirkte auf ihn nur wie ein Monster, das ihn verschlingen wollte.

„ Das haben sie missverstanden," sein Gesicht lief rot an und mit weit aufgerissenen Augen starrte er auf ihren großen wabernden Busen. Das war zu viel für ihn, und er rannte wie um sein Leben vor ihr davon. Kreischend lief sie ihm hinterher: „Du gehörst mir, du kannst nicht einfach fort laufen. Du wirst es spüren. Halte mich fest, komm zu mir. Erst wenn wir uns berühren, werden wir eins. Entweder ich oder ein eisiges Grab."

Doch ehe Cornelia überhaupt anfangen konnte, ihn zu umgarnen, mit ihm zu tanzen, ihre rot geschminkten Lippen auf seinen Mund pressen konnte, war Adrian verschwunden, wie von Geisterhand weg. Adrian war blitzschnell im Weinkeller hinter der Treppe verschwunden, wo er mit klopfenden Herzen abwartete.

Cornelia hatte von diesem Hohlraum nicht die geringste Ahnung und so suchte vergeblich nach ihm. Sie lachte schrill auf: „Du kannst dich noch so gut verstecken. Ich finde dich. Du musst dich entscheiden."

Da sie keine Antwort erhielt, ging sie enttäuscht zurück und schloss die Kellertür wieder zu. Was hatte sie falsch gemacht, irgendwie hatte er nicht so reagiert, wie sie gehofft hatte. Sie kratzte die Farbe aus ihrem Gesicht. Hatte sie zu dick aufgetragen? Sie rollte die Strümpfe das Bein hinunter und steckte sie in die Schmutzwäsche. So schnell würde sie die nicht wieder tragen.

Als Adrian hörte wie, sie die Kellertür zuschmiss, schlich er auf leisen Sohlen sofort zum Lehrer zurück.

„Sie ist wieder weg," flüsterte er durch die eiserne Tür.

„Was war passiert? Das hörte sich ja grauenhaft an," stellte Köhler fest.

„Sie glauben es nicht, sie hatte ein komisches Kostüm an, der Horror."

„Etwa so wie die Sommerfeld?"

„So ähnlich, nur noch schlimmer."

„Was wollte sie von dir?"

„Keine Ahnung ich bin weg gelaufen."

„Du kannst doch nicht einfach weg laufen, wie sollen wir jetzt hier überleben? Du hättest sie irgendwie festhalten müssen und ihr klar machen, dass sie uns nicht einfach einsperren darf."

„ Das sagt sich so leicht, die hätten sie sehen sollen. Schrecklich! In einem Mieder eingezwängt, wo alles heraus quoll und waberte. In dem Moment kann man doch nicht vernünftig reden und als sie mich umarmen wollte und berühren wollte und anfing zu singen, mich aufforderte, ist mir die Sicherung durchgebrannt."

„Aber ich kann nicht mehr, ich habe keine Kraft ....," vom Lehrer war nur noch ein Lallen zu hören,

dann wurde es still, unheimlich still.

„Herr Köhler, Herr Köhler sagen Sie doch was, antworten Sie, warum antworten Sie nicht?" Adrian war verzweifelt. Sein Blick fiel auf den neben ihm hängenden Pelzmantel. Wütend griff er ihn und schleuderte ihn in der Luft herum, als würde er Cornelia packen und schütteln. Dann schmiss er ihn zornig auf den Boden und schrie: „ Verdammt nochmal, mache ich denn alles falsch?" Dabei hörte er ein eigenartiges Klicken, ein leises Scheppern. Er nahm den

Mantel hoch, hängte ihn achtlos zurück. Im Zwielicht suchte er den Boden ab, alles war grau und trostlos, lag im Schatten des Kellerbodens. Erst als sich seine Augen an die spärliche Belichtung gewöhnt hatten, entdeckte er etwas matt auf den Steinen Schimmerndes. Zu seiner Überraschung stellte er fest, dass es scheinbar der gesuchte Sicherheitsschlüssel war.

Sofort probierte er ihn aus, steckte den Schlüssel in das Schloss der eisernen Tür und drehte ihn vorsichtig um.

WAFFENKAUF

Als Cornelia am nächsten Tag die Schule betrat, war alles in hellster Aufregung, denn die Polizei war wieder anwesend und stellte überall Nachforschungen an. Diesmal ermittelten sie wegen des Schülers Adrian, der seit ein paar Tagen spurlos verschwunden und deshalb von seinen Eltern als vermisst gemeldet worden war.

Angeblich konnte bisher niemand seiner Mitschüler irgendeinen brauchbaren Hinweis geben und die Polizeibeamten tappten nach wie vor im dunklen. Seine Spur verlor sich nach dem Treffen der Schüler in der Kiesgrube, das war ein kleiner Park mit einer freien Wiese, einem Grillplatz einem Spielplatz und einem runden offenen Unterstand. Adrian hatte einen Drachen mitgenommen, den er steigen lassen wollte, extra mit einem Herz für Britta. Den Drachen hatte er zerrissen, als sie nicht auftauchte.

Cornelia vermutete, dass Britta mehr wissen müsste als die Anderen. Und um das heraus zu finden, beeilte sich Cornelia, bevor die Polizei Britta verhören würde, ein Gespräch mit ihr zu führen.

Als die Stunde zu Ende war, bat sie Britta einen Moment zu sich. Britta war überrascht, sie konnte sich kaum noch daran erinnern, was Adrian ihr geantwortet hatte. Sie hatte ihn angerufen, sich entschuldigt, weil sie nicht zur rechten Zeit zu der Verabredung gekommen war. Erst jetzt erinnerte sie sich, wie beleidigt er reagiert hatte.

„ Du brauchst nicht mehr erscheinen., ich muss noch bei jemanden den neuen Computer anschließen und einrichten," war er ihr ausgewichen. Das war das Letzte gewesen, was Adrian zu ihr gesagt hatte. Am nächsten Tag war er nicht wieder aufgetaucht.

„Sie wollen mich sprechen," stellte sie sich vor die Satorius mit einem fragenden Blick und schob sich gleichzeitig gelangweilt ein Kaugummi in den Mund.

„Britta, was ich dich eigentlich fragen wollte, hat Adrian dir irgendetwas anvertraut wo er hingehen wollte?"
Aber Britta war in keinster Weise auch nicht annähernd bereit, der
Lehrerin etwas anzuvertrauen, oder Auskünfte zu erteilen. Sie trat
von einem Bein aufs andere.
Cornelia kramte geschäftig in ihren Unterlagen, stellte fest: „Soweit
ich informiert bin, hast du eine Vier und eine Fünf in Biologie bei
mir geschrieben, und du möchtest dich doch sicher verbessern." Sie
setzte die Brille ab und sah Britta fragend an. Doch die blieb stur,
denn sie hatte nur bei ihr schlechte Noten und Cornelia erklärte:
„ Ich habe eine kranke Mutter im Haus und möchte nicht, dass sie
unnötig gestresst wird und die Polizei überall herum schnüffelt.
Schließlich habe ich mit der ganzen Sache nichts zu tun."

 Britta wunderte sich. Aber egal, ob sie etwas wusste, Cornelia wür-
de es nie erfahren. Statt dessen spuckte sie ihr Kaugummi auf den
Sekretär direkt vor Cornelias Nase und sagte abschätzend: „Ich weiß
von nix" und verließ den Raum ohne ein weiteres Wort.
Cornelia verdrehte empört die Augen.
„Also bitte, so etwas gehört sich doch nicht!" sagte sie vorwurfsvoll,
nahm ein Taschentuch und entsorgte damit angeekelt die klebrige
Masse in den Papierkorb.
Das hätte sie früher nicht einmal zu denken gewagt. Der Jugend von
heute fehlte es eindeutig an Erziehung.
- Gott sei Dank habe ich keine Stunde mehr und kann nach Hause
fahren.- dachte Cornelia erleichtert. Doch da steckte der Haupt-
kommissar seine Nase ins Klassenzimmer und fragte nach Britta.
„Die ist gerade eben weg gegangen."
„Ach, das ist nicht weiter schlimm. Vielleicht können sie mir weiter
helfen." Der Kommissar Borchert, der jetzt aus dem Urlaub zurück

gekehrt war, grinste freundlich und Cornelia meinte nur: „Aber selbstverständlich, ich stehe ihnen jederzeit zur Verfügung.

„Niemand weiß angeblich, was der junge Mann zu so später Stunde noch vor hatte. Alle dachten, er wolle, so wie sie auch, nach Haus. Niemand hat etwas Außergewöhnliches gesehen, das ist recht merkwürdig. Ist ihnen in letzter Zeit etwas bei einem der Schüler aufgefallen?“

„ Was die Schüler nach Schulschluss noch unternehmen, oder wie sie ihre Freizeit verbringen, geht mich eigentlich nichts an. Tut mir leid, mehr weiß ich auch nicht,“ entgegnete ihm Cornelia

Der Hauptkommissar Borchert hatte ein feines Gespür für seine Mitmenschen und wenn jemand etwas vor ihm zu verbergen suchte, wurde er hellhörig. Bei Cornelia hatte er so ein unbestimmtes Gefühl, dass da etwas nicht stimmte. Allerdings ließ er sich das nicht anmerken.

Als er sich von Cornelia verabschiedete, nahm er sich fest vor, sie weiter zu beobachten.

Auf dem Polizeirevier traf er den Kollegen Hartwig im Flur. Das Gebäude, in dem sie arbeiteten, war alt und baufällig. Es war nie grundlegend renoviert worden, aber so war das eben bei der Behörde, für die Renovierung war kein Geld da, und die Arbeitszimmer sahen entsprechend trostlos aus. Ein Tisch ein, paar Stühle und ein fest eingebauter Aktenschrank, der immerhin viel Stauraum bot. Im Lauf der Zeit hatte sich der Hauptkommissar Borchert an die karge Möblierung gewöhnt, selbst an die auffällig grün gestrichenen Türen in allen Fluren des Gebäudes.

Er setzte sich an seinen Arbeitstisch und notierte die ersten Eindrücke. Als der Kollege Hartwig erschien sagte, er ihm: „Bei der Satorius stimmt was nicht, das hab ich im Urin.“

Hartwig sagte erstaunt: „auf mich machte die eher einen hinterwäldlerischen Eindruck. Ich glaub', du hörst mal wieder die Flöhe husten."

Der Hauptkommissar, der stets ein weißes Hemd mit einem Schlips, dazu einen dunkelblauen Anzug als Arbeitskleidung trug, überlegte lau: „Sie will angeblich nichts mit ihm zu tun gehabt haben. Dabei hat sie doch den Computerkurs belegt, wenn ich mich recht erinnere. Das hat ja auch der Kollege Gram in den Akten vermerkt, der schon im Fall Köhler ermittelt hat. Der Lehrer hat den Kurs geleitet und Adrian hat zeitweise ausgeholfen. Weil er sich so gut mit Computern auskannte, hatte Köhler ihn anfänglich darum gebeten, ihm zu assistieren."

„Und was sollen wir deiner Meinung nach jetzt unternehmen, die Frau verhaften, weil sie einen Computerkurs bei zwei vermissten Personen belegt hat?"

„Nein, im Ernst, ich glaube es gibt da einen Zusammenhang zwischen dem Verschwinden der Männer und der Lehrerin. Ich glaube nicht an einen Zufall."

„ Sie kommen aber auch immer auf Ideen Chef," murmelte Hartwig in seinen drei Tage Bart, „ was sollte das bitte sein, die Drei kennen sich nicht wirklich. Zwischen dem Lehrer und seinem Schüler gibt es keine weitere Verbindung."

„ Na dann, lass uns doch noch einmal alle Fakten durchsprechen." Der Hauptkommissar Borchert kratzte sich am Kinn: „Was haben Lehrer und Schüler an Gemeinsamkeiten?"

„Den Computerkurs."

„Genau, und da müssen wir ansetzten." Der Hauptkommissar fing an zu schwitzen, zog sein Jackett aus und hängte es über die Stuhllehne. „Warum konnten sie sich gegenseitig nicht behilflich sein? Sie sind auch nicht gemeinsam verschwunden. Adrian ist viel später als vermisst gemeldet worden."

„Das hört sich verdammt verzwickt an," erwiderte Hartwig, „da ist auch noch der ebenso vermisste Makler, was machen wir mit dem, der passt doch überhaupt nicht ins Bild."

„Tja, da fängt eben die Spurensuche an." Hartwig notierte, dass der Makler jedenfalls große Verluste mit Aktien gemacht hatte. „Das könnte ein fehlendes Motiv erklären, dabei fällt mir ein, die Freundin von Adrian müssen wir auch noch unter die Lupe nehmen." Der Hauptkommissar Borchert forderte Hartwig auf: „Am besten, du findest als erstes heraus, was die Freundin über Adrian weiß. Die haben wir bisher nicht befragt."

Hartwig machte sich unter Protest, er war froh wenn er die Schule nur von außen sah, nochmal auf den Weg dorthin. Doch Britta hatte das Gelände längst verlassen. Sicherheitshalber ließ Hartwig sich ihre Adresse von der Schulsekretärin geben. Frau Böttger, die bereitwillig immer Auskunft gab, erzählte: „Ein eigenwilliges Mädchen, stets gut gelaunt, hat viele Freundinnen, aber meistens sieht man sie in der Tat oft allein auf ihrem Skateboard durch die Gegend flitzen."

Hartwig sah auf seine Armbanduhr und stellte fest, dass der Besuch bei Britta sich nicht mehr lohnte. Er hatte jetzt Feierabend. Morgen würde er sich um das Mädchen kümmern.

Weil die Polizei in der Schule erschienen war und Nachforschungen abgehalten hatte, überkam Cornelia ein ungutes Gefühl. Der Hauptkommissar hatte sie so komisch angesehen, als wüsste er etwas über sie, als ob er eine Ahnung hatte, dass sie Adrian im Keller eingesperrt hatte und Köhler in dem Kühlraum eingefroren lag. Sie fand keine ruhige Minute mehr und grübelte darüber nach - warum hatte Britta geschwiegen? - Das musste sie unbedingt herausfinden und auch, ob Adrian ihr erzählt hatte, dass sie es war, bei dem er den

Computer anschließen sollte und ihm Geld für den Anschluss zahlen wollte. Um das zu klären, brauchte sie kein Kostüm, sie brauchte eine Waffe. Damit würde sie ihm nicht so hilflos gegenüber stehen. Je länger sie darüber nachdachte desto besser gefiel ihr dieser Gedanke, eine Waffe zu erwerben.

Im Branchenbuch suchte sie sich ein Geschäft aus, das auch mit Waffen handelte und notierte sich eine Adresse in der Nähe der Innenstadt. Sie verlor keine Zeit und stieg sofort ins Auto, um in die Winkelstraße zu kommen.

Es war ein windiger Tag. Dunkle Wolken wechselten sich mit strahlendem Sonnenschein ab. Die Wolken verdunkelten die Straßen. Es herrschte reger Verkehr. Was wollen die alle um die Mittagszeit, wo fahren die hin, jeder mit einem andern Ziel? Die sollten bei diesem Wetter zuhause bleiben. Und tatsächlich stoppender Verkehr, sie reihte sich in eine lange Schlange ein, aus der es weder vor noch zurück ging. Es dauerte und dauerte und erforderte Geduld, die niemand hatte, aber alle führen brav stop and go, bis sie endlich an die Kreuzung kamen, wo der Unfall passiert war. Die Unfallautos versperrten quer liegend, von der Polizei abgeschirmt, die Kreuzung. Cornelia warf einen kurzen Blick auf die ineinander verkeilten Fahrzeuge, konnte aber nichts weiter erkennen. Dann endlich hatte sie wieder freie Fahrt und erreichte ihr Ziel.

Dort angekommen konnte sie allerdings nirgends ein Laden entdecken, der Waffen verkaufte. Schließlich hatte sie die Suche im Auto satt, parkte auf dem erstbesten freien Platz, den sie finden konnte und machte sich zu Fuß auf die Suche.

In einem abgelegenen Hinterhof entdeckte sie ein kleines Schaufenster, in dem einige Waffen ausgestellt waren.

Mit einem mulmigen Gefühl in der Magengegend betrat sie den Laden. Eine Klingel kündigte ihren Eintritt an. Hinter einer Glasscheibe lagen die unterschiedlichsten Waffen zur Ansicht. Ein kleiner dicklicher Mann, der eine karierte Hockeymütze trug, begrüßte sie freundlich:

„Was kann ich für sie tun, junge Frau?" wollte er wissen. Er begrüßte jede Frau, die den Laden betrat, mit diesen Worten. Er hatte festgestellt, dass sich bei dieser Ansprache die Kundinnen geschmeichelt fühlten und sich die Waffen besser verkaufen ließen. Auch Cornelia war angetan, das hatte schon lange niemand mehr zu ihr gesagt, aber jung war sie nun wirklich nicht mehr und wies das Kompliment zurück:

„Naja, ganz so jung bin ich auch nicht mehr," lächelte sie.

„Und was kann ich für sie tun? Was hätten sie denn gern?"

„Ich suche eine kleine, handliche, leicht zu bedienende Pistole."

„Da habe ich zwei wirklich gute Angebote." Der Verkäufer holte zwei Modelle aus einem Schrank, die er stolz vorzeigte. Cornelia begutachtete beide Waffen, konnte aber keinen großen Unterschied feststellen und entschied sich für die etwas größere der Beiden, weil die billiger war.

„Die schwarze Pistole sieht gut aus. Die nehme ich, " sagte sie.

„Eine gute Wahl," entgegnete er und fügte hinzu: „Wenn sie mir ihren Waffenschein noch zeigen würden," streckte die Hand aus, um die Berechtigung, das Cornelia eine Waffe erwerben durfte, einzusehen.

„Einen Waffenschein besitze ich leider nicht," gab Cornelia kleinlaut zu, „ ich will ja keine Große kaufen und sie auch nur zu meiner Verteidigung haben und keine Bank überfallen, da können sie doch mal eine Ausnahme machen," forderte sie.

„ Leider sind mir die Hände gebunden und sie wollen doch auch nicht, dass jeder X-beliebige Hergelaufene eine Waffe tragen kann. Wir wollen doch keine amerikanische Verhältnisse haben, wo jeder jeden abknallen kann.“

„Gott bewahre uns davor,“ antwortete sie und rechtfertigte sich, „aber ich benötige die Waffe nur zu meiner Verteidigung, sozusagen zum Schutz. Ich habe schon öfter erlebt, wenn ich Nachts von einer Veranstaltung nach Haus ging, waren die Wege oft verlassen. Keine Menschenseele weit und breit. Mit einem Mal hörte ich hinter mir Schritte und ich wagte nicht mich umzudrehen. Angstschweiß bildete sich auf meiner Stirn.

Das Klappern der Schritte wurde immer lauter. Mein Herz klopfte wie wild. Ich ging schneller und der Unbekannte hinter mir scheinbar auch. Er kam bedrohlich näher, zu nah, doch dann bog die Person bloß in die Seitenstraße nach rechts ab und alles war wieder still. Was glauben Sie, wie hilflos ich mich in so einem Moment fühle, wenn ich da eine Waffe tragen würde, würde ich mich sicherer fühlen!“ Cornelia sah den Mann mit vorwurfsvollen Blicken an.

Aber er war nicht dazu zu bewegen, ihr eine Waffe zu verkaufen, statt dessen bot er ihr Alternativen an. Er zog eine Schublade auf und zeigte ihr mehrere andere Produkte: „Die eignen sich genauso gut zur Verteidigung,“ versicherte er, „ich empfehle Ihnen Pfefferspray, das ist ganz einfach zu benutzen. Sie brauchen es nur in das Gesicht des Angreifers sprühen. Das haut den stärksten Mann für einen Moment um.“

Cornelia begutachtete den den Artikel genau und zögerte, zeigte auf eine Waffe, die daneben lag und wollte wissen, „ und was ist mit dieser Pistole?“

„ Das ist eine täuschend echt aussehenden Attrappe.“

„Also gut, ich vertraue Ihnen, wenn Sie mir das empfehlen, nehme ich beides.“

Der Kauf war nicht gerade billig, aber sie legte fünf Scheine und das passende Kleingeld hin, ohne ein Mine zu verziehen und meinte: „Für die Sicherheit ist mir nichts zu teuer." Während er das Kleingeld abzählte, stimmte er ihr mit dem Kopf nickend zu: „Sie sagen es, junge Frau," begleitete sie bis zur Tür, öffnete sie galant und verabschiedete sich mit den Worten: „Ich wünsche Ihnen noch einen wunderschönen Tag."

HEIZUNGSANLAGE

Mit zitterigen Händen öffnete Adrian die Tür und fand den Lehrer bewusstlos dahinter liegend. Es roch modrig und stickige Luft erfüllte den Raum. Weil Köhler den Kälteknopf ausgemacht hatte, war der Raum wärmer geworden. Da aber warme Luft die so entstandene Feuchtigkeit nur schlecht aufnehmen kann bildeten, sich schon kleine Pfützen. Ein paar Fliegen schwirrten im Raum, und an der Wand lauerte eine riesige Spinne.

Adrian klatschte dem Lehrer ins Gesicht. In diesem Raum wollte er nicht länger bleiben als unbedingt nötig und er forderte: „Herr Köhler kommen Sie zu sich! Sie können hier nicht liegen bleiben. Ich bringe Sie woanders hin." So gut er konnte, den Lehrer stützend, schleifte er ihn aus dem kalten Grab mühsam in den Weinkeller und legte ihn auf die Matratze. Allmählich kam Köhler wieder zu sich, blickte sich verwundert um und wollte wissen: „Wo bin ich hier gelandet?"

„Das ist so etwas wie ein versteckter Raum," klärte Adrian ihn auf, „hier sind sie erst mal sicher." Damit der Lehrer wieder zu Kräften kommen konnte, reichte er ihm eine saure Gurke: „ Essen Sie die, das wird Ihnen gut tun, etwas anderes kann ich Ihnen leider nicht anbieten," klärte er den Lehrer auf, der mit einem Mal zu zittern anfing und jammerte: „Mir ist so fürchterlich kalt."

„ Einen Moment," sagte Adrian, erhob sich erneut und hastete in den Kühlraum, um die bunte Decke zu holen, die er ausgebreitet dort liegen gesehen hatte. Mit einem Ruck zog er die Decke weg und bekam einen furchtbaren Schreck. Er wurde kreidebleich, sein Magen drehte sich im Kreis, die saure Gurke kam hoch, und er kotzte den gesamten süßlich sauren Inhalt vor sich auf den Boden.

Die Leiche des Maklers lag schön zurecht gemacht, aufgebahrt mit einer Rose zwischen seinen zusammen gefalteten Händen, im Regal. Hastig bedeckte er die Leiche, legte die Decke so schnell er konnte zurück, schloss den Kühlraum einmal mehr fest zu und steckte den Schlüssel in seine Hosentasche.

Danach nahm er den Pelzmantel vom Haken und reichte ihn Köhler, der sich damit zudeckte, wobei er feststellte: „Du siehst ja so blass aus, als hättest du ein Gespenst gesehen."

„Das hab ich auch," flüsterte Adrian und als hätte er Angst, dass ihn jemand hörte, hielt er die Hand vor den Mund und dehnte die Worte wie Sprechblasen auseinander:

„Da drüben im Regal liegt eine Leiche."

„Was redest du für einen Unsinn," ich lebe noch und sonst war niemand im Raum."

„ Sie können mir ruhig glauben. Unter der Decke lag ein toter Mann."

Sie schwiegen eine Weile, dann überlegte Adrian: „Ob Sie das auch mit uns vorhatte oder noch plant?"

Wieder Stille. Köhler lief es kalt den Rücken runter, als er sich erinnerte:

„ Ich hatte eigentlich schon immer den leisen Verdacht, dass Sie mich gestoßen haben könnte. Aber schließlich habe ich den Gedanken, als ein Hirngespinst verworfen." Dabei erinnerte er sich schemenhaft, dass er unglücklich gestolpert und auf den harten Boden aufgeprallt war. Das hatte sich angefühlt, als hätte ihn aus heiterem Himmel ein Blitz getroffen, ein Gefühl, als ob Hundert Volt Stromstöße durch seinen Körper gezuckt waren. Danach war da ein Filmriss. Jetzt fing er an zu zweifeln, nichts war mehr sicher. Während sie schwiegen, schien die Zeit stehen zu bleiben, so erschüttert fühlten sich die beiden.

.. Und da hörten sie Schritte, die vorsichtig die Treppe in den Keller tappten. Sie wurden wieder hellwach, die Erstarrung löste sich. War das etwa Cornelia, was hatte sie vor, was wollte sie jetzt noch?

Seit der Hauptkommissar Borchert in der Schule aufgetaucht war, hatte Cornelia nur noch den einen Gedanken. – Warum habe ich bloß den Schlüssel im Pelzmantel gelassen? Ich muss dieses Beweisstück unbedingt so schnell wie möglich holen. - Zunächst leuchtete sie mit einer Taschenlampe den Keller aus. Von Adrian war nichts zu sehen, alles schien ruhig zu sein. Nichts rührte sich. Daraufhin eilte sie so leise wie möglich zur Garderobe, wo sie den Pelzmantel aufgehängt hatte. Doch so sehr sie auch mit der Taschenlampe nach dem Pelz suchte, dort hing nur noch Mutters alter vergilbter Bademantel.

Plötzlich aus heiterem Himmel tauchte Adrian hinter ihr auf und wagte es sie anzuklagen, schrie: „Sie sind eine Mörderin. Sie haben eine Leiche im Kühlraum versteckt." Die Taschenlampe von Cornelia blendete seine Augen. Erbost fuhr er fort: „Sie gehören ins Gefängnis, wie konnten sie so grausam sein? MÖRDERIN!" Wutentbrannt wollte er sie festhalten, wollte sie schütteln, bis die ganze Wahrheit ans Tageslicht kommen würde.

In diesem Moment holte Cornelia das Pfefferspray aus ihrer Tasche und sprühte Adrian den ganzen Inhalt mitten ins Gesicht. Er schrie vor Schmerzen auf und hielt schützend die Hände vor sein Gesicht. Cornelia wich ihm aus und ehe er überhaupt begriff, was geschehen war und erneut zupacken konnte, floh sie so schnell sie konnte zurück über die Treppe.

Sie hatte Adrian außer Gefecht gesetzt und er konnte nur noch hinterher schreien: „Sie müssen uns frei lassen, oder sollen wir hier verhungern!" Er war vor Wut und Enttäuschung am Boden zerstört.

Köhler hatte alles aus sicherer Entfernung mit angehört, fühlte sich zu schwach, um Cornelia mit anzugreifen, er wollten abwarten. Sie sollte nicht wissen, dass er noch lebte, glauben, dass es besser war, wenn sie nicht mit ihm rechnete:

Als Adrian sich kreidebleich auf die Matratze fallen ließ, tröstete er ihn fürsorglich, während er versuchte eine Flasche Wein zu öffnen: „Das geht vorbei, glaub mir, wenn du eine Nacht darüber geschlafen hast sind die Schmerzen wie weg geblasen. Trink einen Schluck, das wird dir gut tun. Nein, warte, eine Sekunde noch, die Flasche lässt sich nur schwer öffnen." ungeduldig zog am Korken. Das Ding saß bombenfest im Flaschenhals. Dabei wurde er schlecht gelaunt und fing schließlich an, Adrian Vorwürfe zu machen, meckerte:

„Du hast aber auch selber Schuld und alles verkehrt gemacht, musstest du sie gleich derart beschimpfen, damit hast du gar nichts erreicht. Anstatt den Richter zu markieren, hättest du sie gleich festhalten sollen und in die Kältekammer solange einsperren, bis die Polizei gekommen wäre." Er gab Adrian die ganze Schuld an der Misere, in der sie jetzt steckten. Für ihn musste es immer einen geben, der Schuld hatte, und Schuld hatten stets die Anderen. Deshalb klagte er jetzt: „Muss ich denn alles allein erledigen, wer weiß, wann Cornelia wieder auftaucht. Ich möchte keine Ladung Tränengas ins Gesicht kriegen. Du hast den Karren in den Dreck gezogen, nun sieh zu, wie du uns da wieder raus holst. Was schlägst du nun vor? Ja, jetzt weißt du auch nicht weiter."

„Es wird schon noch eine günstige Gelegenheit geben," antwortete Adrian. „Wenn sie nochmal in dem Kostüm kommt, werde ich ihr eben ein Kompliment machen und Sie schleichen sich von hinten an und wir beide halten sie fest."

„Natürlich und das wird sie geduldig hinnehmen."

Adrian ärgerte sich jetzt furchtbar, dass er die günstige Gelegenheit verpatzt hatte. Aber immerhin gab der Korkpfropfen in der Weinflasche nach und rutschte nach unten, sodass Köhler jetzt jedem ein Glas einschenken konnte, sich die Stimmung der beiden ein wenig auflockerte. Während Köhler mit einem großen Schluck das Glas in einem Zug leer trank, zeigte er auf die Leiter, die bis zur Decke führte und wollte wissen: „Was soll die lange Leiter dort eigentlich bezwecken?"

„Keine Ahnung, die stand schon immer da, vielleicht damit man auch an das oberste Regal kommt," überlegte Adrian.

Keiner der beiden kam auf die Idee, dass in der Decke dieses Raumes, am Ende der Leiter, sich eine Klappe befinden könnte, die direkt in den Flur der Wohnung führte. Cornelia hatte diese, ohne es zu wissen, mit einem Teppich aus Schurwolle, im modernen Design, weiß mit braunen Kringeln, zugedeckt. Sie hätten nur die Klappe gegen den Teppich drücken müssen.

Köhler konnte nicht schlafen, ständig hatte er seinen Sturz vor Augen und der Gedanke daran, den nächsten Tag noch im Keller verbringen zu müssen, bereitete ihm Kopfschmerzen. Er litt unter den engen Raumverhältnissen, sein rechter Fuß verkrampfte sich. Die Zehen wurden krumm und die Nerven fingen an zu flattern. Er wälzte sich auf die andere Seite und nahm sich fest vor, alles zu regeln, es musste doch eine Lösung geben.

Er wollte nur raus und hatte kein gutes Gefühl: „Ich glaube auch, dass die Satorius in anderen Sphären schwebt. Wir müssen mit allem rechnen."

„In der Schule schien sie noch ganz normal. Wenn wir wüssten was sie hat, könnten wir besser auf sie eingehen, oder?"

„Ich glaube, dass ist nicht mehr möglich."

Am nächsten Tag beobachtete Hartwig Britta, wie sie mit dem Skateboard aus der Schule kam und in einem rasanten Tempo auf den Gehwegen die Fußgänger bedrängte. Sie stieß sich mit dem Fuß ab und raste so schnell , dass er kaum mit dem Fahrrad hinterher kam. Erstaunt stellte er fest, dass sie nicht in die Richtung fuhr, in der sie wohnte. Sollte sie etwa schon ihren Freund ausfindig gemacht haben?

Die Gegend kam ihm bekannt vor, das hatten sie sich doch auf dem Stadtplan der im Büro, vom Hauptkommissar hing angesehen. Ach so, jetzt erinnerte er sich hier, wohnte die ältliche spießige Lehrerin. Was sie wohl von der wollte? Er schob sein Rad neben eine Häuserecke und schlich sich so gut es ging in die Nähe des Eingangs von Cornelias Haus.

Britta stieg vom Skateboard. „Es geht los, Nicki," sagte Britta zu ihrem Board, mit dem sie regelmäßig Selbstgespräche führte. Sie war sportlich gekleidet, trug immer Markenturnschuhe und einen bunten gestreiften Pullover, wie Erni aus der Sesamstraße. Den Pullover hatte sie mal in einem Second-Hand-Laden entdeckt und war ganz stolz auf das seltene Teil.

Während sie durch Straßen flitze, hatte sie meistens Kopfhörer auf, um die Musik der Rolling Stones zu hören.

Endlich hatte sie ihr Ziel erreicht. Das war also das Haus der Lehrerin, sah gemütlich aus. Britta holte tief Luft bevor sie klingelte. Die Satorius sollte ja nicht merken, dass sie sie verdächtigte, etwas mit Adrians Verschwinden zu tun zu haben. Die sollte nur denken, dass sie sich reinen Herzens entschuldigen wollte.

Cornelia ließ gerade im Bad heißes Wasser für ihre Mutter, die mal wieder ins Bett gemacht hatte, in die Wanne laufen.

Britta klingelte zuerst ganz vorsichtig. Cornelia fühlte sich gestört und wartete ab, sie hatte keine Lust die Tür zu öffnen. Wer das auch immer war, sie erwartete niemanden. Da derjenige nicht aufhörte zu klingeln und immer lauter wurde, machte sie doch noch völlig genervt die Tür auf. Überrascht sah sie in Brittas blaue Augen.

„Du hier? Was willst du denn hier?" wollte sie verwundert wissen.

Jetzt war Britta doch ein wenig verlegen: „Ich , ich," fing sie an zu stottern und glaubte etwas zu hören, steckte den Kopf in die Tür; sagte: „Darf ich rein kommen?"

Cornelia wich ihr aus, zögerte: „Im Moment passt es ganz schlecht, vielleicht solltest du morgen wieder kommen."

„Bitte, es dauert auch nicht lange."

„Einen Augenblick!" Cornelia schloss kurz die Tür, und stellte den Fernseher lauter, ging wieder zur Tür und öffnete sie erneut mit den Worten: „ So Britta, nur ganz kurz, ich habe wirklich keine Zeit."

„Da ruft doch jemand. Hören sie das nicht?"

Als Adrian das heftige ungeduldige Klingeln gehört hatte, war er sofort die Kellertreppe hoch gelaufen, hatte wie wild gegen die Tür geboxt und dazwischen geschrien: „ Hier sind wir ! Hier sind wir!"

„ Da ruft doch Jemand. Hören sie das nicht auch?" wiederholte Britta.

„ Nein, Das ist nur der Fernseher. Der ist so laut, weil meine Mutter schwerhörig ist. Wir sehen nämlich einen Krimi. Was wolltest du wissen, ich lasse gerade heißes Wasser in die Wanne laufen."

Britta glaubte ganz deutlich, Adrian zu hören und ließ nicht locker. „Das müssen sie hören, da ruft doch jemand um Hilfe?"

Cornelia schob Britta aus dem Türrahmen: „Du irrst dich, das ist nur der Fernseher und Klopfen tut meine alte Mutter. Die ist schwer Krank und braucht dauernd Hilfe. Deshalb habe ich auch keine Zeit und muss mich jetzt um meine kranke Mutter kümmern, wie du hörst. Also weswegen bist du gekommen?"

Britta setzte ein breites Grinsen auf: „Eigentlich wollte ich mich für mein Verhalten von gestern entschuldigen. Das mit dem Kaugummi war nicht richtig."

Cornelia nickte zufrieden mit dem Kopf: „Gut das du dich entschuldigt hast. Ich hoffe, du machst das nie wieder. Aber du siehst, ich habe viel zu tun." Mit diesen Worten schob sie die Tür, vor Brittas Nase zu. Britta blieb vor der Tür stehen, nahm ihr Kaugummi aus dem Mund und klebte es über die Klingel.

Dann setzte sie ihre Kopfhörer auf, laute Rockmusik dröhnte in ihre Ohren und mit großen Schritten sah sie sich das Haus noch einmal genauer an, ging am Garten vorbei und versuchte in die Kellerfenster zu sehen. Konnte aber nichts Verdächtiges entdecken. Sie hörte Adrians verzweifeltes Rufen durch die Fenster nicht, wie er immer wieder rief: „Britta hier sind wir, im Keller! Hol uns hier raus!" Sie hörte gerade wie Mick Jagger „Sympathy For The Devil" sang und zwar so laut, dass er alle anderen Geräusche übertönte. Sie hatte einen eigenwilligen Musikgeschmack. Das kam wahrscheinlich daher, dass ihr Vater Engländer war. Als sie sieben Jahre alt war, ließen die Eltern sich scheiden, wegen unüberbrückbarer Meinungsverschiedenheiten. Die Mutter zog erst mal mit ihr und dem kleinen Bruder nach Frankreich. Bloß da fühlte sich die Mutter auf Dauer auch nicht wohl. Schließlich zog sie nach Deutschland zurück und kaufte günstig ein kleines Reihenhaus, an einer stark befahrenen Hauptstraße mitten in der Stadt. Den kleinen Garten konnte man kaum benutzen, weil die Autos zu laut an dem Haus vorbei fuhren. Der kleine Bruder hatte die englische Sprache schnell vergessen, aber Brittas Stärke blieb ein perfektes Englisch. Das half ihr in der Schule sehr. Sie brachte stets gute Zensuren nach Haus, nur bei Cornelia nicht. Ansonsten galt sie stets als die Engländerin schlechthin.

Dass der Polizeibeamte sie mit dem Fahrrad verfolgte, hatte sie sehr wohl gemerkt. Sie tat aber so, als würde sie ihn nicht sehen, denn solange er keine dämlichen Fragen stellte, war ihr das egal.

Nachdem Britta mit ihrem Skateboard verschwunden war, kam Hartwig, der alles beobachtet hatte, aus seiner Nische hervor und beschloss heraus zu finden, was Britta beim Haus gesucht haben könnte. Gerade, als er am Kellerfenster vorbeikam, hatte Adrian zu rufen aufgehört, die Arme hängen lassen und sich still in eine Ecke verkrochen. Enttäuscht musste er einsehen, dass sie nicht reagiert hatte, als wäre er nicht vorhanden gewesen und dachte - wahrscheinlich hatte sie wieder laute Musik an -.

Hartwig ging noch ein paar Mal am Haus auf und ab, aber da er nirgends etwas Verdächtiges bemerkte, machte er sich auf den Weg zurück ins Büro, um mit dem Hauptkommissar Borchert das weitere Vorgehen zu besprechen.

ÜBERSCHWEMMUNG

Köhler war schließlich doch noch eingeschlafen und wurde nun durch dass Geschrei, den Hilferufen von Adrian wach. Alle seine Glieder fühlten sich steif an, er konnte sich nicht mehr bewegen. Als er seine Hand ausstrecken wollte, durchfuhr ein stechender Schmerz seine Schulter, es war, als würde jemand ein Messer in die Schulter stoßen. Ein unerträglicher Schmerz. Es gelang ihm nicht aufzustehen, um sich ein Glas Wein einzuschenken, um zu Kräften zu kommen. Sein Körper gehorchte ihm nicht mehr. Er konnte auch nicht den Kopf heben. Er lag einfach steif und bewegungslos da und hörte Adrian laut rufen: „Hier sind wir!"

Kurze Zeit später kehrte Adrian enttäuscht zurück, um Köhler von seinen vergeblichen Bemühungen zu berichten. Der lag immer noch auf der Matratze und war den Tränen nahe. „Was ist los mit Ihnen, wollen Sie nicht aufstehen, wollen Sie etwa den ganzen Tag verpennen?" fragte er vorwurfsvoll. „Sie hätten ruhig helfen können, als ich Britta gerufen habe. Jetzt ist sie fort."

„Ich weiß nicht, was passiert ist, aber ich kann nicht aufstehen."

„Sie scherzen, warum können Sie nicht aufstehen, gestern waren sie doch einigermaßen fit."

„Wenn du mir ein Glas mit etwas Wein geben würdest, wecke ich hoffentlich die Lebensgeister."

Jedoch konnte er das Glas nicht fassen, es gelang ihm nicht den Arm zu heben. Er war nicht nur im Keller gefangen, sondern auch im eigenen Körper. Adrian stützte seinen Kopf und flößte ihm etwas Wein ein, in der Hoffnung, es würde ihm helfen. Doch die Starre blieb. Den ganzen Tag lag er steif auf der Matratze. Adrian hatte ein paar alte Zeitschriften gefunden. Ab und zu las er Köhler etwas daraus vor.

Abgesehen davon musste Köhler an seine Frau denken und wünschte sich, sie wäre jetzt an seiner Seite. Es waren eigentlich Bagatellen, um die sie sich gestritten hatten. Kleine Machtspielchen, wer etwas besser konnte, wer seine Sachen immer herumliegen ließ. Sie regte sich ständig darüber auf, dass er seine benutzten Schnupftücher im ganzen Haus verteilte und er hatte jedes mal geantwortet: „Wenn sie dich so stören, warum räumst du sie nicht einfach weg?" „Das mache ich ja auch, darum geht es doch, es sind deine Schnupftücher, nicht meine! Er fühlte sich von ihr bevormundet und rächte sich dann stets, wenn sie pupste und behauptete: „Früher habe ich immer geglaubt, Frauen pupsen nicht. So engelsgleiche Wesen pupsen doch nicht."

Das hatte sie immer furchtbar geärgert, weil sie sich für untadelig hielt. Oder nicht? Unterstellte er ihr zu viel? Er trieb es oft auf die Spitze, trat nach und fragte scheinheilig: „Haben Frauen eigentlich einen Verdauungstrakt?" Da war sie endgültig beleidigt, aber er liebte diese Spielchen, weil sie immer darauf herein fiel. Jetzt tat es ihm leid.

Wenn er hier jemals wieder heraus kommen würde, hatte er sich vorgenommen, alles anders zu machen.

Er wollte keine Scheidung, in all den Jahren waren sie zusammen gewachsen, kannten jede Falte des Anderen, aber sah darüber hinweg. Das war nicht wichtig, allein was zählte war das Gefühl, das man füreinander hatte, wie eine gemeinsame Haut. Jetzt wo er hier am Boden lag, erinnerte er sich nur an die schönen Stunden. Er wusste nicht, wie lange er so gelegen hatte zwischen Tag und Traum aber, irgendwann kam er wieder zur Besinnung.

„Schön, dass Sie wieder da sind," stellte Adrian fest, als er die Augen öffnete, ich habe schon gedacht, Sie wachen nie mehr auf.

„Da muss ich dich enttäuschen, Unkraut vergeht nicht, so schnell wirst du mich nicht wieder los. Hast du in der Zeit, während ich geschlafen habe, irgendetwas heraus gefunden, was uns weiter helfen könnte?"

„Nein, leider nicht, sie hat sich auch nicht blicken lassen. Aber lange halte ich das hier unten auch nicht mehr aus, der Keller ist feucht, es rinnt Wasser durch die Tür der Kältekammer, da stimmt was nicht. Wenn es Ihnen wieder besser geht, sollten Sie sich das mal ansehen."

„Ich merke schon, es geht nicht ohne mich," grinste Köhler und versuchte aufzustehen. Es ging schwierig, seine Beine fühlten sich noch wie Gummi an und er wackelte unsicher, aber er konnte sich wieder bewegen.

Sie gingen gemeinsam den Wassereinstrom begutachten. Köhler kratze sich abschätzend am Kinn und überlegte „Wir könnten die Tür öffnen und den Knopf auf kalt umstellen, aber wir wissen ja nicht, wie viel Wasser sich dort inzwischen gebildet hat. Unter Umständen kommt uns ein ganzer Schwall entgegen, aber ich schätze, mehr wird es nicht; inzwischen müsste der Raum vollständig abgetaut sein."

Adrian gefiel das ganz und gar nicht. Was ist, wenn Sie nicht recht haben und immer mehr Wasser durchsickert"?

„Dann müssen wir eben Vorsorge betreiben, wir können die Ritze unter der Tür ja sicherheitshalber zustopfen."

„Der alte Bademantel," schlug Adrian vor „ könnten wir den nehmen, das alte Ding eignet sich bestimmt hervorragend."

Zweifelnd nahm Köhler den Bademantel aus der Garderobe: „Ich glaube, da haben sich schon die Motten breit gemacht, aber du kannst es ja versuchen" und sah kritisch zu, wie Adrian mühsam den Bademantel unter die Türrille zu stopfen versuchte.

Das Ergebnis war unbefriedigend. Der Mantel war zu sperrig für die schmale Ritze, trotzdem beließen sie es dabei, Adrian hatte genug gestopft: „Ich geh jetzt die Weinvorräte entsorgen," sagte er und verschwand. Es musste was geschehen und zwar schnell.

Da Köhler sich wieder einigermaßen bei Kräften fühlte, beschloss er, ein weiteres Mal den Keller nach Fluchtmöglichkeiten ausgiebig zu durchsuchen. Verdammt und zugenäht nochmal, es konnte doch nicht allzu schwer sein, Cornelia in den Keller zu locken und zu überwältigen.

Vergeblich stöberte er in den schäbigen Resten von Gerümpel und Müll. Es gab nur Spinnen und Kellerasseln zu entdecken. Schließlich landete er in dem winzigen Heizungsraum. Dort hing an einer Wäscheleine eine durchlöcherte Unterhose, ein ausgedienter grauer Feudel und ein paar benutzte Lappen zum Trocknen. In Gedanken versunken blickte er auf die alte Anlage. Die Abgase die diese Heizung ausstieß, waren mit Sicherheit über der gesetzlichen Norm, die Heizungsanlage müsste eigentlich längst erneuert worden sein. Ein Wunder, dass der Schornsteinfeger sie nicht stillgelegt hatte.

Beim Anblick des alten Heizungsanlage kam ihm eine zündende Idee. Was wäre wenn er die Heizung abstellen würde? Dann hätte Cornelia auch kein heißes Wasser mehr und müsste in den Keller kommen, um die Heizung zu kontrollieren. Einen Versuch wäre es wert. Er würde ihr in einem Versteck auflauern und mit Adrian zusammen in Gewahrsam nehmen. Kurzentschlossen schaltete er den dafür zuständigen Hebel auf aus.

Aufgewühlt erzählte er Adrian von seinem Plan und forderte: „Du bleibst am besten in Deckung und wenn ich sie festhalte, rufe ich dich. Wir fesseln sie und benachrichtigen die Polizei. Adrian war skeptisch, eine Ladung Pfefferspray wollte er nicht noch einmal ins Gesicht bekommen, deshalb betonte er: „ Aber nur, wenn kein Pfefferspray dabei ist."

„Keine Sorge, ich passe schon auf." Köhler wähnte sich schon halb in Freiheit. „Du musst zugeben, ohne mich würdest du hier unten verhungern." Daraufhin antwortete Adrian nichts. - Soll er selbst sehen – dachte er, dass es nicht einfach war die Satorius zu überlisten.

Nachdem Cornelia die Mutter den Tag über versorgt hatte, setzte sie sich vor ihren Computer und klickte ihr Mailfach an. Die Oberstufenkoordinatorin hatte wieder zu einem Meeting geladen, um den zunehmenden Unterrichtsausfall zu besprechen. Außerdem waren bauliche Veränderungen in der Schule geplant. Die Kantine sollte erweitert werden. Cornelia löschte die Mail. Sie hatte sich gerade ein Facebook Profil erstellt, aber sie wusste nicht wen sie als Freunde nehmen sollte. Bisher hatte sie eine Kollegin herausgesucht, die sie wieder löschte, weil sie ihr Profil ändern wollte. Warum sollte sie nicht ein schöneres Foto nehmen und sich jünger machen, es war doch sowieso alles anonym. Also suchte sie sich ein Foto aus dem Archiv im Internet aus, auf dem sie so aussah wie sie gerne ausgesehen hätte. Zufrieden lehnte sie sich zurück. Als Beruf gab sie Modell an und nannte sich Adele Reichart. Ihr Hobby war Stricken, am liebsten bunte Wollsocken. Damit versprach sie sich viele Freunde. Mit wirklichen Freunden im realen Leben fiel es ihr dagegen schwer. Niemand wollte scheinbar etwas mit ihr zu tun haben. Sie begegnete nirgends einer Person, die mit ihr einer Meinung war, mit der sie sich austauschen konnte, ohne lang und breit zu erklären, wie sie es meinte.
Bei gemeinsamen Treffen mit Freunden oder Bekannten saß sie meistens wie bestellt und nicht abgeholt herum. Sie gehörte einfach nie dazu. Ihre Botschaften wollte keiner hören, es war, als ob sie eine andere Sprache sprechen würde und in der Schule hatte sie sowieso

den Verdacht, die würden hinter ihrem Rücken tuscheln: „Das ist Cornelia, die hat keinen Mann abgekriegt, die wollte keiner haben." Ihre Mutter war der felsenfesten Meinung: „Man trifft im Leben selten auf Menschen, die denselben Blickwinkel miteinander teilen, denken wie man selbst. Jemanden der einen auf Anhieb vertraut ist, der denselben Rhythmus im Blut hat, den gibt es selten, aber wenn du dich verkriechst, triffst du ihn niemals. Deshalb sollte Jeder mit Jedem respektvoll und freundlich umgehen und sich nicht zurückziehen, sonst geht man vielleicht an dem Einen noch vorüber. Die Mutter hatte nicht recht, bei ihr waren alle vorbei gegangen, bisher hatte sie kein Glück gehabt.

Im Netz war das anders, da bekam sie tausend Freunde, kannte aber nicht einen wirklich.

Seitdem sie den neuen Computer hatte, saß sie jede freie Minute davor, denn es lenkte sie von ihren Sorgen um Adrian ab. Da konnte sie vergessen, dass er im Keller hockte und sie eine Entscheidung fällen musste. Er war ihr Schüler, zwar schon neunzehn, aber doch Schüler, der extrem neugierig gewesen war. Sie musste, aber sie konnte sich nicht durchringen, ihn gehen zu lassen.

Doch schnell schob sie die lästigen Gedanken zur Seite und widmete sich wieder ihrer Lieblingsbeschäftigung „Posten". Da konnte sie sich darstellen wie sie wollte, es gab immer einen User, der das gut fand.

Je länger sie darüber nachdachte, desto weniger gefiel Cornelia ihr erarbeitetes Facebook Profil. Unzufrieden, überlegte, sie was daran falsch wirkte. Modell, das ist doch kein richtiger Beruf, immer schön aussehen müssen, als lebendige Kleiderstange vermarktet, wer will das schon - dachte sie. Sie löschte es wieder und tippte diesmal Lehrerin, als Beruf ein.

Da sie gerade das Thema: „Rund um den Teich" unterrichtete, stellte sie zwei schöne Fotos vom Laubfrosch ins Profil, das sie mit dem Kommentar postete: Er klettert gerne bis in die höchsten Wipfel und seine Augen haben ein 360 – Grad Sichtfeld das die Nachtsicht einer Katze hat. Die Zunge erreicht beim Vorschnellen die 50-fache Erdbeschleunigung, dabei ist der Laubfrosch nur vier bis fünf Zentimeter groß. Das war es, sie tippte auf senden und lehnte sich zufrieden zurück. Jetzt wollte sie sich erst mal entspannen und ließ sich im Bad Wasser in die Wanne laufen.

Vielleicht bekam sie währenddessen von ihren Freunden schon einen Kommentar ins Postfach zugesandt oder ein paar Smileys. Wenigstens ein paar Smileys, die bekam sie jedes mal für ihre Beiträge, das war ihr wichtig. In der Schule konnte sie den Unterricht so lebendig und Informativ gestalten wie nur möglich. Smileys oder irgendeine Anerkennung gab es nie. Keiner ihrer Schüler käme am Ende der Stunde auch nur im Entferntesten auf die Idee zu applaudieren, weil sie so intelligent war, ihnen soviel Interessantes bei brachte. Kein Schüler hatte jemals angefangen zu klatschen, im Gegenteil, sie stöhnten nur genervt, weil sie so viel lernen sollten. Undank ist der Welten Lohn ,stellte sie fest, drückte auf: aus - und fuhr den Computer herunter.

Mittlerweile war die Wanne mit heißem Wasser voll gelaufen, Sie entkleidete sich, testete mit dem großen Zeh die Temperatur, stieg in die Wanne und entspannte sich im überfüllten Badeschaum, ließ sich treiben und träumte davon, wie schön es wäre, wenn die Schüler einmal ihre Arbeit anerkennen würden. Wie oft hatte sie gehört, dass Flugzeugpassagiere am Ende des Fluges Beifall klatschen würden, weil sie heil gelandet waren. Warum nicht auch bei Lehrern. Aber Schüler unterrichteten sich nicht gegenseitig.

Obwohl, das wäre doch ganz interessant zu sehen wie das wäre – Schüler unterrichten Schüler – und während sie mit einem Waschlappen unter ihren Achseln den Schweiß der letzten Tage fort wischte, nahm sie sich vor, es mal auszuprobieren und einen Schüler das nächste Thema unterrichten zu lassen. Dann würden die feststellen wie schwer das ist, jeden Tag etwas Neues aus dem Hut zu zaubern und dann auf ihre gelangweilten, noch vom Wochenende müden Gesichtern, schauen zu müssen.

Nach einiger Zeit wurde ihr kalt Sie fing an zu frieren, das Wasser war nicht mehr heiß genug. Deshalb drückte sie den Heißwasserzulauf nach oben, und ein erneuter Strahl plätscherte in die Wanne. Als sie mit der Hand den Hitzegrad kontrollierte, war das Wasser kalt und blieb kalt. Wieso wurde es nicht warm, sie überlegte kurz, ob Adrian an der Heizung gedreht haben könnte, hielt es aber für unwahrscheinlich, nahm statt dessen an, dass es sich um einen kleineren Defekt handeln würde. Die Heizung spielte öfter mal verrückt, die war schon alt und nicht mehr auf den neusten Stand der Technik, aber ansonsten lief sie bis jetzt immerhin noch fehlerfrei. Am besten sie würde sofort mal nachsehen, aber halt, was war, wenn Adrian sie entdecken würde. All ihre Sinne standen auf Sturm.

Wie sie hastig aus der Wanne stieg, fiel ihr Blick auf das Kostüm. das sie neulich aus Enttäuschung achtlos auf den Boden geschmissen hatte. Ohne groß darüber nachzudenken, zog sie es wieder an. Sie hatte immer noch die leise Hoffnung, dass er es sich inzwischen anders überlegt haben könnte, sich insgeheim bis dato ein Zusammensein mit ihr wünschen würde und sie sehnsüchtig fühlen wollte. Dennoch steckte sie trotzdem das Pfefferspray in die Tasche und nahm die Pistole zur Abschreckung in die Hand, um sich im Notfall verteidigen zu können.

In der Auslassung war Köhler in seinem Versteck eingeschlafen. Er hatte sich hinter einem umgekippten dreibeinigen Tisch verkrochen, und lag schon seit ein paar Stunden auf der Lauer. Als Cornelia die Treppe herunter schlich, schreckte er zusammen. Sofort ging sein Puls auf 180 und sein Herz raste. Jetzt kam es darauf an. Er war bereit, brachte sich in die richtige Position, wartete bis sie sich näherte, um zuschlagen zu können.

Dann kam sie und war zum Greifen nah, in einem aufreizendem Kostüm. Ihm fielen fast die Augen aus dem Kopf. Es war irgendwie unwirklich. Er schob sich nach vorn, wollte schon angreifen, sah allerdings im selben Moment, dass sie in der einen Hand eine Pistole trug, die genau in seine Richtung zeigte. Schweißgebadet zog er sich in letzter Sekunde zurück und ungehindert, ohne gravierende Vorfälle, schritt sie in ihrem Kostüm auf den Heizungsraum zu.

Der Keller wirkte ausgestorben. Wo war Adrian? Misstrauisch leuchtete sie mit der Taschenlampe die Umgebung aus. Der Lichtstrahl blieb an einem quer liegenden, umgekippten, dreibeinigen Tisch hängen. - Seltsam - überlegte Cornelia, lag der nicht woanders? Sie zielte mit der Pistole in die Richtung. Dann erinnerte sie sich, dass das nur eine Attrappe war und beeilte sich.

Völlig ungestört erreichte Cornelia den Heizungsanlage und schaltete den Hebel nach oben. Sie war auf der Hut, registrierte jeden Luftzug, aber nichts rührte sich. Trotzdem behielt sie die Pistole auch auf dem Rückweg sicherheitshalber fest in der Hand. Da Adrian nicht auftauchte, erreichte sie ungehindert wieder die Treppe zum Ausgang.

Köhler war wie versteinert in seinem Versteck sitzen geblieben. Er atmete erleichtert auf, denn er hatte die ganze Zeit Angst gehabt, dass sie ihn erschießen würde. Er hatte seinen Treppensturz noch vor Augen, die furchtbar endlose Zeit im Kühlraum. Mit hängenden Schultern machte er sich auf den Weg zurück zu Adrian, der gleich wissen wollte : „ Was ist schief gelaufen? Sie wollten mich doch rufen. Ich habe nichts gehört."

Köhler hatte sich inzwischen wieder gefangen und antwortete, kreidebleich im Gesicht: „Sie hat eine Pistole."

„Oh, das ist bitter",

„Ich hatte keine Gelegenheit sie fest zu halten. Sie hätte mich erschießen können", behauptete Köhler.

„ Sie hätten sie in ein Gespräch verwickeln müssen," stellte Adrian fest.

„Hinterher ist man immer klüger... Wo warst du eigentlich?"

„Sie haben doch gesagt..... !"

„ Na und ich brauche....,"mitten im Satz hielt er inne, fühlte sich wie in einem Tagtraum. Köhler bemerkte irritiert, dass seine Hose und sein Hemd nass geworden waren, er das nicht gespürt hatte und stellte fest: „ Scheinbar ist das Wasser weiter vor gedrungen." Im selben Moment krachte ein Donner durch den Keller, als ob die Welt untergehen würde. Ein nachfolgender Blitz durchzuckte für den Bruchteil einer Sekunde, grell erleuchtend ihre Unterkunft.

Ein heftiges Unwetter mit starken Regengüssen war aufgezogen und prasselte nun unaufhörlich gegen die Hauswände.

Da Adrian und Köhler versucht hatten, die Kellerfenster zu öffnen und daran stark gerüttelt hatten, waren kleine Ritzen entstanden, durch die das Regenwasser jetzt unaufhörlich sich seinen Weg bahnte und in den Keller fließen konnte. In Windeseile liefen alle Räume immer voller. Zusätzlich hielt ein Wasserrohr dem Druck nicht mehr stand und platzte. Geistesgegenwärtig hoben sie die Matratze, den Pelz und was noch am Boden lag auf den Tisch, den sie an die hintere Wand geschoben hatten.

Fassungslos mussten sie mit ansehen wie das Wasser auch in ihren Raum eindrang. Sie wateten hindurch um ein paar Habseligkeiten zu retten bis es nicht mehr möglich war.

Ihre Kleidung war total feucht geworden, und inzwischen standen sie bis zu den Knien im Wasser. Es fiel ihnen nichts Besseres ein, als die Brühe mit einem Eimer in das Waschbecken im Heizungsraum zu schütten. Doch sie merkten sehr bald, das dass vergebliche Liebesmüh war, der Eimer war viel zu klein.

Erschöpft setzten sie sich auf die oberen Stufen der Kellertreppe und überlegten, wie sie sich aus diesem Schlamassel heraus kommen könnten.

Jeder für sich war in Gedanken versunken. Während sie auf der kalten Stufe saßen und auf die dreckige Wasseroberfläche starrten, erinnerte sich Köhler- Wie schön und unbeschwert es war, als er seine Frau kennengelernt hatte. Damals konnten sie nicht genug voneinander bekommen. Es waren magische Momente der Gemeinsamkeit. Sie konnten stundenlang beieinander liegen, und die Welt blieb außen vor. Mehr brauchten sie nicht, sie waren berauscht vom Leben des Anderen, dem gemeinsamen Rhythmus, der ihre Körper vereinte. Wo war das alles geblieben, an welcher Stelle verloren sie die Leichtigkeit miteinander? Dann waren die Ausbildung und das Weiterkommen, der Verdienst, die Lebenssicherung, ein neues Auto, eine größere Wohnung wichtiger geworden .-

Köhler seufzte und versuchte sich zusammen zu reißen. Der Wasserpegel schien nicht mehr weiter zu steigen, stand still und schimmerte im fahlen Licht. Er zitterte in den kalten nassen Sachen, allerdings durfte er keine Schwäche zulassen, er fühlte sich für den Jungen verantwortlich. „Wir müssen den Keller irgendwie trocken bekommen, schließlich können wir schlecht auf der Treppe schlafen.“

„Was haben sie gesagt?“ Adrian zuckte zusammen, er hatte gerade an Britta gedacht; an ihr schelmisches Lachen, ihre weichen Kurven und dabei inständig gehofft, dass sie bei der Polizei eine Aussage machen würde, dass sie Cornelia verdächtigte.

Inzwischen hatte Britta von der Polizei eine Vorladung erhalten, sie sollte sich am frühen Morgen bei Hauptkommissar Borchert vorstellen und saß nun auf der Bank im Flur vor dem Zimmer 171 und wartete .

Schon beim Betreten des Geländes hatte sie ein mulmiges Gefühl gehabt. Als sie einfach am Eingangsportal auf ihrem Skateboard vorbeihuschen wollte, wurde sie von einem Polizeibeamte mit scharfen Unterton zurückgerufen, „Hallo, wo wollen Sie denn hin, hier dürfen Sie doch nicht ohne sich auszuweisen das Gelände betreten und schon gar nicht mit einem Skateboard."

Unfassbar, sie wurde wie eine Schwerverbrecherin behandelt, total unfreundlich. Nachdem ihre Personalien geprüft worden waren, durfte sie den Gebäudekomplex endlich betreten. Aber ohne das Skateboard, das musste sie wohl oder übel dort in Gewahrsam lassen. Bei der Polizei ist man längst nicht dazu berechtigt alles mitzunehmen, was einem gehört. Aber das war egal und nun wartete sie auf dieser öden Bank scheinbar stundenlang.

Als der Hauptkommissar endlich kam, gab er ihr freundlich die Hand, bat sie in das kleine Arbeitszimmer und entschuldigte sich: „Tut mir leid, wenn Sie so lange warten mussten, aber wir hatten eine wichtige Einsatzbesprechung und die hat etwas länger gedauert als erwartet. Aber jetzt zu Ihnen. Er holte einen Aktenordner hervor, blätterte darin und wollte anschließend wissen; „ Sie sind also die Freundin von Adrian. So, so und können Sie uns mit irgendwelchen Details, die Sie beobachtet haben, weiter helfen. Es mag Ihnen vielleicht nicht wichtig erscheinen, aber uns helfen selbst die kleinsten Kleinigkeiten oft ein gutes Stückchen weiter in unseren Ermittlungen. Britta war angenehm überrascht, dass der Hauptkommissar Borchert gar nicht so unfreundlich war wie sie gedacht hatte. Allerdings zuckte sie mit den Schultern: „Wir sind nicht so richtig befreundet," stellte sie klar, „eben im Moment zusammen, aber noch nicht lange,verstehen Sie ." Der Hauptkommissar nickte und kaute nachdenklich an seinem Kugelschreiber. „Aber irgendetwas müssen Sie doch in Erfahrung gebracht haben, oder warum haben Sie die Lehrerin Satorius aufgesucht?"

„Ach das," Britta atmete erleichtert auf, sie hatte schon sonst etwas geglaubt, was sie getan haben könnte. „Also", berichtete sie", Adrian hatte mir bei seinem letzten Anruf erzählt, dass er bei jemand, den Namen hat er mir nicht genannt, den neu gekauften Computer anschließen und einrichten sollte. Ich habe vermutet, dass es die Satorius gewesen sein könnte, weil sie ja auch den Computerkurs belegt hatte und wollte nur mal nachfragen."

„... Und haben Sie etwas Verdächtiges beobachten können ?"

„ Nein, sie hatte aber auch den Fernseher sehr laut gestellt, und ihr kranke Mutter hat dauernd geklopft. Deshalb wollte sie mich nicht rein lassen."

„ War das alles, was Sie festgestellt haben?"

„ Ja, aber wenn Sie mich fragen, ich fand es komisch."

Der Hauptkommissar Borchert klappte, nachdem er sich etwas notiert hatte, den Ordner wieder zu, stand auf und verabschiedete sich wieder mit einem Händedruck von Britta. „Vielleicht werden wir nochmal auf Sie zukommen, aber ich glaube eher nicht. Das war für heute jedenfalls alles." Mit diesen Worten war sie entlassen, konnte sich ihr Skateboard wieder abholen und damit die Fußwege unsicher machen. Was viele nicht wissen, ein Skateboard gilt im öffentlichen Verkehr nicht als Fahrzeug, sondern als Fortbewegungsmittel, genauso wie ein Rollstuhl. Britta stellte ihr lila gestreiftes Skateboard auf den Gehweg und stieß sich mit einem Bein schwungvoll ab :
„Let's go on," sagte sie. Ein alter Mann, Rentner mit Halbglatze und Bierbauch, stolzer Besitzer eines Unkraut freien Schrebergartens in

der Stresemannstraße und Inhaber des goldenen Sportabzeichens, kam ihr leicht gebeugt entgegen und musste ausweichen. Er fühlte sich bedrängt und rief ihr hinterher: „Kannst du nicht aufpassen. In Deutschland fährt man rechts!"

Das hatte Britta schon so oft gehört, dass sie da schon gar nicht mehr hin hörte. Sie hatte ganz andere Probleme. Es fing wieder an zu nieseln. Seit Tagen war der Himmel grau in grau, nur manchmal kam die Sonne hinter den Wolken hervor und streifte einen zart. Ein Lufthauch wohltuender Erinnerung offenbarte, wie schön es sein könnte, wenn nicht ständig dieser Dauerregen wäre, der einem langsam aufs Gemüt schlug.

Während Britta auf ihrem Skateboard dahinglitt und sie nochmal das Gespräch mit dem Hauptommissar überdachte, kamen ihr Zweifel an dem Verhalten von ihrer Lehrerin hoch. War das wirklich der Fernseher? Hatte die kranke Mutter wirklich derart heftig klop-fen können? Was war wirklich geschehen? Hatte sie sich täuschen lassen? Adrian war immer noch nicht wieder aufgetaucht. Vielleicht sollte sie noch einmal gründlicher nachforschen. Kurzentschlossen änderte sie ihre Richtung.

ENTWÄSSERUNGSPUMPE

Das Wasser im Keller wollte nicht ablaufen, es gluckerte trübsinnig vor sich hin, auch als die Gewitterfont längst abgezogen war. Etwas Beunruhigendes, Drückendes lag in der Luft. Die nervliche Belastung ging bis an die Grenzen des Erträglichen. Denn Adrian und Köhler saßen immer noch auf der Treppenstufe und grübelten darüber nach, was sie gegen die Wassermassen tun könnten.

„ Ich glaube," Köhler fiel plötzlich wieder etwas ein und er wiederholte: „Ich glaube, ich kann mich dunkel erinnern, im Heizungsraum beim Waschbecken ein Abfluss gesehen zu haben."

„Warum sagen Sie das nicht gleich ," Adrian schoss in die Höhe.

„Das ist nicht so einfach," gab Köhler zu bedenken, „wahrscheinlich hat sich der Sensor oder Schwimmer der Entwässerungspumpe verklemmt, sodass die Pumpe nicht mehr anspringt, sie aktiviert werden müsste, damit die Wasserbewegung wieder hergestellt wird. Die Pumpe ist allerdings in dem Loch unter dem Boden."

„ Das hört sich aber kompliziert an."

„ Ist es eigentlich nicht, wir können es gerne versuchen."

„Alles ist besser als hier in den nassen Klamotten auf die Drecksoberfläche zu starren." Aber auch im Heizungsraum war die Luft stickig, man konnte kaum atmen.

„Und wo bitte soll die Pumpe sein?" Adrian verschränkte die Arme ineinander.

„Na, hier im Boden. Ich stehe quasi direkt davor."

„Hä, ich sehe nichts, sollen wir in dieser Brake etwa untertauchen?"

„Genau, so ist es," grinste Köhler und das ist unser Problem, du musst tauchen!"

„Das ist nicht Ihr Ernst. Wie soll ich in dieser Kloake eine Entwässerungspumpe finden. Ich weiß ja nicht mal, was ich da suchen soll."

„ Du kannst doch unmöglich von deinem alten Lehrer so etwas verlangen." „Bevor wir im Wasser schlafen müssen, suche ich lieber die Pumpe."

Adrian hielt sich die Nase zu und tauchte mit dem Kopf nach unten. Er sah nichts, er fühlte nichts. Angeekelt stellte er sich wieder hin: „ Ich kann da unten keine Pumpe entdecken. Sie müssen es versuchen. Sie kennen sich mit diesen Abwasservorrichtungen im Haus viel besser aus als ich. Bitte!"

„Klempner bin ich auch nicht gerade. Aber wenn ich so nett gebeten werde, muss ich wohl meinen Kopf nach unten tauchen." Mit den Händen ertastete Köhler das Gitterrost, unter dem die Pumpe eingebaut war. Er hielt die Luft an, tauchte erneut in das brackige Wasser und versuche den Rost zu lockern.

Kurze Zeit darauf schüttelte er das nasse Wasser aus seinen Haaren. „Da ist ein Gitter vor, das kann ich leider nicht hoch heben, aber vielleicht gelingt es mir mit einem Stock durch eines der Löcher im Gully, den Schwimmer zu lösen." Adrian erinnerte sich an den Sperrmüllhaufen und machte sich sofort auf die Suche, aber einen Stock konnte er dort nicht finden. Stattdessen kam er nach einer Weile mit einem Holzbügel zurück. „Etwas Besseres habe ich nicht entdecken können," entschuldigte er sich. Skeptisch betrachtete Köhler den Bügel von allen Seiten und nickte mit dem Kopf: „Das könnte eventuell funktionieren. Ich versuche es."

Dort, wo er die Entwässerungspumpe vermutete, steckte er den Bügel in das Loch vom Gitter und bewegte ihn vorsichtig hin und her, um den festgefahrenen Schwimmer zu lösen. Mit einem Mal gab es einen Plums, und mit einem Ruck sprang die Pumpe an. Das Wasser strömte von einem kräftigen Sog gezogen zurück in das Abflussrohr und weiter nach draußen, in die Abwasserkanäle.

Wie von Geisterhand verschwand das Schmutzwasser vom Kellerboden und zurück blieben ein paar Pfützen.

Da der Boden im geheimen Raum nass und schmutzig geworden war, besorgte Köhler aus dem Heizungsraum den Feudel und nahm die Wischtücher von der Leine ab. Es dauerte eine halbe Ewigkeit bis der Raum einigermaßen wieder hergerichtete worden war, und sie die Matratze wieder ausbreiteten. Sie konnten nicht mal richtig jubeln. Abgekämpft und ausgebrannt setzten sie sich an den Tisch und schenkten sich ein Glas Wein ein. Weil sie obendrein kaum etwas gegessen hatten, wirkte der sehr schnell und löste ihre Zunge. Köhler hatte lange gezögert, aber jetzt musste es raus, er wollte nicht länger als unbedingt notwendig in diesem Loch hocken. Deshalb schlug er Adrian seinen neusten Plan vor: „Ich glaube, es gibt nur eine Möglichkeit, wie wir sie überlisten können. Du gehst zum Schein auf ihre Wünsche ein, meinetwegen sing mit ihr Halleluja, aber erwidere ihre Gefühle. Das sollte dir doch nicht so schwer fallen."

„Sie ist meine Lehrerin, ich kann sie nicht ausstehen. Allein ihr rechthaberisches Getue. Außerdem habe ich eine Freundin."

„Du sollst sie ja auch nicht gleich Heiraten oder dich wirklich in sie verlieben; nur so zum Schein."

„Aber ich bin ein ziemlich schlechter Schauspieler. Aus Prinzip sage ich immer die Wahrheit, weil man mir angeblich ansieht, wenn ich Lüge. Sie können doch genauso gut ihre alte Liebe auffrischen."

„Sie denkt doch, dass ich im eisigen Keller erfroren liege und tot bin, dabei sollte es bleiben. Mir vertraut sie nicht mehr."

Adrian schenkte sich noch ein weiteres Glas ein: „Auf einem Bein steht man schlecht," grinste er, obwohl der Gedanke, sich auf Cornelia einzulassen, gefiel ihm überhaupt nicht und je länger er darüber grübelte, desto abwegiger fand er es. Trotzdem Köhler hatte wahrscheinlich recht, ihm fiel jedenfalls nichts Besseres ein. Es schien

wenigstens eine Möglichkeit zu sein ihr näher zu kommen, wenn
sie überleben wollten. Jetzt wo sie sogar eine Waffe besaß, waren sie
förmlich gezwungen sich mit ihr gut zu stellen.

Köhler scherzte: „Vielleicht kannst du ja sogar etwas von ihr lernen."

„Ich lache später." Adrian war ein wenig beleidigt über diese Äuße-
rung. Wenn er sich schon opferte, wollte er wenigstens mit Respekt
behandelt werden.

„Es ist wirklich nicht schwer. Mach ihr Komplimente. Wiege sie in
Sicherheit.

Wenn der Schwindel zu früh auffliegt, wird sie zur Pistole greifen
und es ist aus."

Adrian legte sich auf die Matratze und streckte alle Glieder von sich.
Ich überlege es mir, vielleicht fällt mir inzwischen noch etwas ein,
meinetwegen. Sonst lasse ich mich mit der Verrückten ein."

Er überlegte hin und her, was er einer Lehrerin sagen sollte, auf welcher Ebene er ihr überhaupt näher kommen konnte. Ihm fielen keine
Worte ein. Womit sollte er sie vergleichen, wie konnte er dem Bösen
etwas abgewinnen, und böse musste sie sein, sonst könnte sie keine
Leiche im Keller haben. Köhler sah, wie Adrian schwitzte, sah, wie
sich auf seiner Haut rote Flecken bildeten und lenkte ein: „Sie ist ein
Opfer ihrer selbst, sie wurde verletzt und hat sich selbstgerecht gewehrt, wie wild um sich geschlagen," bemühte er sich, eine Erklärung
zu finden, um Adrian seine Aufgabe zu erleichtern. „Manchmal hat
auch das Böse seinen Reiz, wenn du ganz tief fällst, fallen auch die
Schranken. Er hob sein Sektglas hoch und prostete ihm zu: „Ich
trink auf dein Wohl."

WEINPROBE

Cornelia ahnte von alledem nichts. Sie fühlte sich übergangen, ausgenutzt, ungerecht behandelt und es kam ihr nicht in den Sinn, dass sie kein Recht gehabt hatte, ihre Rache auszuüben. Jetzt war sie nur noch müde, die Mutter hatte den ganzen Tag immer wieder Schmerzattacken bekommen und vor sich hin gewimmert. Die Betreuung überforderte sie total und sie überlegte, ob es vielleicht besser wäre die Mutter in ein Pflegeheim zu geben, da hätte sie wenigstens den ganzen Tag rundum Betreuung. Sie konnte ihr das nicht bieten, schließlich hatte sie auch noch einen Beruf, und die Mutter nahm ständig mehr Raum in Anspruch. Neuerdings musste sie sogar vom Klo hoch gezogen werden, weil das für sie angeblich zu niedrig war. Sie war nicht mehr in der Lage allein von der Toilette aufzustehen.

Cornelia atmete tief durch, endlich kam sie dazu ihre Arbeit am Computer fortzusetzen. In den letzten Tagen war sie jede freie Minute damit beschäftigt gewesen eine Seite zu erstellen, in der sämtliche schulischen Arbeiten sortiert und aufgelistet waren. Obwohl sie übermüdet war, wollte sie unbedingt den die Noten der Mittelstufe in Tabellen eintragen. Sie tippte eifrig, dabei wurden ihre Augenlider schwer und schwerer, sie sackte förmlich in sich zusammen, ihr Geist trieb sie fort und ohne es zu merken, glitt sie in die Traumwelt hinüber, nickte ein und verlor die Kontrolle über sich. Ihre rechte Hand glitt ziellos über die Tastatur. Dabei drückte sie wahllos auf eine Taste. Ihr Kopf sackte nach vorn. Sie erschrak über sich selbst, wachte auf, aber da war es schon zu spät. Entsetzt bemerkte sie, dass sie einen Wimpernschlag nicht aufgepasst hatte.

Auf dem Bildschirm war nur noch eine Seite mit dem Buchstaben K zu sehen und sonst flackerte nur noch der weiße Bildschirm. Ihre sämtlichen Tabellen und Eintragungen waren, als sie auf die unterste Befehlsreihe abgerutscht war, gelöscht worden.

Sie hatte sich dermaßen unglücklich vergriffen, dass die Datei wie von Zauberhand verschwunden war, einfach weg. Ungläubig starrte sie auf die Sandwüsten ihres Computerbildes, das konnte doch nicht wahr sein. Fassungslos gab den Dateinamen ein und suchte das verlorene Dokument. Auf dem Bildschirm erschien: Es exzisiert keine Datei mit dem Namen „die Lehrerin c", der Dateiname ist ungültig. Es war wie verhext, sämtliche Dateien hatten sich im Datenmeer aufgelöst. Der derbe Verlust, löste in ihr ein Gefühl von grenzenloser Leere aus.

Wie lange hatte sie versucht, ihre Datei wieder herzustellen? Waren es eine Stunde waren es zwei, drei, vier, fünf Stunden, Tage, eine Woche? Sie wusste es nicht mehr. Nur, dass sie nicht in der Lage war den Computer richtig zu bedienen.

Dann fiel ihr Adrian ein, der würde ihr sicher alles wieder herstellen können. Sie musste ihn dazu bringen, dass er bereit war ihr zu helfen. Es würde viel zu lange dauern, alles noch einmal zu bearbeiten.

Diesmal versuchte sie sich etwas dezenter zu kleiden, nicht so viel Lippenstift, nicht so grell geschminkt, aber doch aufreizend anziehend. Die Perücke setzte sie nicht auf, doch die üppige Brust blieb im Blickfang. Auf das Singen wollte sie ebenfalls verzichten, denn sie hatte das Gefühl, dass das nicht so besonders angekommen war. Dabei sang sie doch so gern, und sie wurde schon oft wegen ihrer Stimme gelobt. Eigentlich wollte sie früher, als sie vierzehn, fünfzehn Jahre war, eine Zeit lang sogar Sängerin werden. Doch das hatte ihre Mutter ihr ausgeredet, für Mutter war das kein ordentlicher Beruf. Brotlose Kunst ist das, hatte sie stets behauptet. Und im Nachhinein gab sie der Mutter recht, es gab viel zu viele, die damit Geld verdienen wollten und nur wenige, die es schafften Erfolg zu haben.

Als sie fertig war betrachtete sich kritisch im Spiegel und war mit dem Resultat zufrieden, denn diesmal sollte Adrian sich nicht in sie verlieben, sondern den Computer erneut richtig einstellen und ihre aufwendig zusammen gestellte Datei wieder herstellen. Bevor sie ging, nahm sie sicherheitshalber aber auch die Waffe in die Hand und steckte das Pfefferspray in eine Tasche. Mit klopfendem Herzen, öffnete sie die Kellertür, blieb dort oben stehen und wartete erst mal ab.

Adrian hatte sich mit Wein zugeschüttet, um sich Mut anzutrinken. Da er aber nichts gegessen hatte, war er entsprechend nicht mehr Herr seiner Sinne. Als Cornelia davon überzeugt war, dass niemand ihr auflauerte, betrat sie auf leisen Sohlen den Keller. Völlig besoffen torkelte Adrian ihr entgegen. Ihm war schwindelig und in seinem Kopf drehte sich alles.

Als er Cornelia, sah versuchte er sich mühsam zu erinnern, was er eigentlich von ihr wollte und es viel ihm schwer einen Satz zu formulieren. Er zeigte mit dem Finger auf sie, mit schweren Schritten versuchte er sich sein Gleichgewicht zu halten, fiel dabei fast zur Seite und meinte stotternd: „Endlich habe ich sie gefunden, blieb vor ihr stehen und blinzelte mit den Augen, weil er sie doppelt sah. Verwundert bestaunte er sie, weil sie sich in eine andere verführerisch aussehende Person verwandelt hatte. Auf ihn wirkte sie jetzt wie eine Lolita und selbst die Falten glätteten sich, ihre blauen Augen strahlten scheinbar. Wie im Nebel betrachtete er sie und torkelte auf sie zu. Es konnte doch nicht sein, aber sie hatte einen Schmollmund wie B.B., seine Lieblingsschauspielerin aus den Sechzigern. Traum und Wirklichkeit verschmolzen dabei miteinander und er konnte, so betrunken wie er war, nichts mehr unterscheiden. In seiner wirren

Phantasie, lief es wie ein Film ab. Er steigerte sich in ein Wunschdenken hinein.

Da gab es ein Video von B.B., das er schon oft angesehen hatte. In dem Video tanzt sie um eine Harle-Davidson herum, in langen schwarzen Schaftstiefeln, einem Ledermieder und singt dabei in Französisch ein aufreizendes Lied.

Diese Szene spielte sich jetzt vor seinen Augen ab, obwohl in Wirklichkeit Cornelia vor ihm mit einer Pistole stand. Ohne das zu beachten, berührte er sie und lallte ihr ins Ohr: „B.B., du bist mein Augenstern." Cornelia wunderte sich, was war geschehen? Seine Leidenschaft wollte sich in ihren Körper graben. Aber sie wehrte ihn ab, ein besoffener Schüler, das war das Allerletzte. In diesem Zustand konnte er wohl kaum ihren Computer reparieren. Wie war er an den Alkohol gekommen, fragte sie sich?

Bei ihr gab es keinen Alkohol und erst recht nicht im Keller. Das war äußerst eigenartig.

Gierig griff er nach ihr und betatschte ihren Busen, der fühlte sich so an, wie sich der von B.B. anfühlen würde, weich und anschmiegsam. Wie elektrisiert. voller Leidenschaft wollte er sie umarmen und von ihr wissen: „Wo haben sie die Harle-Davidson gelassen? Hick."

Cornelia blickte ihn konsterniert fragend an, hatte keine Ahnung, was er meinte. Während sie ihn von sich weg schob, vertröstete sie ihn: „Die Harle-Davidson"? Was auch immer er damit meinte, er sollte ja mit ihr kommen, um die gelöschten Dateien wieder herzustellen. Deshalb schwindelte sie ein wenig: „Die steht oben im Wohnzimmer, möchtest du sie dir ansehen?"

Eigentlich wollte er nur schlafen, wusste überhaupt nicht mehr, was er denken sollte, stimmte aber zu: „Oh ja, das Motorrad ist eines der ältesten Modelle, das hat nicht jeder und summte, Easy rider, hicks, Born to be wild.

Der ‚leise graue Kamerad‘, wo haben Sie den gekauft?"

„Den habe ich geerbt," antwortete sie und steckte die Pistole ein.
Während sie ihm half, die Treppe hoch zu gehen, wollte er wissen:
„Von dem Mann der im Keller liegt? „Von dem Mann der im Keller
liegt," bestätigte sie und schleppte ihn weiter.

„So eine Harle-Davidson, mit der würde ich gern mal die Land-
straße ‚voll Spin‘ entlang donnern," fabulierte Adrian weiter, „und
dann geht es los, mit dem Fahrtwind im Rücken ab in die Freiheit,
dem endlosen Horizont entgegen ins Abenteuer, hinein ins Abend-
rot, dessen Naturschauspiel leuchtend am Himmel seine prächtigen
Farben auf die Erde wirft.

Dann hörte er nur noch wie sie ihn aufforderte: „Komm, setzt dich
auf meine Harle- Davidson und wir brausen los."

„ In den Sonnenuntergang," stimmte er zu und ließ den Kopf hängen,
während er statt auf dem Motorrad, auf einem Stuhl Platz nahm.
Seine letzten Worte waren ein unzusammenhängendes Gebrabbel.
Was Cornelia antwortete, hörte er schon nicht mehr, das klang ganz
weit weg, und ohne Übergang war er auf dem Stuhl eingeschlafen.
Cornelia holte sich silberfarbene Kleberollen und ein langes Seil und
band Adrian vorsichtig am Stuhl fest. Schließlich betrachtete sie zufrieden ihr Werk. Dann machte sie das Licht im Arbeitszimmer aus
und setzte sich vor den Fernseher, um noch ein wenig zu entspannen. Sie klickte die Programme durch, um zu sehen, was die einzelnen Sender zu bieten hatten, meistens blieb sie an einer Talkshow
oder Quizsendung hängen. Doch diesmal erblickte sie entrüstet drei
Nackte, zwei Frauen und einen Mann, die den Beischlaf vollführten.
Die beiden Frauen leckten sich gegenseitig ab, als wären sie gerade
am Verhungern, befühlten gegenseitig ihre Brüste in einer aufdring-
lichen Art und Weise, dass es aussah wie `` Denn sie wissen nicht,
was sie tun``. Und immer rammelte der Mann wie Karnickel auf

und ab, ohne Luft zu holen, die Frau von hinten und die Frau hatte Zuckungen, als würde sie gerade in eine Steckdose greifen. Es wirkte, als ob sie schon mal das Geld im Geiste zählten, das sie für diese akrobatischen Übungen erhielten. Cornelia schüttelte angewidert mit dem Kopf. Wieso zuckten die ununterbrochen, das konnte man ja nicht mit ansehen, in einem Tempo, als wollten sie noch einen Zug erreichen. Für heute hatte sie genug gesehen und noch im Traum verfolgte sie dieser kurze Akt. Ein riesengroßer schwarzer Affe legte sich zu ihr ins Bett, sein Ding war überdimensional gigantisch. Er beugte sich über sie. Cornelia schrie vor Entsetzten auf und wurde von ihrem eigenen Schrei wach, Erleichtert stellte sie fest, dass das bloß ein Traum war. Aber einschlafen konnte sie trotzdem nicht wieder. Sie ging in die Küche und bereitete schon mal das Frühstück für den nächsten Tag vor.

Am Morgen wachte Adrian mit einem Ruck, der durch seinen Körper zog, auf und wollte sich erheben. Aber etwas zwängte ihn ein, sodass er sich nicht bewegen konnte. Entgeistert blickte er an sich hinunter und stellte konfus fest, dass sein ganzer Körper überall an einen Stuhl gefesselt war und er genau auf Cornelias Computer blickte. Mit seiner ganzen Kraft bemühte er sich verzweifelt, sich aus dieser misslichen Lage zu befreien. Doch die Fesseln saßen unnachgiebig bombenfest und engten ihn ein, vor Schmerzen schrie er auf: „Hilfe, jemand hat mich angebunden. Ich will hier raus!"

Cornelia kam gelassen mit einem Tablett herein, auf dem ein Glas Saft stand. Sie hatte sich inzwischen umgezogen und erschien in ganz alltäglicher Kleidung, trug einen schlichten grauen Rock mit weißer Bluse und lächelte: „Es freut mich, dass du dich dafür entschieden hast mir zu helfen," sagte sie heiter.

Adrian verstand nichts und wiederholte: „Wann habe ich das angeboten?"

„Gestern, du hast zu mir gesagt, du würdest alles für mich tun."

Er versuchte sich zu erinnern. Aber da war nur ein schwarzes Loch. Er räusperte sich verlegen, fragte sich, wie das geschehen konnte und wie er sich jetzt verhalten sollte. Ratlos beschloss er, erst mal gute Miene zum bösen Spiel zu machen. Dabei dachte er an Köhler, der jetzt auf ihn wartete, ihm vertraute. Er hatte versprochen, auf sie einzugehen und das hatte er schließlich auch versucht, aber da hatte er nicht gewusst, dass sie ihn fesseln würde.

Ungeschickt hielt sie ihm das Glas Saft vor seinen Mund, sodass ein großer Teil daneben auf sein Shirt kleckerte. Den Rest trank er hastig in großen Zügen. Doch sie hielt das Glas derart verkrampft weiter an seinen Mund, dass er sich verschluckte. Er rang nach Luft, röchelte, der Hals kratzte. Anschließend weigerte er sich weiter zu trinken; er hatte genug.

„Ich habe Hunger", hustete er, während sich sein Bauch zusammen krampfte. Ohne ein Wort ging sie in die Küche und brachte ihm ein Käsebrot, das sie, in Häppchen zerteilt, in seinen Mund schob und dabei verlangte sie: „Du musst mir den Computer wieder einstellen, er ist hoffnungslos abgestürzt. Alles ist verschwunden und ich komme nicht damit klar, obwohl ich mich bemüht und jede Menge ausprobiert, bearbeitet und neu geladen habe, um meine Dateien wiederherzustellen. War alles umsonst! Schließlich sollte ich den Treiber JRL installieren, der im Programm angeblich fehlte. Bei der Suche nach einer kostenlosen Plattform hat sich ein aggressiver Anbieter eingeschlichen, ein fieser Virus, der sich nicht löschen lässt, er taucht ständig wieder auf und fordert, dass ich mich registrieren lassen soll.. Das will ich aber vermeiden. Ich bin ratlos."

Adrian verwies auf seine Hände, die ebenfalls an den Stuhl gefesselt waren und meinte: „Mit den Fesseln kann ich den Computer wohl schlecht bedienen."

„Das sollst du auch gar nicht," klärte sie ihn auf, du brauchst mir nur sagen, was ich tun soll."

...und Ding Dong schon breitete sich das ungebetene Programm mit aggressiv gestalteten Schriftzügen in grellen Farben auf dem Bildschirm aus. Adrian grinste innerlich, für ihn sollte das kein Problem sein dieses Programm zu löschen. Aber wollte er das? Erstmal schüttelte er mit dem Kopf: „Da haben Sie sich ja was schönes eingebrockt. Ich weiß nicht, ich weiß nicht, das wird schwierig. Da brauche ich noch etwas Zeit zum Nachdenken."

Cornelia war enttäuscht, sie hatte gehofft, dass Adrian das Programm gleich wieder herstellen würde. Für sie war der ganze technische Kram ein Buch mit sieben Siegeln.

Fieberhaft überlegte Adrian, wie er sich daraufhin verhalten sollte. Er musste sie dazu bringen, ihm die Fesseln abzunehmen. Zögerlich begann er sie zu dirigieren, ließ sie unsinnige Befehle ausführen und tat dabei, als ob die Anweisungen ihre unumstößliche Richtigkeit hätten. Doch was immer er ihr ins Ohr diktierte, es war falsch. Er musste sie hinhalten und später in Ruhe überlegen, wie er aus dieser Sache seinen Nutzen ziehen könnte.

Die Wiederherstellung dauerte länger als Cornelia angenommen hatte. Allmählich wurde Cornelia immer reizbarer, sie wurde unruhig. Wieso tat er sich derart schwer? Ständig mokierte er sich, belehrte sie: „Das ist die verkehrte Seite, Sie vertippen sich ständig ,ich sagte bearbeiten und Ansicht."

„Nein, das stimmt nicht, ich richte mich genau nach deinen Anweisungen. Vielleicht sollten wir eine Pause einlegen," schlug Cornelia vor, denn irgendwie kamen sie einfach nicht auf einen gemeinsamen Nenner.

Scheinbar war Adrian doch nicht der Computerguru für den sie ihn gehalten hatte. Seit längerem saßen sie nun schweigend nebeneinander, weil Adrian nachdenken musste. Ihre Geduld wurde auf eine harte Probe gestellt. Fast wie beim Scrabble, wenn sie es ab und zu mal mit Mechthild, einer Kollegin, spielte. Die konnte auch stundenlang überlegen welches Wort sie anlegen wollte, wobei die Kollegin Deutschlehrerin war, die hätte eigentlich schneller denken und eher ein geeignetes Wort finden müssen. Aber nein, erst grübelte sie hin und her über die Felder, die am meisten Punkte ergaben, und am Ende legte sie dann doch nur irgendwo einen Buchstaben an.

Plötzlich klingelte jemand Sturm an der Haustür. Cornelia zuckte zusammen. Eigentlich wollte sie niemandem öffnen, nur ihre Ruhe haben, aber der Klingelton wurde beharrlich gedrückt, zweimal kurz, einmal lang. Sie öffnete wegen dieser penetranten Belästigung wütend die Tür und als sie sah, dass es Britta war, schrie sie die an: „Was willst du denn schon wieder! Ich habe dir doch gesagt, dass ich nichts mit dieser Sache zu tun haben möchte, verschwinde!" und knallte die Tür zu. Aber Britta streckte Blitzschnell ihren Fuß dazwischen: „ Frau Satorius, hören sie doch erst mal zu, was Ihnen zu sagen habe," bettelte Britta inständig. Die Polizei hat eine neue Spur ermittelt, hören Sie. Sie brauchen sich keine Sorgen zu machen."

Cornelia öffnete die Tür wieder, aber nur einen kleinen Spalt und hakte nach: „Was hat die Polizei heraus gefunden?"

„Jemand hat ihnen erzählt, dass er die zwei auf der CEBIT in Hannover gesehen hat. Ist das nicht toll, die leben!"

„Ja, also", Cornelia war einen Moment sprachlos. Demonstrativ trat Britta jetzt von einem Bein auf das andere: „Könnte ich mal ihre Toilette benutzen, ich muss wirklich dringend!" spielte sie der Lehrerin vor, damit sie in die Wohnung kommen konnte.

Cornelia war immer noch perplex, machte geistesabwesend die Tür auf, ließ Britta herein und meinte beiläufig:

„So, so, man hat die beiden bei der Computermesse gesehen, weiß du zufällig was sie da wollten?"

Britta nahm ihr Kaugummi aus dem Mund und antwortete: „Klar doch, sie wollten sich über die neusten Trends informieren, die kleinen Notebooks, wie die Hauptprozessoren jetzt ausgestattet sind und all so'n Scheiß."

Cornelia verbesserte sie: „Aber Britta, das sagt man doch nicht," und ergänzte mit der Erklärung: „Immer geradeaus die letzte Tür rechts ist das Gäste - WC".

In diesem Moment klopfte die Mutter oben mit dem Stock und verlangte durchs Haus schreiend eine Tasse Tee. Einen Moment schwankte Cornelia, ob sie der Mutter gerade jetzt den Tee bringen sollte. Aber da sie ihn schon zubereitet hatte, der Tee sonst kalt werden würde und es ja schnell gehen sollte, wenn sie ihn eben mal nach oben brachte, erfüllte sie der Mutter den Wunsch. Britta war schließlich noch auf der Toilette.

Doch Britta hatte nur auf so eine Möglichkeit gewartet. Hinter der Klotür stehend nutzte sie den Augenblick und durchstreifte auf leisen Sohlen das Haus. Sie spürte förmlich, dass da etwas nicht in Ordnung war und flüsterte: „ Adrian, bist du hier irgendwo?" Doch der konnte nicht sprechen. Cornelia hatte ihm vorsorglich ein Tuch in den Mund gestopft. Trotzdem scharrte er verzweifelt mit den Füßen und versuchte einen Ton zu erzeugen. Als Britta ihn entdeckte, war sie entsetzt, ihr war zum Heulen, wie konnte die Lehrerin ihm so etwas antun, ihn so zu fesseln und warum?

So schnell wie möglich versuchte sie Adrian los zu binden, doch das war schwieriger als sie es sich vorgestellt hatte. Sie brauchte dazu viel zu lange.

„Das hast du dir ja fein ausgedacht, mein Fräulein, aber nicht mit mir."

Britta drehte sich erschrocken um. Hinter ihr stand Cornelia mit einer Pistole in der Hand und zielte auf sie.

Britta fluchte: „ Mist" und rechtfertigte sich stotternd, „ich wollte ihn doch bloß die Fesseln lockern, die drücken doch."

„Das könnte dir so passen, du kommst dir wohl besonders schlau vor. Mich legt man nicht so schnell rein, von wegen CEBIT. Du hast meine Geduld überstrapaziert und gehst jetzt schön mit mir mit, mein Fräulein, ein falscher Schritt und ich erschieße dich," drohte Cornelia und wedelte mit der Pistole hin und her.

Sie verlangte von Britta, dass sie die Kellertür öffnen und hineingehen sollte. Britta gehorchte, aus Angst vor der Pistole betrat sie den Keller. Hier roch es feucht und muffig, hier wollte sie nicht bleiben und drehte sich auf dem Absatz um. Doch Cornelia hatte die Tür schnell abgeschlossen und nun saß Britta fest. Ungestüm ballerte sie aufgebracht gegen die Tür, wobei sie forderte: „Öffnen Sie sofort wieder die Tür. Das können Sie doch nicht machen, dazu haben sie kein Recht."

Wütend hämmerte Britta ununterbrochen weiter.

„Das ist so ziemlich das Dümmste, was du gegen sie machen kannst. Sei froh dass sie dich nicht erschossen hat," hörte sie eine Stimme im Hintergrund sagen, die ihr bekannt vorkam. Ungläubig blickte sie sich um und konnte es kaum fassen. Im Keller der Satorius trieb sich ihr Mathelehrer herum und redete mit ihr, als wäre es das Selbst verständlichste von der Welt.

„Wo kommen Sie so plötzlich her?" fragte Britta staunend mit offenem Mund. „Hallo erst mal," begrüßte er sie freundlich und schüttelte ihre Hand wie einen rettenden Anker: „Wie kommt es, das du hier bist?" wollte er wissen.

Britta, die sich das mit der CEBIT ja nur ausgedacht hatte, verstand immer noch nicht, was die beiden im Keller verloren hatten, das stimmte hinten und vorn nicht.

„Was überlegst du?"

„Ach, nicht wichtig. Die alte Schabracke hatte Adrian vor ihren Computer gesetzt und gefesselt. Ich wollte Adrian befreien, da kam die Satorius und hielt mir die Pistole vor die Brust."

„Was!"Köhler schrie auf, „er ist gefesselt, wie soll er uns da helfen? Er ist aber auch zu nichts zu gebrauchen. Na dann, komm in unser Versteck, hier sind wir nicht mehr sicher. Wenn Adrian gefesselt ist, wird er uns so schnell nicht befreien können," machte eine Pause und rang um Fassung. In seinem Mund sammelte sich Speichel, er spuckte verächtlich auf den Kellerboden und meinte: „ Wir sollten uns auch etwas überlegen, lange halte ich es in diesem Drecksloch nicht mehr aus."

Britta war ihrerseits erleichtert, dass sie nicht allein im Keller war und hatte jede Menge Fragen an den Lehrer. Was verband die beiden? Köhler hatte ihr sicher viel zu erzählen.

Als sie den Raum unter der Treppe betrat, staunte sie und konnte es kaum glauben: „Und Sie sind sicher, dass Frau Satorius von diesem Raum keine Ahnung hat?"erkundigte sie sich zweifelnd.

„ Ganz bestimmt, hier war alles unberührt, als Adrian diese Raum entdeckte. Aber leider gibt es nur saure Gurken oder Wein und ich vermute Adrian hatte zu viel getrunken. Auf deutsch gesagt, er war Stirn-hacke-voll, als er Cornelia überreden sollte uns frei zu lassen. Außerdem hat sie nicht die geringste Ahnung dass ich noch lebe. Sie hat mich die Treppe herunter gestoßen, als ich die Kommode für sie nach unten getragen habe. Nach dem Sturz war ich kurze Zeit bewusstlos. Wahrscheinlich glaubte sie, ich sei tot und schleppte mich in die Kühlkammer."

Das dort noch eine Leiche in Frieden ruhte, verschwieg er, um ihr nicht unnötig Angst einzujagen. Er schenkte Britta ein Glas Rotwein ein und prostete ihr zu. „Wenn du eine Idee hast, wie wir Cornelia überlisten könnten, nur zu, tu dir keinen Zwang an."

„ Wir könnten ihr doch sagen, dass ich bei der Polizei ausgesagt hätte, sie hätte Adrian entführt," schlug Britta vor.

„Das glaubt sie dir im Leben nicht, und wenn doch, nimmt sie uns noch als Geiseln und erschießt einen nach dem anderen," prophezeite Köhler, „ denn wenn sie den Keller betritt hat, sie stets die Waffe in der Hand."

„Schenken Sie mir noch etwas Wein ein," bat Britta und hielt ihm das leere Glas vor die Nase und während sie trank, musste sie lachen, prustete los, und ein Schwall Tropfen liefen ihr aus dem Mund."

„Was ist daran so lustig?"

„Gar nichts", wedelte Britta abwehrend mit den Armen und genoss jeden Schluck, „ ich hatte mir nur gerade vorgestellt, wir könnten den Keller in die Luft sprengen, doch dann ist mir eingefallen, dass wir ja im Keller sind, verstehen Sie?"

„Nicht wirklich,"schüttelte Köhler den Kopf, „aber das in die Luft sprengen war kein schlechter Gedanke."

GEFESSELT

Adrian war am Boden zerstört, weil Brittas Versuch, ihn zu befreien fehl geschlagen war. Sein Puls war auf 180 gestiegen, als sie plötzlich im Raum stand und ihn von den Fesseln befreien wollte. Was geschah nun mit ihr? Jetzt hatte sie sich auch noch wegen ihm in Gefahr gebracht. Er war so wütend auf sich, auf Cornelia, auf die ganze Welt, dass er durch das Tuch im Mund hindurch brüllte: „Lassen Sie endlich ihre dämlichen Spielchen!"

„Na,na," Cornelia drohte mit dem Zeigefinger, „du musst doch nicht gleich so ausfallend werden." Sie holte sich einen Stuhl aus der Essecke, stellte ihn neben Adrian und versprach: „ Deine Freundin ist bei mir in Sicherheit, sobald du den Absturz rückgängig gemacht hast, seid ihr frei. Nur du allein kannst dafür sorgen, indem du endlich anfängst richtig zu suchen " und dabei kontrollierte sie, ob die Fesseln auch noch sachgemäß zugebunden waren. Anschließend nahm sie ihm mit einem Seufzer das Tuch aus dem Mund.

„Welche Garantie geben Sie mir, wenn ich wirklich ihre Datei wiederherstelle"? schüttelte Adrian den Kopf, „ Sie würden mich doch sowieso niemals gehen lassen." Er erinnerte sich an eine Nachbarin von früher. Die hatte sich Bücher ausgeliehen und es nie für nötig gefunden diese zurück zu geben. So wie Cornelia ihn jetzt anblickte, musste er unwillkürlich an diese Alte denken, leicht gekrümmt, mit Kittelschürze bekleidet, hatten die zwar nicht die geringste Ähnlichkeit miteinander, nur dieser verstohlene Blick, nur der Blick war der gleiche, und das erinnerte ihn an Kohlrouladen. Es ging das Gerücht um, sie sei eine böse Frau, weil die jeden Ball einbehielt, der auf ihr Grundstück geschossen wurde. Das passierte, wenn die Jungen Fußball, auf der Straße vor ihrem Grundstück spielten. Aus irgend welchen Gründen landete der Ball immer aus Versehen

in ihrem Garten. Leicht gekrümmt, in immer denselben geblümten
Kittel gekleidet, sammelte sie jeden der Bälle ein, wobei sie aufgewühlt vor sich her brummelte: „ Ihr Lumpenpack glaubt wohl, ihr
könnt euch alles erlauben. Euch werde ich es noch zeigen. Den Ball
seht ihr nie wieder."

Ihr Leben war wohl von Schicksalsschlägen gezeichnet und das hatte sie taub gemacht. Der Mann war im Krieg gefallen, und sie zog
allein die einzige Tochter groß. Als Adrian damals mit seiner Familie
in das Haus daneben gezogen war, lebte sie schon in diesem Kokon
der Einsamkeit. Die Tochter wohnte in einer anderen Stadt und kam
sie nie besuchen. Wie eine Spinne im Netz, die auf ihre Beute lauerte, wartete sie scheinbar auf die Bälle der Kinder, die im Umkreis
wohnten. Angeblich hieß es, wenn aus ihrem Schornstein gelblich
giftige Rauchwolken quollen: Sie verbrennt mal wieder einen Ball.

Warum ihn die Satorius an die Nachbarin erinnerte, wusste er auch
nicht zu sagen und er fragte Cornelia: „Haben Sie Bälle?" sie sah ihn
verständnislos an und antwortete gereizt; „Nein, was soll ich damit,
warum willst du das wissen?" „Nur so, vergessen Sie es."

Als sie sich neben ihn setzte, strich sie vertrauensvoll über seinen
Rücken und meinte: „Schade, du weißt nicht, was du versäumst.
Was kann dir so ein unreifes Kind wie Britta schon bieten? Wir ge-
hören doch eigentlich zusammen."

Als sie ihn am Anfang verführen wollte, hatte er sogar ein schlechtes
Gewissen, weil er sie nicht attraktiv fand und ihr einen Korb gegeben hatte. Aber jetzt hasste er sie abgrundtief und spuckte vor ihre
Füße: „ Britta sieht wenigstens gut aus. Was wollen Sie überhaupt
von mir? Warum lassen sie mich nicht einfach gehen?"

„Du ungezogener Junge! Na, na," wedelte sie mit dem Zeigefinger
scherzhaft vor seinen Augen: „wir wollten doch meine verlorenen
Dateien wieder herstellen, du willst doch nicht, dass ich deine

Freundin im Keller verhungern lasse."

„Ach, daher weht der Wind, jetzt verstehe ich, aber lassen Sie uns auch frei, wenn alles wieder funktioniert?"

„Das wirst du schon noch merken, finde lieber erst mal meine verlorenen Daten. Also was ist, was soll ich eingeben."

In Gedanken sah er Britta und Köhler vor sich, wie sie auf der Matratze im geheimen Zimmer lagen, wie Britta ihren wohl geformten Körper an den des Lehrers schmiegte. Wie er ihrer jugendlichen Energie nicht mehr widerstehen konnte, er langsam jedes Kleidungsstück einzeln auszog. Nein, an so etwas durfte er gar nicht erst denken, nicht einmal im Traum. Er war ihr Lehrer, das würde er nicht machen. Aber Adrian wünschte, Köhler würde auf Britta aufpassen. Sie war oft zu leichtfertig, ließ sich auf Dinge ein, die sie eigentlich meiden sollte. Ihre Devise war: wenn ich Bock habe, mache ich das, was mir gefällt, niemand hat mir Vorschriften zu machen."

„Was soll ich eingeben?" wiederholte Cornelia geduldig und damit sie endlich Ruhe gab, lies Adrian sie auf ‚Repair' gehen, dort wurde ein kostenloses Wiederherstellungsprogramm angeboten. Damit konnten angeblich Daten gerettet und gelöschte Dateien wieder gefunden werden. Adrian trieb zur Eile an, denn er wollte so schnell wie möglich jetzt alles wieder herstellen und die lästigen Fesseln los werden. Außerdem hoffte er, dass sie dann wenigstens Britta wieder gehen lassen würde.

Cornelia führte alles sachgemäß aus und auf dem Bildschirm erschien die Frage: „Möchten Sie die gefundenen Dateien wieder herstellen und alternativ in Baumstruktur anzeigen lassen? „Meinetwegen, wenn es hilft, auch Baumstruktur," genehmigte Cornelia. Danach wurde die Frage auf dem Bildschirm gestellt: Sind Sie damit einverstanden, dass auf ihrem Computer Änderungen im System vorgenommen werden? Das allerdings erschien Cornelia zu riskant, obwohl Adrian warnte: „Wenn sie das nicht zulassen, kommen wir nicht weiter, dann können wir das Suchen nach Ihren Dateien ganz vergessen."

Adrian bekam langsam ein seltsames Kribbeln in den Beinen. Er konnte die Fesseln nicht länger ertragen, bekam Pickel, am ganzen Körper, die juckten. Er weigerte sich, weiter im Netz zu suchen und erklärte: „ Sie können die Dateien abschreiben, die sind weg und in diesem Zustand kann ich auch nicht irgendetwas suchen." dabei spuckte er ihr diesmal vor Abscheu ins Gesicht.

Angeekelt wischte sich Cornelia mit dem Ärmel die Spucke weg.

DIE LEITER

Eine eigenartige Spannung lag in der Luft. Bisher hatte Köhler Britta nur als eine unter vielen Schülerinnen wahr genommen, als ein überspanntes buntes Huhn und nun lag sie auf der Matratze und kaute bockig an ihren Fingernägeln. Ein nicht allzu appetitlicher Anblick. Aber irgendwie strahlte ihre bockige Jugendlichkeit besonders auf seine Gefühlswelt aus und er musste sich sehr beherrschen, um die Nähe nicht auszunutzen. Er war immer noch ihr Lehrer, auch wenn sie in derselben Situation steckten und so etwas wie eine Notgemeinschaft gebildet hatten. Zu allem Überfluss gab es hier nichts, aber auch gar nichts, was einen ablenken konnte. Sie waren in diesem Raum auf eine besondere Art verbunden und trotzdem jeder auf sich konzentriert.

Wie er sie so in sich selbst vergessen liegen sah, musste er an damals denken. Damals, als er seine Frau kennen gelernt hatte. Da war ihr Verlangen nach gegenseitiger Nähe noch intakt. Sie begehrten einander, als würde es kein Morgen geben. Materielle Dinge spielten nur eine geringe Rolle. Sie hatten wenig Geld zur Verfügung, außer diesen einem gemeinsamen Traum. Und wie schnell war der in eine Sackgasse geraten, hatten sie sich im Alltag verloren. Als das erste Kind kam oder war es beim Zweiten? Er konnte es nicht sagen, an keinen Tag festmachen, es geschah ganz schleichend. Eines Tages musste er feststellen, dass das Feuer erloschen war und sie sich nur noch um Bagatellen stritten. Zugegeben es war nicht richtig, die Situation mit Cornelia auszunutzen, aber er war in einem Tief gewesen und hatte nicht lange nachgedacht, eigentlich überhaupt nicht. Das war aber doch kein Grund, ihn die Treppe hinunter zu stoßen. Sie hatte sich auf dem Ausflug schließlich nicht lange bitten lassen. Es war eben passiert, und er hatte ihr nie etwas versprochen.

„Herr Köhler, was ich sie schon immer fragen wollte," platzte Britta
in seine Überlegungen, „ sind Sie eigentlich gern Lehrer?"
Mit dieser Frage hatte er nun überhaupt nicht gerechnet: „Ja nun,
eigentlich ja" und erklärte, ohne dass sie ihn lange Fragen musste,
die Vorzüge seines Berufes: „Man hat viel mit jungen Menschen zu
tun und ist wenigstens im Unterricht unabhängig. Ich kann sagen,
dass ich es nicht bereue Lehrer geworden zu sein. In meinem Beruf
brauche ich jedenfalls auch eine gewisse Sicherheit. Selbständig sein
wäre nichts für mich," das sagte er jedem, der ihn fragte.
Dabei wollte er nie Lehrer werden, nie etwas mit Kindern zu tun
haben, das waren für ihn selbstsüchtige kleine Monster gewesen,
hatten nur ihre eigenen Interessen im Kopf. Er hasste das, was aus
ihm geworden war, den täglichen Trott, und er hasste sein eigenes
Bedürfnis nach Sicherheit. Eigentlich wäre er gern Bauer geworden,
mit einem großen Hof und allem, was dazu gehört, aber das war
auch nur ein Traum. Denn Dreck im Stall ausmisten und morgens
früh aufstehen und die Kühe melken, das wollte er auch nicht. Und
als er seiner Mutter mal früher, diesen Berufswunsch verraten hatte,
hatte sie es ihm sofort versucht auszureden und ihm einen langen
Vortrag über den Wert einer höheren Schulbildung und eines Stu-
diums gehalten. Als Bauer bist du in der Gesellschaft ganz unten
und bekommst kaum eine Anerkennung für diese Leistung. Aber
zum Beispiel als Arzt kriegst du Respekt, da buckeln die Leute, hatte
seine Mutter behauptet. Nur den Gefallen Arzt zu werden, konnte
er seiner Mutter nicht erfüllen, selbst wenn er gewollt hätte. Dafür
war sein Notendurchschnitt nicht gut genug, dafür reichten seine
Zensuren nicht aus.
„Ich habe mir auch schon überlegt, ob ich mal Arzt werden sollte."
„Nur zu, du musst aber mit Menschen gut umgehen können, sonst
kann der Beruf dich auffressen."

„Wie die Satorius?"

„ Das hast du gesagt, dazu kann ich mich eigentlich nicht äußern, aber wahrscheinlich hast du recht. Die ist total überfordert, sonst würde sie sicher nicht so handeln."

„Das habe ich auch bei der Polizei ausgesagt."

„Du warst bei der Polizei?"

„Klar, war ich, aber denen konnte ich nicht weiter helfen. Ich hatte ja nur den Verdacht, dass die Satorius etwas damit zu tun haben könnte. Deshalb war ich ja hier."

„Und weiß das die Polizei?" Köhler schöpfte ein klein wenig Hoffnung.

„Nein, nicht das ich wüsste. Aber vielleicht hat mich ja der Kommissar Hartung wieder verfolgt, der kommt immer hinter mir her."

„ Dann hätte die Polizei uns längst befreit."

„Ich will nach Haus!"

Britta stand mit einem Mal auf, rannte die Kellertreppe hoch und klopfte und hämmerte wie wild geworden gegen die Tür. „Machen Sie sofort die Tür auf!" schrie sie, „das können sie mit mir nicht machen, ich will hier raus!"

Als alles Klopfen und Hämmern nichts half, ließ sie sich auf die Treppenstufen fallen und bekam sie einen Weinkrampf.

Köhler, der sich neben sie gesetzt hatte, versuchte sie zu trösten, strich ihr fürsorglich über den Rücken. Während sie sich Schutz suchend an ihn lehnte, verstand er es wieder einmal falsch, denn er glaubte, sie fühlte das auch, etwas geriet in ihm durcheinander, kam ins Klingen. Etwas wie Sucht nach Körperkontakt überschwemmte seine Gefühle, die er jedoch zur Seite schob, die aber jeden klaren vernünftigen Gedanken trotzdem ausschalteten.

Das anfänglich fürsorgliche, beschützende Gefühl wich einem Begehren, das jegliche Bedenken über Bord warf und ihn hemmungslos überflutete.

Er wischte ihr die Tränen aus dem Gesicht und strich einige Haarsträhnen zurück. Dann näherte er sich ihr und versuchte ihr die Tränen weg zu küssen . Aber Britta war nicht Cornelia, sie wusste genau, was sie wollte und das war nun in keinster Weise Köhler. Der sie jetzt fest an sich drückte und versuchte ihr einen leidenschaftlichen Kuss zu geben.

Sie schob ihn entrüstet von sich fort und protestierte entschieden: „Was soll das? Sie sind mein Lehrer und weiter nichts, wenn Sie noch einmal versuchen mich zu küssen dann trete ich Sie dahin, wo sie lieber nicht getroffen werden möchten."

Die bis dahin vertraute Gemeinsamkeit war auf einen Schlag einem eisigen Schweigen gewichen. Britta stand auf, ging beleidigt in den geheimen Raum und forderte von Köhler, indem sie drohend mit einem Finger auf ihn zeigte: „Kommen Sie mir bloß nicht hinterher!"

Er ärgerte sich maßlos über sich selbst. Was war bloß in ihn gefahren, das durfte nicht noch einmal passieren und er nahm sich fest vor, diesmal musste er Cornelia überwältigen. Diesmal durfte es nicht schief gehen, das war er Britta schuldig.

Er hatte sich sowieso schon überlegt, dass er Cornelia mit der ausgeschalteten Heizung nochmal in den Keller locken wollte. Dann würde er sich zeigen und sie zur Rede stellen, da konnte sie noch so viele Pistolen in der Hand halten. Wenn sie schon eine Geisel brauchte, dann wollte er sich zur Verfügung stellen. Er machte sich, zu allem entschlossen, auf den Weg in die Heizungsanlage.

Die Tür quietschte und knarrte beim Öffnen. Es war der wärmste

Raum im Keller. Die Heizung sprang an, er zuckte zusammen, im Augenblick nervte ihn jedes Geräusch und er übersah den Eimer, den er selbst beim Aufräumen mitten vor die Heizung geschmissen hatte. Er stolperte darüber, suchte mit der einen Hand suchte Halt, geriet versehentlich an den Kontrollknopf des Wassertanks und schaltete ihn dabei um, ohne es zu merken.

In demselben Augenblick, als er vor dem Hauptschalter stand, hörte er mit einem Mal, wie die Kellertür geöffnet wurde und aufgeregte Stimmen nach unten drangen. Sofort ließ er alles stehen und liegen, stolperte wieder über den Eimer, fing sich und lauschte mit klopfenden Herzen, was die Stimmen sagten. Cornelia hörte sich verärgert an, sie war übermüdet und konnte keinen klaren Gedanken mehr fassen. Ihre Stimme hörte sich ganz schrill und hoch an, wie immer, wenn sie sich über etwas aufregte. Scheinbar hatte Adrian sie schrecklich beleidigt.

„Sieh zu, wie du in Zukunft klar kommst, mich legst du nicht noch einmal rein." Was konnte das nur wieder bedeuten? Köhler überlegte und vergaß, dass er die Heizung eigentlich still legen wollte und so fing das Überdruckventil, gegen das er gestoßen war, an zu steigen. Der Wassertank spielte verrückt. Der rote Zeiger stieg langsam höher und höher und näherte sich allmählich dem roten Bereich. Es wurde gefährlich, denn der Wassertank drohte zu zerbersten, und dann würde es eine riesige Explosion geben. Der Tank stöhnte und ächzte und mit jeder Minute, mit jedem Ticken, näherte sich der Zeiger einem riesigen GAU. Die Gefahr einer Explosion rückte unerbittlich näher. Endlich hörte auch Köhler das Rattern, das aus der Heizung dröhnte. Das Geräusch hörte sich komisch an und er beschloss, sich den Schaden näher anzusehen und den Grund heraus zu finden.

Zwar erkannte er, dass da irgendetwas total aus dem Ruder lief, aber er wusste nicht warum und hatte keine Idee, wie er den Vorgang noch stoppen konnte. Sein Hirn war wie leergefegt, eine tiefgehende Angst überfiel ihn.

Cornelia war fassungslos, Adrian hatte ihr tatsächlich mitten ins Gesicht gespuckt und sein Rotz rann ihr über die Nase in den Mund. Sofort lief sie in die Küche und riss sich von einer Papierrolle ein Blatt ab, mit dem sie sich über die Lippen wischte bis alles weg war. Das würde sie ihm heimzahlen, das hätte er nicht machen dürfen. Nun hatte sie endgültig genug von seinen Launen. Sie nahm die Küchenschere aus der Schublade und griff sich die Pistole:
„Du wolltest von den Fesseln befreit sein, also gut, aber ich glaube nicht dass es dir gefallen wird," schimpfte sie und schnitt seine Hände frei. Dann fuchtelte sie mit der Pistole vor seiner Nase herum und drohte: „Eine falsche Bewegung und du bist tot."
Er durfte sich jetzt die Fesseln selbst durchschneiden, während sie mit scharfen Blicken kontrollierte, ob er die Schere auch wirklich nur zu diesem Zweck benutzte. Als er fertig war, forderte sie ihn auf in den Keller zurück zu gehen.
Adrian gehorchte, er war nur erleichtert, dass er endlich die Fesseln los war. Allerdings wunderte er sich, dass er wieder in den Keller zurück gehen sollte. Doch er tat, was sie von ihm verlangte. Mit der Pistole in der Hand hatte sie die besseren Argumente.
Beim Betreten des Kellers hörte Adrian ein seltsames Dröhnen und wunderte sich über das komische Geräusch, nahm es aber nicht weiter Ernst, sondern war mit seinen Gedanken ganz woanders, stellte sich vor, wie Köhler und Britta ihn mit offenen Armen jubelnd empfangen würden. Doch wie er vorsichtig die Schiebetür öffnete, die in das geheime Zimmer führte, schrie Britta ohne hoch zu gu-

cken: „Raus hier, ich habe Ihnen doch gesagt Sie sollen sich nicht mehr blicken lassen!“

„Was ist los? Erkennst du deinen besten Freund nicht mehr?“

„Ach du bist es!“ Über Brittas Gesicht fiel ein breites Grinsen der Erleichterung, ich dachte, es wäre Köhler.“

Adrian gab ihr einen Kuss auf die Stirn; „Was hat der Alte denn so schlimmes verbrochen, dass du ihn nicht sehen willst?“

„Er hat mich geküsst und meine Situation ausnutzen wollen,“ sagte sie empört. „Stell dir das mal vor, ich heule und ihm fällt nichts anderes ein als mich zu küssen und meinen schwachen Moment auszunutzen. Nun ist mein Vertrauen in ihn total geschrumpft, ich zittere bei dem Gedanken ihn sehen zu müssen.“

„Soll ich ihn verprügeln und dich rächen? Was schlägst du vor?“

„Nichts, er soll mich bloß in Ruhe lassen.“ Britta war gleich wieder zum Heulen.

„Na ja, ich habe mich auch nicht gerade mit Ruhm bekleckert,“ gestand Adrian.

„Was hast du denn so Schlimmes angestellt? Kann ich mir bei dir gar nicht vorstellen.“

„Ich habe der Satorius mitten ins Gesicht gespuckt, weil sie mich mit ihrer dämlichen Art total genervt hat. Daraufhin hat sie mich wieder in den Keller geschickt und ich weiß nicht, was sie vor hat, nur eins weiß ich, es ist bestimmt nichts Gutes. Es tut mir so leid, dass ich nichts Besseres aus der Situation gemacht habe. Adrian legte seinen Kopf in ihren Schoß. Sie streichelte über seine Haare und meinte nur: „Mach dir keine unnötigen Gedanken.“

In diesem Moment riss Köhler die Tür kurz auf, schloss sie heftig hinter sich und schrie: „Geht in Deckung, wir müssen in Deckung gehen, gleich explodiert die Heizung!“

Die Beiden wussten kaum, wie ihnen geschah. Er riss sie vom Bett in

die hinterste Ecke des Raumes, kippte den Tisch davor und schmiss
sich über die Beiden. Minutenlang lauerten sie in dieser Stellung,
schlossen die Augen, hielten den Atem an, harrten der Dinge, die
kommen sollten. Es geschah erst mal nichts.

„Was ist? Willst du uns auf den Arm nehmen?"

„Nein, obwohl das besser wäre, wenn die Heizung nur aufhören
würde zu funktionieren. Dann stellen wir sie eben einfach wieder
aus, statt hilflos zu warten."

„Das geht nicht mehr, ich habe es versucht."

„Ach quatsch," behauptete Adrian, stand auf und meinte: „Ich geh
mal nachschauen."

Er hatte sich noch nicht ganz erhoben, da pfiff es eindringlich, pol-
terte, Wind kam auf. Sie hielten sich die Ohren zu, dann gab es
einen furchtbaren Knall, als ob die Erde untergehen würde. Gegenstände flogen durch die Luft und prallten gegen den Tisch, alles wir-
belte durcheinander und dann brannte es. Der Weg aus dem geheimen Zimmer war jetzt total versperrt, ihnen blieb nicht mal mehr
die Flucht aus dem Keller.

Oben bei Cornelia sah es nicht besser aus. Cornelia war gleich zu
ihrer Mutter gelaufen. Die sah sie nur mit großen Augen verständnislos an: „Ist jetzt wieder der Krieg ausgebrochen? Haben die Rus-
sen auf uns geschossen? Kind, nein, das will ich nicht schon wieder
durchmachen." jammerte sie.

„Nein Mutter, aber irgendwas ist im Keller explodiert. Ich bleibe bei
dir, wir müssen warten bis die Feuerwehr kommt."

So schnell verlor sie nicht die Fassung. Wenn der Keller ausbrannte,
war sie all ihre Probleme los und hatte nicht einmal Schuld daran.
Der Gedanke, nochmal neu anfangen zu können, gefiel ihr. Sie würde sicher kein Haus mehr mit einer Kühlkammer kaufen und auch
nicht mit Keller. Es tönten die ersten Signale der Feuerwehr. Auf-

geregt winkend rief Cornelia vom oberen Flur: „Hier sind wir, hier sind wir!" den Feuerwehrleuten entgegen, die ins Haus gekommen waren. Im ganzen Haus knisterte es jetzt. Das meiste war verkohlt, als sie mit der Mutter von den Feuerwehrleuten hinaus getragen wurden. Alle wichtigen Papiere und Unterlagen hatte Cornelia, noch bevor sie zur Mutter ging in eine Tasche gepackt. Ihr ganzer für sie wichtiger Besitz passte in eine Reisetasche. Der Feuerwehrmann wollte von ihr wissen: „Sind noch andere Personen im Haus die eventuell gerettet werden müssen?" Einen kurzen Moment zögerte sie, überlegte, dann sagte sie: „Nein, ich lebe allein mit meiner Mutter in dem Haus."

Da Cornelia über keine weiteren Verwandten verfügte, wurde die Mutter erst mal in einem Pflegeheim untergebracht, und Cornelia suchte sich in der Nähe eine Unterkunft.

Die Mutter weigerte sich, jammerte: „ Ich will hier nicht bleiben, hier sind alles alte Leute." „Das ist ja nur für ein paar Tage, wenn das Haus wieder bewohnbar ist, hole ich dich zurück," beruhigte Cornelia sie.

Schließlich fuhr sie noch einmal zum Haus, um sich zu informieren und um herauszufinden, in wieweit die im Keller Eingeschlossenen noch am Leben waren.

Der zuständige Gutachter war gerade mit seiner Untersuchung fertig geworden und teilte Cornelia die entsprechenden Maßnahmen, die getroffen werden mussten, beredsam mit: „Also, Sie haben sozusagen noch einmal Glück im Unglück gehabt," meinte er und versuchte sie aufzuheitern, „das Haus ist freigegeben, dass bedeutet, es ist bewohnbar. Die Explosion hatte nicht die Ausmaße, die zuerst angenommen wurden. Der Brandschaden hält sich in Grenzen. Die Ursache des Brandes rührt daher, dass der Heizkessel schon sehr alt war und sich quasi verpufft hat. Natürlich müssen sie für eine neue Heizung sorgen, und es sind auch noch ein paar Reparaturen notwendig, aber es hält sich alles in allem in einem überschaubaren Rahmen. Im Prinzip hat sich der Brand nur im Keller ausbreiten können. In wieweit die Versicherung den Schaden übernehmen wird, müssen Sie allerdings mit der Versicherung regeln. Das wäre vorläufig alles, was ich Ihnen dazu sagen kann."

Dann war Cornelia mit einem Mal wieder allein im Haus und schäumte vor Wut. Sie gab Adrian und Britta da unten die Schuld und sah blind vor Zorn nur noch eine Möglichkeit für sich, die Zwei mussten ein für all mal verschwinden. Und da die Feuerwehr nicht ganze Arbeit geleistet hatte, musste sie nur ein wenig nachhelfen und das Feuer neu entfachen. Die Feuerwehr hatte dann eben einen Schwelbrand übersehen und sie würde nur beenden, was die da unten begonnen hatten. In ihrem Kopf vernebelte sich alles. Der gesamte Frust, die Erniedrigungen, die Verschmähungen, alles war mit dem Feuer entfacht worden und nun hatte sie nur noch ein Ziel die Verursacher zu vernichten.

Wie in Trance fuhr sie zu der nächsten Tankstelle und füllte den Reservekanister bis zum Rand. Von ihrem Wahn getrieben, das die im Keller ihr etwas antun wollten und sie sich lediglich wehren würde, schlich sie mit dem Kanister und der Pistole nach unten. Irgendwie hatte sie das Gefühl, aus weiter Ferne Stimmen zu hören, als ob da jemand um Hilfe rief, aber da war niemand zu sehen. Hinter all das Gerümpel wollte sie nicht kriechen, das schien ihr viel zu gefährlich. Nur gut wenn keiner dem Feuer mehr ausweichen konnte. Wie im Rausch schüttete sie das Benzin aus dem Kanister über den Sperrmüllhaufen und mit zittrigen Händen nahm ein Streichholz, ließ es zischend über den Anzünder gleiten und warf das brennende Streichholz in den mit Benzin getränkten Haufen.

Eine Stichflamme loderte auf. In Panik hastete sie am Müll vorbei, stieß gegen eine Tischkante die sich verschob. Durch das Gepolter verrutschte ein verkohlter Balken, löste sich und fiel krachend auf ihren Kopf. Sie stürzte und verlor die Besinnung. Bevor das Feuer über ihr lichterloh brannte, erstickte sie an den Rauchgasen.

Britta, Adrian und Köhler hörten nur einen Aufschrei, danach war es gespenstisch ruhig. Als der Kessel explodiert war, wollten sie sich in Sicherheit bringen. Da der Ausgang des geheimen Raumes scheinbar verstopft war, ließ sich die Schiebetür nicht öffnen. Jede Menge Müll, der bei der Explosion durch die Luft geschleudert worden war, versperrte den Fluchtweg. Irgendetwas hatte sich davor unglücklich quer gelegt. Adrian und Köhler zogen mit ihrer ganzen Kraft vergeblich an der Tür.

„Was könnten wir sonst noch machen, wir können doch nicht warten bis wir ersticken," überlegte Adrian laut. Hilfesuchend blickten beide sich ratlos um, ob es in dem Gelass noch eine Möglichkeit gab, dem Feuer wenigstens für eine Zeitspanne, bis die Feuerwehr kam, auszuweichen.

„Wozu soll eigentlich die lange Leiter sein?" wollte Köhler wissen.

„Keine Ahnung, vielleicht für den Schornsteinfeger oder so," behauptete Adrian „aber irgendeinen Grund wird es wohl haben, Sie sollten es doch wissen, Sie haben ja auch ein Haus."

„Leider kann ich mit einem Weinkeller nicht dienen. Aber sieh mal," staunte Köhler, „über dem Regal ist noch eine kleine Empore, das sehe ich jetzt erst. Aber wozu dient die, ich weiß es immer noch nicht?"

„Vielleicht soll man sich dahin flüchten, wenn es brennt," scherzte Adrian.

„Das ist keine schlechte Idee, nein wirklich, wir sollten es versuchen und dort bleiben bis die Gefahr vorüber ist," schlug Köhler vor und kratze sich am Kopf. Irgendwie hatte das bestimmt etwas zu bedeuten, aber er konnte sich keinen Reim daraus machen. Adrian stimmte ihm zu: „Meinetwegen können wir uns dort oben vielleicht eine kurze Zeit aufhalten, falls es hier unten noch schlimmer brennen sollte."

Als Britta das hörte und von unten die kleine Nische erspähte, protestierte sie: „Das ist mir fiel zu hoch, so ein kleiner Absatz, was ist, wenn wir da runter fallen?"

Adrian war erstaunt: „Du bist doch auch sonst immer für jeden Unfug zu haben."

„Du spinnst wohl, ich bin doch nicht lebensmüde."

„Na,na, ihr wollt euch doch jetzt nicht streiten," schlichtete Köhler. Er nahm die Leiter und stellte sie an das Regal, sodass sie eben gerade zum Podest reichte.

„Wer will der Erste sein?" wollte er wissen. Adrian stieg mutig voran und da er sehr sportlich war, hatte er auch kein Problem, er schaffte es mit links hoch zu klettern.

„ Jetzt du Britta", forderte Köhler sie auf, und hielt die Leiter fest. Aber die zögerte und meinte: „Gehen Sie lieber zuerst und sagen dann, ob noch genügend Platz für mich ist."

„Ungern, aber wenn du unbedingt willst."

Britta nickte heftig mit dem Kopf. Ihr war unwohl, wenn sie daran, dachte dass sie dort oben ausharren sollte.

Köhler, der recht steif war, wurde von Adrian hoch gezogen. Es fiel ihm sichtbar schwer abzuspringen. Er war schweißnass, als er neben Adrian Luft schnappte und war erstaunt wie viel Platz dort war.

„Du kannst hoch kommen," rief er Britta zu, „aber sei vorsichtig!"

Nachdem sie die ersten Stufen bewältigt hatte, fand Britta es gar nicht so schlimm. Wie ein Wiesel kletterte sie leichtfüßig hinauf.

Die Leiter war aber sehr schmal und Britta bemerkte mit Schrecken, dass ein kleines Stück in der Verbindung fehlte und Sie sich ebenfalls hoch ziehen musste.

Britta hatte nicht so viel Kraft in den Armen. Nur mühsam konnte Adrian ihre Hände fassen. Bei dem Versuch auf das Podest zu klettern, rutschte Britta von der Leiter ab und baumelte in der Luft wie ein Fisch am Haken und schrie verzweifelt: „Ich falle!" Aber Adrian hielt ihre Hände fest und rettete sie schließlich mit Köhlers Hilfe. Die Leiter schaukelte und fiel krachend zu Boden. Nun waren sie dort oben hilflos gefangen und saßen zusammen geduckt in luftiger Höhe fest. Niemand hörte sie rufen.

Als die Feuerwehr anrückte, waren sie in angespannter Erwartung und hofften endlich befreit zu werden. Aber der Raum lag ja im Verborgenen und beim Löschen war es laut, sodass niemand ihre Hilferufe hörte. Nur einmal, als ein Feuermann durch den Flur ging, glaubte er Stimmen zu hören, aber dann war es still. Trotzdem kontrollierte er zur Sicherheit doch wiederholt noch sämtliche Räume, fand aber niemanden und ging wieder hinaus. Die Drei warteten vergeblich auf Hilfe und die Luft dort oben wurde immer stickiger. Adrian fing an zu husten. Britta betete leise vor sich hin : „

Wenn ich hier raus komme, werde ich meinen kleinen Bruder nie mehr ärgern." „Das ist eine gute Idee," stellte Köhler fest, und Britta sah ihn mit einem vernichtenden, bitterbösen Blick an. Köhler verstand sie und entschuldigte sich: „. Ja ich weiß, das ich dich küssen wollte, war nicht in Ordnung, aber das war nicht so gemeint wie du denkst. Es kommt bestimmt nie wieder vor."

„Versprochen?"„Versprochen, du kannst dich auf mich verlassen." Sie saßen immer noch gefangen, aber die Belastung der Atemwege durch Rauchgase hatte sich verschlimmert, obwohl sich das Feuer nicht weiter ausgebreitet hatte. Sie sprachen sich gegenseitig Mut zu und glaubten außerdem, dass Cornelia sie sicher nicht im Stich lassen werde. Doch ohne Nahrung und etwas zu trinken dämmerten sie vor sich hin. Mit einem Mal hörten sie, wie die Kellertür quietschend geöffnet wurde und sie fassten wieder neuen Mut. Schrien: „Hier sind wir!" Ihre Rufe blieben unbeantwortet und dann sagten auch sie nichts mehr. Es raschelte und sie hörten, wie jemand tapste. Schritte gingen hin und her, etwas platschte auf den Boden. Britta flüsterte: „Was hat sie bloß vor, was macht sie so lange, sie wird doch nicht den Keller nochmal anstecken?"

„Na, du hast wohl zu viel Phantasie," stellte Köhler fest, „warum sollte sie das tun?" Während er das sagte, lief es ihm eiskalt den Rücken runter. „Du meinst, sie will uns ein für allemal los werden?"

„Ja, könnte doch möglich sein," flüsterte Britta und Adrian gab ihr recht: „Sie ist zu allem fähig. Als ich den Computer bearbeiten musste, hatte sie auch so einen Tunnelblick."

Dann hörten sie, wie Cornelia den Tisch rammte und den Balken krachen. Plötzlich wurde es unheimlich still, wie vor einem gigantischen Wolkeneinbruch, bevor der Sturm einsetzte und Hagel und Regengüsse nieder prasselten. Etwas brannte wieder lichterloh. Sie spürten die Gefahr und fassten sich bei den Händen Noch sahen sie den Qualm nicht, der unter der Türritze in den Raum eindrang und dem sie hoffnungslos ausgeliefert waren.

Britta erschauderte und fing an zu heulen: „Ich will noch nicht sterben" und kroch so weit sie konnte in den hinteren Teil, als ob es dort geschützter wär.: „Du wirst nicht sterben," versprach Köhler, was Britta aufregte: „Ach ja,woher wollen Sie das denn wissen. Sie sind doch nur ein Maulheld, der ständig von anderen abverlangt, wozu er selbst nicht fähig ist!"

„Britta," Adrians Stimme mischte sich vorwurfsvoll ein. Er mochte es nicht, wenn zwei sich stritten und in dieser Situation schon gar nicht. Er überlegte, was wäre, wenn das wirklich sein letzter Tag wäre. Er würde mit Britta zusammen sein wollen. Aber die heulte ja lieber, trotzdem schob er sich neben sie und versuchte sie zu beruhigen, streichelte über ihr feuchten Wangen und versicherte ihr: „ Alles wird gut." Britta schrie auf und er entschuldigte sich: „Habe ich dir weh getan, das wollte ich nicht."

„Mich hat irgendwas gepickt, als ich mich umdrehen wollte". Sie tastete mit der Hand nach diesem Gegenstand und fand einen Stock mit einem Haken : „Weiß jemand von euch, was das komische Teil soll?"

„Klar," sagte Köhler, damit kann man eine Bodenluke öffnen, wenn man auf einen Boden steigen will, aber, soweit ich weiß, sind wir ja im Keller."

„Schade," sagte Britta und legte den Stock wieder zur Seite.

„Diesmal findet uns die Feuerwehr bestimmt,versprach Köhler." Adrian und Britta schwiegen. Die beiden hatten die Hoffnung schon fast aufgegeben.

DER FLUR

Bei der morgendlichen Besprechung erinnerte der Hauptkommissar Borchert daran, dass nun auch Britta untergetaucht war. Da er das Mädchen kannte, tat sie ihm besonders leid: „Wir müssen in diesem Fall schneller handeln, es muss doch möglich sein, dem Schüler Adrian und seine Freundin auf die Spur zu kommen. Aber nein, die Herrschaften tappen nach wie vor im Dunkeln."

Hartwig meldete sich. Der Hauptkommissar übersah ihn geflissentlich, weil er annahm, dass er wieder einen seiner langatmigen Vorträge halten wollte. Er kannte seine Pappenheimer. Aber Hartwig ließ nicht locker. Er erhob sich und fing einfach unaufgefordert zu reden an: „Bei den Ermittlungen hat sich jetzt ergeben, dass es im Haus der Lehrerin Satorius gebrannt haben soll."

„Ja und," meinte der Hauptkommissar verständnislos, „das weiß ich auch, die Heizung ist explodiert, wo ist da bitteschön ein Zusammenhang? Fakten Kollege wir brauchen Fakten."

„Es könnte doch möglich sein, dass die Entführten mit dem Brand auf sich aufmerksam machen wollten."

„Dann sprengt man sich doch nicht selbst in die Luft. Sie haben wirklich eine seltsam Auffassung von Fakten. Außerdem hat die Frau genug mit ihrer kranken Mutter zu tun und ist selbst nicht mehr die Jüngste, wie sollte sie zwei gestandene Männer samt Freundin in Schach halten? Also ich bitte Sie! Aber gut Hartwig, wenn Sie meinen, beauftrage ich Sie heute den Fall der Vermissten noch einmal gründlich zu recherchieren.

Damit hatte Hartwig eigentlich nicht gerechnet. Der Boss hatte wohl heute seinen guten Tag. Er machte sich sofort nach der Besprechung mit dem Fahrrad auf den Weg. Am Schnakenburger Ufer gönnte er sich noch ein paar von den Keksen, die seine Freundin gebacken hatte. Die Kekse schmeckten weich und zäh. Und da er sowieso schon ein paar Kilos zu viel auf der Waage hatte, weil er oft eben mal zwischendurch Nervennahrung in Form von Süßigkeiten zu sich nahm, zerbröselte er die Kekse und fütterte die Enten damit.

Als er beim Haus ankam, standen ein paar Menschen erregt davor und gafften. Dabei stritten sie sich, ob da Rauch heraus waberte oder nicht. „Sehen Sie mal genau hin, junger Mann." Eine rustikale, dickliche Frau mit einer tiefen Männerstimme erklärte aufbrausend: „ Da da, sehen Sie doch, da kommt doch Rauch aus den Kellerfenstern." Hartwig war erschüttert. Er rief unverzüglich in der Zentrale an und rannte dann zum Haus, um zu prüfen, ob er jemanden retten konnte. Niemand schien sich mehr dort aufzuhalten. Obwohl er Sturm klingelte, wurde die Tür nicht geöffnet. „He, was machen Sie da? Sie dürfen nicht einfach ein fremdes Haus betreten!" schimpfte einer von den Gaffern. Hartwig rechtfertigte sich: „Das geht in Ordnung, ich bin Polizist."

„Darf ich dann Ihren Ausweis sehen!"

„Klugscheißer," zischte Hartwig vor sich hin und beachtete den Mann überhaupt nicht mehr. Wo kämen wir denn hin, wenn jeder X-beliebige seinen Ausweis einfordern könnte, dachte er spöttisch und betrat mit Hilfe seines Spezialschlüssels das Haus und rief so laut er konnte: „ist jemand zu Hause?"

Köhler Adrian und Britta schreckten hoch. Sie hatten jegliche Hoffnung auf Rettung schon aufgegeben und dämmerten mit einem Tuch vor der Nase, antriebsarm vor sich hin. Seltsam, dachte Köhler apathisch, dass die Stimme sich derart nah anhörte, als lägen sie im Zimmer direkt daneben. Viel Kraft hatten die Drei nicht mehr und ihre Hilferufe waren kaum zu hören.

Hartwig eilte zuerst ins obere Stockwerk und suchte die Mutter, aber die war schon in Sicherheit gebracht worden. Er entschied sich nochmal im Keller zu kontrollieren woher der Rauch eigentlich kam. Als er die Tür öffnete, schoss ihm derart beißender Rauch in die Nase, dass er diese sofort, ohne zu überlegen wieder zu knallte. Scheinbar war etwas neu in Brand geraten, jedenfalls stank es bestialisch.

Kurzerhand nahm er sein Handy aus der Tasche, rief die Feuerwehr an und wartete unruhig ihr Kommen ab. Es herrschte eine unheimliche Stille im Raum. Etwas stimmte nicht, er blickte suchend um sich, aber es war nirgends etwas verdächtiges zu sehen. Unruhig betrachtete er ein Foto von Cornelia, das über dem Sofa hing, und auf dem sie jünger war. Erstaunt stellte er fest, wie gut sie damals aussah, das hätte er nicht gedacht. Auf dem Foto lächelte sie sogar, eigenartig dachte er, wie sich Menschen im Laufe der Jahre verändern können. Das Feuer, dass sich möglicherweise wieder neu entzündet hatte, konnte jeden Augenblick vom Keller, auch in den oberen Bereich übergreifen. Hartwig behielt für den Notfall die kurze Strecke zur Außentür im Auge. Im Sekretär fand er ein Seil. Er betrachtete es verwundert. Warum lag ein Seil im Sekretär? Wieder glaubte er Stimmen zu hören. Woher mochten die kommen oder hatte er schon eine Rauchvergiftung und hörte die Engel singen? - Nein, nur Spaß - dachte er aber, komisch war es doch.

Nach einer kurzen Zeitspanne erschien die Feuerwehr mit lautstarken Sirenengeheul. Er legte das Seil flink in den Sekretär zurück. Als ein Feuerwehrmann ihn in der Stube entdeckte, wurde der ungehalten und schrie ihn an: „Verdammt noch mal Hartwig, müssen Sie denn ihre Nase überall mit rein stecken! Sie bringen sich unnötig in Gefahr!" und packte ihn unsanft, um ihn ins Freie zu befördern. Hartwig wehrte sich und wiederholte ständig: „Da sind noch Leute, ich habe Stimmen gehört,"

„Wir tun, was wir können, machen Sie sich darüber keine Gedanken. Wenn da Leute sind, dann finden wir sie auch." Zu seinem Kollegen sagte er: „Der hat sie doch nicht mehr alle, stöbert im brennenden Haus nach Sachen und behauptet, dass sich noch Bewohner hier aufhalten."

Vor der Tür sah Hartwig wie zwei Bahren ins Haus getragen wurden, und der Hauptkommissar Borchert war auch schon anwesend. „Warum sind Sie hier, für wen sind die Bahren?" wollte er vom Hauptkommissar wissen.

„Sie hatten recht mit ihrer Vermutung, dass etwas faul ist. Die Frau wollte ein Verbrechen vertuschen. So wie es aussieht, hat sie ihren Liebhaber auf dem Gewissen. Sie hat im Keller einen Sperrmüllhaufen mit Benzin überschüttet. Genaues kann man noch nicht sagen, aber dabei ist sie wahrscheinlich gestolpert und hin gefallen. Das endgültige Ergebnis wird die Obduktion ergeben. Aber von den anderen drei Vermissten fehlt jede Spur."

Es dauerte gar nicht lange, da hatte die Feuerwehr den Brand unter Kontrolle. Der Keller wurde noch einmal gründlich durchsucht. Verkohlte Teile und der Sperrmüll wurden zur Seite geschoben, allerdings war die Schiebetür dermaßen mit Gerümpel verbaut, dass sie diese nicht entdeckten.

Die Drei lagen entkräftet in der Nische und merkten von der Suchaktion nichts, riefen nicht mehr um Hilfe, hatten fast aufgegeben, waren zu schwach, um sich bemerkbar zu machen.

 Köhler lag auf dem Rücken und phantasierte, immer wieder sah er den Haken vom Holzstock vor seinen Augen: Der ist für die Bodenluke, sagte er laut zu sich selbst, denk nach, wirklich für den Boden, welchen Boden, denk nach. Ich gebe mir alle Mühe, etwas stimmt da nicht, warum liegt er hier, warum ist hier ein Podest, denk nach, denk nach – ich will nicht, ich will schlafen. - Doch dann schoss er, wie von der Tarantel gestochen, mit einem mal hellwach in die Höhe. Über ihm war doch auch der Boden, jedenfalls der vom Keller. Wieso war ihm nicht gleich dieses angepasste Brett in der Decke aufgefallen? Vorsichtig suchte er mit den Händen den Stock, wo hatte sie den Stock bloß hingelegt? Panik erfasste ihn bei dem Gedanken, dass der Stock vielleicht nach unten gefallen sein könnte. Er musste unbedingt herausfinden, ob seine Vermutung, dass eine Luke direkt in Cornelias Wohnung führte, richtig war. Als er den Stock endlich fühlte, griff er fiebrig nach ihm und hakte ihn ein. Die Luke ließ sich ein wenig öffnen. Doch irgendetwas drückte dagegen und er war zu schwach, um den nötigen Druck auszuüben.

Adrian sah verschwommen, wie Köhler immer mit dem Stock gegen die Decke drückte: „Was machen Sie da? Wollen Sie, dass uns die Decke auf den Kopf fällt?"

„ Hilf mir lieber, damit wir hier so schnell wie möglich raus kommen," stöhnte Köhler am Ende seiner Kräfte. Adrian verstand nicht, was der Lehrer von ihm wollte. Aber er sah einen Lichtschein, der durch die Spalte in der Decke schimmerte. Er fing an zittern, zu gerne würde er Köhler glauben, aber wieso war das mit einem Mal möglich?

„Soll ich Britta wecken?"

„Nein, bloß nicht, sie würde nur stören, wir müssen die Luke zusammen hoch drücken, da klemmt etwas. Gib alles, wenn dir dein Leben lieb ist!" Adrian hatte zwar immer noch nicht ganz begriffen, was Köhler vor hatte, trotzdem rückte er näher, half ihm und ganz allmählich wurde ihm bewusst, dass da oben eine Öffnung existierte, die ihre Rettung war.

Etwa zur selben Zeit kam der Feuerwehrmann, der zur Sicherheit den Keller noch einmal nach den Vermissten durchsucht hatte, aus dem Keller und trat in den Flur. Er hörte ein schabendes Geräusch, sah wie der Berberteppich sich bewegte, sah zweimal hin, rieb sich die Augen. Wieder hob sich der Teppich und sank wieder zurück. Was hatte das zu bedeuten? Schnell ging er hin, hob neugierig den Teppich hoch und schob ihn zur Seite. Die Luke zum Keller war unübersehbar. Wieso hatte er die bei der Begehung übersehen?

Adrian streikte und meinte: „ Das schaffen wir nie, der Teppich ist viel zu sperrig." Er ließ sich erschöpft nach hinten fallen. Die giftigen Gase setzten ihm mehr zu als er sich eingestehen wollte. Köhler wollte so leicht nicht aufgeben, obwohl die Vorstellung, sich einfach fallen zu lassen, schon verlockend war. „Einmal versuche ich es noch," sprach er sich selbst Mut zu. Aber diesmal war kein Gegendruck zu spüren. Jemand reichte ihm die Hand und zog ihn nach oben.

Der freie Blick in den Flur war der schönste Anblick, den er im Leben je gehabt hatte. Köhler fing an zu weinen. Beruhigend redete der Feuerwehrmann auf ihn ein: „Sie brauchen deswegen nicht zu weinen, Sie sind gerettet." Mit dem Hemdsärmel wischte er seine Tränen fort und erklärte: „Das sind Freudentränen, aber wir sollten so schnell wie möglich Britta und Adrian hoch holen und die Fenster öffnen!" Das waren seine letzten Worte, bevor er vor Erschöpfung in Ohnmacht fiel.
Nachdem der Feuerwehrmann den Teppich weiter zur Seite geschoben hatte, hatte er sofort Hilfe angefordert. Nun kamen sämtliche Rettungssanitäter auf einmal in den schmalen Flur. Vor dem Haus blinkten die Signallampen gespenstisch in den Nachthimmel. Zuerst wurde Adrian nach oben gezogen und auf eine Bahre gelegt. Britta war längst nicht mehr ansprechbar. Der Notarzt stellte bei allen eine schwerwiegende Rauchvergiftung fest und die Drei wurden mit Blaulicht ins nächste Krankenhaus gefahren.

Nach einer Woche wurden sie gleichzeitig als geheilt entlassen.

Als Köhler wieder vor der Klasse stand, hatte sich nichts geändert. Der Schulbetrieb lief wie immer, im gleichen Trott. Was außerhalb passierte, gehörte nicht in den Unterricht und dass ihm seine Frau wieder mal verziehen hatte, auch nicht...Von Adrian wusste er, das der und Britta sich getrennt hatten. Britta fuhr nicht mehr Skateboard, weil sie unter Angstattacken litt. Hinzu kam, dass Köhler jetzt hinkte, weil ihm einer von den Rettungssanitätern auf den Fuß getreten und sein großer Zeh verstaucht war.

Die Mutter von Cornelia verweigerte im Pflegeheim jeden Kontakt mit der Außenwelt. Sie ging nicht mehr an das Telefon und wollte auch nicht mehr angerufen werden. Daher erfuhr sie auch nie, was mit Cornelia in der Brandnacht geschehen war.

Die Schulglocke tönte und die Schüler verließen in der großen Pause laut durcheinander grölend das Klassenzimmer. Als alle den Raum verlassen hatten, klopfte Kollegin Sommerfeld zaghaft gegen die Tür, steckte den Kopf ins Zimmer und fragte: „Hast du einen Augenblick Zeit für mich? Darf ich rein kommen?" Köhler winkte sie großzügig ins Klassenzimmer.

„Entschuldige, wenn ich dich störe, ich bin auch gleich wieder weg."

„Du störst doch nicht, für eine nette Kollegin habe ich immer Zeit."

„Die Sache ist die, ich sammele Geld für einen Kranz für Cornelia. Wenn du auch etwas spenden willst, bekommst du mit deinem Namen einen Platz auf der Trauerschleife. Ich habe auch einen kleinen Umtrunk am Tag ihrer Beerdigung geplant, nichts großes selbstverständlich, nur eine kleine Feier unter Kollegen, eine Würdigung für ihre Leistung im Schuldienst.

Sie war ja immer eine nette hilfsbereite Kollegin. Wenn du auch kommen willst, bist du herzlich eingeladen."
Der Kollege spendete.